Baktria

Alexander West

Baktria

Roman

Bibliografische Information der Deutschen Nationalbibliothek:
Die Deutsche Nationalbibliothek verzeichnet diese
Publikation in der Deutschen Nationalbibliografie;
detaillierte bibliografische Daten sind im Internet über http://dnb.dnb.de abrufbar.

Handlung und Personen sind frei erfunden und Namen verfremdet.
Ähnlichkeiten mit lebenden oder verstorbenen Personen und tatsächliche
Begebenheiten sind nicht beabsichtigt und wären rein zufällig. Ich habe
größtmögliche Sorgfalt walten lassen, allen Rechten zu entsprechen.
Sollten Rechte Dritter berührt sein, bitte ich die Betreffenden, mir dies
mitzuteilen. Für den Inhalt ist der Autor verantwortlich.

Layout und Lektorat: Tanja Fürstenberg www.textniveau.de

Herstellung und Verlag: BoD – Books on Demand, Norderstedt

ISBN: 978-3-7347-3717-6

*Omerta ist die Schweigepflicht gegenüber
Außenstehenden im Ehrenkodex einer Organisation.*

Für Yuri, den Scharfschützen

Prolog

Im Juni des Jahres 329 v. Chr. in der Nähe von Bactra
(heutiges Afghanistan – Balkh)

Die Sonne stand hoch über ihm am Himmel und tauchte
alles in ein grelles, beißendes Licht. Unter ihren heißen, un-
barmherzigen Strahlen stöhnten scheinbar selbst die Steine an
diesem Tag. Bessos hockte gefesselt am Rande der Handels-
straße in einem eisernen Käfig, der ihm weder erlaubte, sich
aufzurichten, noch die Beine auszustrecken. Sein Waffenrock
war zerrissen, Hände und Gesicht wiesen zahlreiche Blut-
ergüsse auf. Seine Feinde hatten ihm die Arme eng hinter dem
Rücken mit einer dünnen Lederschnur gebunden und eine
Schlinge um sein Genick gelegt. Bessos musste den Hals über-
strecken, um nicht ohnmächtig zu werden, und ein am
Kehlkopf angebrachtes, fingerbreites Holzstück verhinderte,
dass er sich selbst erwürgen konnte. Die wenige Luft sollte ihn
am Leben erhalten. Die Lederschnur, getränkt von seinem
Schweiß, fraß sich langsam in die Haut und hinterließ blutige
Striemen auf seinem Rücken.

Sie befürchteten immer noch, dass er zum Kampf aufstehen,
noch einmal seine Soldaten um sich scharen und den
Widerstand gegen die verhassten Besatzer entfachen könnte.
Doch für Bessos schien der Kampf endgültig vorbei. Das persische Reich lag in Trümmern. Alexander war mit seiner
Armee von Drangnia aus nach Baktrien eingefallen, der letzten
persischen Provinz, die den Makedoniern noch Widerstand

leistete. Die Zeit der Hoffnungen und Zweifel war endlich vorbei, er war gescheitert. Dabei verlor er seine Frau und sein Land und bald würde er auch sein eigenes Leben verlieren. Der Niedergang Persiens begann mit der Thronbesteigung von Dareios III., der sein riesiges Reich unglücklich regierte und es gänzlich in der Schlacht von Gaugamela an Alexander, den makedonischen König, verlor. Die Ordnung und Sicherheit Persiens lagen in Trümmern; Heerführer und Würdenträger kämpften miteinander und gegeneinander um die Krone des Landes, denn Dareios war kein König mehr.

Bessos fühlte, wie die Erde unter ihm schwankte, vor seinen Augen tanzten schwarze Ringe. Er würgte den heißen Staub aus dem Hals und versuchte den eigenen Schweiß von der Schulter abzulecken. Trotz seiner misslichen Lage empfand er Stolz auf seine Baktrier, sie hatten sich in der Schlacht gegen die Makedonier tapfer geschlagen. Viele dieser fremden Soldaten würden ihre Heimat nach diesem Tag nie wieder erblicken. Sie lagen mit starren Augen auf dem blutgetränkten Schlachtfeld unweit von Bactra. Wer weiß, welchen Verlauf die Schlacht genommen hätte, wären die Hilfstruppen aus Herat rechtzeitig eingetroffen. Schon einmal hatte er die Truppen von Alexander in der Schlacht von Gaugamela geschlagen. Seine schwere baktrische Reiterei vernichtete damals den gesamten rechten Flügel der makedonischen Phalanx unter General Parmenion. Hätte Dareios den Makedoniern an diesem Tage nur standgehalten! Sie hätten ihre Feinde besiegt und aus ihrem Land gejagt. Dann wäre Dareios immer noch sein König und …

Bessos spürte einen Stich im Rücken und stöhnte vor Schmerzen auf.

»Er lebt!«, sagte der makedonische Soldat, der ihm seine Lanze in den Rücken gestoßen hatte, erleichtert.

»Gebt ihm etwas Wasser! Alexander will ihn lebend!«, befahl ein Offizier schroff und beobachtete den Gefangenen aus hellen Augen.

Gierig trank Bessos das faulige, warme Wasser aus dem Lederschlauch. Sie wollten ihn also lebend. Der Tod auf dem Schlachtfeld, im Kampf Mann gegen Mann, den er sich gewünscht hatte, hätte ihm die bevorstehenden Qualen erspart.

Seine Gedanken kehrten erneut zu Vergangenem zurück, denn an das Kommende mochte er jetzt nicht denken.

Nach der verlorenen Schlacht von Gaugamela begann Dareios den Kampf gegen seine eigenen Heerführer im Osten, die sich von dem gefallenen König abgewandt hatten. Nur er, Bessos, führte seine Truppen nach Baktrien zurück und griff nicht in die entfachte Fehde um den Thron ein, denn der König hatte ein kostbares Pfand von ihm für seine Treue behalten – seine Frau. Auch wenn er ein entfernter Verwandter war, verlangte der König selbst von ihm eine Geisel vor der Schlacht, wie von jedem seiner Befehlshaber. Bessos blieb seinem Schwur treu, sogar dann, als sein Freund Axsa ihn um Unterstützung im Kampf gegen Dareios bat. Doch dem König genügte es nicht, seinen Gegner zu besiegen. Er ließ den besiegten Axsa dabei zusehen, wie sein Vater, seine Mutter und seine drei Kinder direkt vor seinen Augen erdrosselt wurden. Nur seiner Frau schenkte Dareios das Leben und nahm sie am gleichen Tag zur Gemahlin. Womöglich war es dieser letzte Schritt, der Bessos aus der Lethargie weckte, denn seine eigene Frau war immer noch in der Hand des Königs. Bessos fürchtete plötzlich um ihr Leben, schließlich kämpfte der König um seine eigene Macht und sein Überleben. Wie er Dareios kannte, war dieser jetzt zu allem imstande.

In zwei Nachtmärschen erreichte er mit seinen Truppen die Provinz Xorasan und traf dort auf Dareios. Die Erde erzitterte unter den Hufen der tausend Reiter, als sie sich in die Schlacht stürzten. Doch er suchte an diesem Tag nicht den Kampf mit dem König, er suchte nur sie …

Yuna war ihr Name. Als kleines Mädchen wurde sie aus dem Land der ewigen Kälte, dort, wo der Himmel sich mit der Erde vereint, geraubt. Die langen Jahre der Gefangenschaft führten sie über viele Länder des persischen Reiches bis nach Babylon. Trotz ihrer Schönheit verkauften ihre Herren sie sofort wieder. Sie war störrisch und aufsässig, keine Strafe vermochte ihren Willen zu brechen, und so geriet sie immer tiefer nach Osten, weit weg vom ewigen Eis ihrer Heimat.

Sie wurde nicht seine Sklavin – sie wurde seine Frau. Plötzlich fühlte Bessos ihre weichen, vollen Lippen auf den seinen und schmeckte ihren betörenden Duft. Kraft und Lebenswille durchströmten seinen Körper und nur die Gitterstäbe hielten ihn in diesem Käfig. Sein Geist war mit einem Mal frei, frei von Gedanken und Vorwürfen, die bis heute an ihm nagten.

In dieser Nacht befreite er seinen Freund Axsa, doch für Yuna kam er zu spät. Dareios wollte sie ebenfalls zur Frau, sie wies ihn jedoch ab. Als der König sie mit Gewalt nehmen wollte, schluckte sie das Gift, das sie an einer goldenen Kette um ihren Hals trug. Nie wieder wollte sie jemand anderem gehören, nie wieder eine Sklavin sein …

Erneut wurde Bessos brutal aus seinen Träumen gerissen. Die makedonischen Soldaten versuchten mit langen Stöcken, sein Gesicht in den Boden vor ihrem König zu drücken, doch er wehrte sich.

»Lasst ihn!«, befahl Alexander und sprang leichtfüßig vom Pferd. Ohne die Soldaten zu beachten, trat er an den Käfig.

Der makedonische König war von geringer Statur, dafür ausgesprochen schlank. Seine bloße Anwesenheit überstrahlte alle mit ihrer unbändigen Energie. Sein Haar war mit hellen Strähnen durchsetzt und trotz des weiten Rittes roch Bessos den Duft von Ölen. Über der Rüstung trug der Makedonier einen langen, weißen persischen Umhang, ein kurzes Schwert und einen goldenen Dolch. Alexander musterte seinen Gefangenen neugierig aus seinen dunklen Augen.

Das war also Bessos – der Mann, der ihn hier in Baktrien schon zu lange aufhielt und unerbittlichen Widerstand leistete. Bei der Schlacht in Gaugamela brachte dieser Mann seinem besten General eine empfindliche Niederlage bei, die beinahe den Ausgang des Kampfes entschieden hätte. Dieser Perser wusste, wie man eine Schlacht gewinnt, und hätte der persische König seinen Angriffen standgehalten, säße vielleicht er selbst jetzt hier im Käfig. Solche Männer, die kämpfen und Soldaten in die Schlacht führen konnten, brauchte er für die Eroberung der Welt. Doch warum hatte Bessos seinen König ermordet?

Alexander hasste Verräter und Bessos beging Verrat. Als König musste er seine Macht wahren und sie jeden Tag vor all den anderen verteidigen. Offiziere, Generäle – alle hegten sie diesen verräterischen Gedanken, obwohl er sie reich gemacht und ihnen ganze Städte zur Plünderung überlassen hatte. Trotz allem wünschten sie seinen baldigen Tod und gierten nach dem Thron. Alle! So wie sie hinter seinem Rücken standen und jede seiner Gesten und Entscheidungen aufmerksam beobachteten. Sie alle hatten diesen verführerischen Gedanken, der wie Gift langsam und mit jedem Herzschlag durch ihren Körper strömte. Sie alle strebten nur nach seinem Thron und seiner Macht. Doch in den Äonen sind sie Staub der Geschichte. Sein Name jedoch wird für Ewigkeiten am Himmel leuchten. Heute erwartete er hier einen Mann, der sich vor ihm auf die Erde warf und um Gnade bettelte. Doch der Gefangene rührte sich nicht, in dessen Augen sah er keine Angst vor dem Tod, sondern Stolz und einen unbeugsamen Willen.

»Warum habt Ihr Euren König ermordet?«

Bessos versuchte zu sprechen, doch die Worte kamen undeutlich und leise, seine Zunge war trocken und vor Durst angeschwollen.

»Bringt ihm Wasser!«, befahl Alexander ungeduldig und an Bessos gerichtet: »Ihr schuldet mir eine Antwort.«

»Er war ein Feigling und hat nichts anderes als den Tod verdient«, presste Bessos heiser hervor.

»Ihr vergesst, dass Ihr sein Untertan wart.«

»Auch ein König ist seinen Untertanen verpflichtet ...«

Alexander horchte bei diesen Worten auf.

Bessos machte sich keine Gedanken über sein weiteres Leben, er wusste, dass jeden Verräter der Tod erwartete. Er hätte Alexander von Babylon, von Yuna und von Baktrien erzählen können, um auf Milde zu hoffen. Doch wozu? Sein Werk war vollendet, der feige König war für seinen Verrat bestraft worden.

Die persischen Feldherren hatten ihn damals zu ihrem König ausgerufen. Doch Bessos war ein König ohne ein Königreich und ohne eine Königin. Sein Blick und seine Gedanken kehrten wieder nach innen, er sah die Berge und Täler, die Yuna so liebte. Auf einem hohen Berg, der das gesamte Land beherrschte, fand sie ihre letzte Ruhe, und dort erwartete sie ihn. Gemeinsam, vereint für alle Ewigkeit, werden sie endlich frei von allem Irdischen sein.

Alexander schwankte plötzlich, ausgerechnet bei seinem ärgsten Feind war er sich zum ersten Mal unschlüssig. Er sah einen Mann, der weder um sein Leben bettelte, noch versuchte, seine Tat zu rechtfertigen. Was meinte er mit der Pflicht des Königs? Deutete er damit auf die Flucht des persischen Königs während der Schlacht hin? Hat Bessos dann in Wahrheit nur einen Feigling getötet? Und was passierte eines Tages mit ihm, wenn ihn selbst dieses Schicksal ereilte? Würden ihn dann seine Generäle dafür auch töten?

Er schob diesen gefährlichen Gedanken beiseite. Die Götter hatten ihn auserwählt und nichts auf der Welt konnte ihn mehr aufhalten.

»Wir nehmen ihn mit nach Eckbatana.« Alexander drehte sich abrupt um, sprang auf sein Pferd und ritt in einer riesigen Staubwolke mit seinem Gefolge davon. Nackt und in Ketten gelegt wurde Bessos hinter den Pferden bis nach Eckbatana geschleift. Dort verurteilte ihn Alexander wegen Königsmordes zum Tode durch Folter – als Warnung und Abschreckung für alle anderen.

Als Erstes schnitt man Bessos Nase und Ohren ab, anschließend sollte sein Körper von vier Pferden in alle Himmelsrichtungen auseinandergerissen werden.

Die Pferde waren es gewohnt, in die Schlacht zu stürmen. Das langsame Ziehen der Folter kannten sie nicht und sie gaben sich widerspenstig. Die Seile spannten sich und zogen den Körper von Bessos auseinander. Doch die Pferde kamen trotz der Peitschenhiebe nicht von der Stelle. Alexander befahl, weitere Pferde zu bringen, was sich als noch schwieriger erwies, da die Pferde unruhig wurden und bockten.

Bessos wusste, dass seine Folter noch nicht vorbei war. Es waren vielleicht die letzten Augenblicke in seinem Leben, in denen er noch einen klaren Gedanken fassen konnte, bevor er vor Schmerzen wahnsinnig wurde. Er sammelte seine letzten Kräfte, die sein zerschlagener Körper noch besaß, und führte seinen Geist in die Berge von Baktrien.

Yuna stand vor ihm, ihr Gesicht bedeckt von einem Tuch, so wie an jenem Tag in Babylon, als er sie auf dem Sklavenmarkt das erste Mal erblickte. Sie nahm ihn an die Hand und führte ihn auf den Gipfel ...

Der Henker trat an den Verurteilten heran, zog ein langes, scharfes Messer und schnitt in einer schnellen, flüssigen Bewegung die Sehnen an den Oberschenkeln durch. Das blutige Messer blitzte in der Sonne, als er an den Schultern das gleiche tat. Das Blut triefte in den staubigen Boden und versickerte nur ganz langsam darin. Das sollte jetzt das Herausreißen der Arme und Beine erleichtern, und falls die Pferde es immer noch nicht schafften, dann mussten sie womöglich als Nächstes seine Gelenke zertrümmern.

Sie standen jetzt Hand in Hand auf dem hohen Gipfel, bereit, gemeinsam in ein neues Leben zu treten. Yuna hob die Hand und löste das Tuch von ihrem Kopf. Ihr langes, goldenes Haar fiel auf ihre Schultern, Bessos blickte in ihre unendlich blauen Augen, die so hell leuchteten wie die Sterne des Nordens.

Den erneuten Knall der Peitsche hörte Bessos nicht mehr. Die Pferde bäumten sich mit ihrer ganzen ungezügelten Kraft auf.

Zuerst rissen seine Arme aus der Schulter heraus, dann die Schenkel.

Überliefert wurde, dass Bessos, oder was von ihm übrig war, immer noch die Augen bewegte. Auf seinem Gesicht lag ein friedliches und glückliches Lächeln, sodass Alexander befahl, ihm den Kopf abzuschlagen.

Sein Körper wurde anschließend verbrannt und die Asche dem heißen Atem des Windes überlassen.

I

Das Dorf
Irgendwo in Afghanistan im Jahre 2011

Es gibt zwei Arten von Gräben in Afghanistan. Die kleineren ziehen die Bauern, um Wasser auf ihre Felder zu leiten. Stundenlang stehen sie knietief im trüben Nass und bearbeiten ihre Anbauflächen, manchmal hocken sie einfach davor und folgen mit den Augen dem Fluss des lehmigen Wassers, das die Felder wie ein Netz in grüne Rechtecke schneidet. Unermüdlich bewirtschaften sie ihren Boden und verwandeln die Täler in grüne Adern, die sich entlang der gewaltigen Berge schlängeln.

Die großen Gräben bringen ihnen im Frühjahr das Schmelzwasser von den Bergen in die Täler. Im Sommer, wenn das Wasser aus den Bergen versiegt, ziehen die Bauern neue Bewässerungskanäle zu den Flüssen, um das kostbare Nass auf ihre Felder zu leiten. Die großen Gräben trocknen in dieser Zeit aus und werden von Gras und Gestrüpp überwuchert, bis sie im Frühjahr wieder zu neuem Leben erwachen.

Diese trockenen, breiten Gräben nutzen die Aufständischen während ihrer Sommeroffensive, wenn sie gegen die Koalitionstruppen kämpfen; die Gräben sind so tief, dass man aufrecht in ihnen laufen kann. Hier verstecken sie sich in kleinen Gruppen, feuern auf die Soldaten und verschwinden sofort wieder unbemerkt. Es ist nicht zu erkennen, woher die Schüsse kommen oder wo sich der Angreifer versteckt. Mitunter liefern sich die Aufständischen auch mit den Soldaten der ISAF stundenlange Gefechte, um ihre wachsende Macht und ihren Einfluss in der Region zu demonstrieren.

Dieser Taktik bedienten sich damals auch die Mudschaheddin in ihrem langen Kampf gegen die sowjetischen Truppen.

Die sowjetischen Soldaten nannten die Mudschaheddin Duchi – die Geister.

In einem dieser Gräben, am Rande einer kleinen, im Tal eingeschlossenen Ortschaft, hatten sie für sich ein Versteck gefunden. Mitch beobachtete seit Längerem das stark befestigte Anwesen auf der gegenüberliegenden Seite der Straße durch sein Fernglas. Es lag wie eine mittelalterliche Festung einsam und bedrohlich auf einer Anhöhe und beherrschte das Tal.

Die Hektik, die sie vor einigen Stunden hier verursacht hatten, legte sich allmählich, und die einzige Straße zu diesem Tal war jetzt durch Wachposten versperrt. In gleichmäßigen Abständen raste ein Pick-up voll besetzt mit bewaffneten Männern die schmale Straße entlang, eine riesige Staubwolke hinter sich herziehend. Mitch blickte auf seine Uhr. Noch eine halbe Stunde bis zum Sonnenuntergang.

Ein schwer beladener Lastwagen, der sich – begleitet von mehreren Jeeps – die enge Straße vom Anwesen herunter quälte, erregte seine Aufmerksamkeit. An der Kreuzung angelangt wartete der Wagen, bis ihn die Jeeps mit abgedunkelten Scheiben einkreisten. Die Kolonne formierte sich und verließ das Tal in westlicher Richtung.

Eine Armlänge neben ihm, versteckt hinter trockenen Büschen, döste sein Freund und Partner Becks. Sie warteten an dieser Stelle am Rand eines Feldes – überwuchert von Sträuchern, daneben Unrat – auf den Einbruch der Nacht, um aus diesem Tal wieder zu verschwinden. Einen Steinwurf entfernt zog ein Bauer mit seinem Büffel einen einfachen Pflug über das Feld, das hinter ihnen lag.

Stunden hatten sie gebraucht, um ihren Verfolgern aus dem Dorf zu entkommen. Ihre Flucht begann in einem Bach, der sie aus dem Garten zu den Abzweigen in die Felder führte. Wachsam folgten sie dem Weg der kleinen Gräben, in der Gefahr, jederzeit entdeckt zu werden, immer tiefer in die Felder hinein. Fast zwei Stunden lang krochen sie vorsichtig durch die schmalen Gräben bis zu jener Stelle, an der das Dorf nach ihnen durchkämmt wurde. Es führte nur eine einzige Straße aus dem Tal hinaus und ihre Verfolger wussten, dass dieser Weg sie direkt in ihre Arme führen würde. Deshalb wurde die Suche nach ihnen bald abgebrochen und ein Kontrollposten auf der Straße eingerichtet. Auch wenn sie für heute entwischen konnten, die Falle war zugeschnappt und sie brauchten nur noch zu warten.

Wie sagt doch das alte afghanische Sprichwort: Ihr habt die Uhr, aber wir haben die Zeit …

Die Motorräder, mit denen sie in dieses Tal gelangt waren, waren verloren, das Satellitentelefon und ihre Funkgeräte hatten die Flucht durch das Wasser und den Schlamm der Felder nicht überstanden. Sie konnten in den kommenden vierundzwanzig Stunden mit keiner Unterstützung mehr rechnen. Und selbst wenn die Suchaktion nach ihnen längst begonnen hat, würde sie niemand hier in diesem Tal vermuten. Sie waren auf sich alleine gestellt. Es gab zwei Möglichkeiten: Sie konnten sich ihren Verfolgern stellen und auf Milde hoffen oder sich freikaufen. Jeder von ihnen führte in seiner Tasche zehntausend Dollar für den Notfall mit. Vielleicht konnten sie sich damit an einem der Checkpoints für einige Stunden die Freiheit erkaufen, doch was dann? Allein durch die Berge irren, gejagt von jenen, die auf eine Belohnung der Taliban hofften. Sie konnten aber auch noch heute Nacht versuchen, aus diesem Tal über die Berge zu verschwinden.

Mitch registrierte, wie Becks die Berge betrachtete und abschätzte, ob sie es über die Gipfel schafften oder nicht. Vermutlich hatte er den gleichen Gedanken und suchte ebenfalls nach einer Lösung.

Nein! Sie hatten einen Auftrag! Genau auf diese Momente war ihre komplette Ausbildung ausgerichtet. Sie hatten gelernt, zu improvisieren: fünf Meter hohe Wände im Team ohne Hilfsmittel überwinden.

Überleben, ohne zu essen, sich orientieren ohne Karte und Kompass, kämpfen mit und ohne Waffen ... Alles, was auf den ersten Blick spielerisch aussah und ihnen mitunter unnötig schwer gemacht wurde, ergab im Ganzen einen Sinn. Es half ihnen, genau solche Situationen zu meistern und zu überleben.

Der Weg ihrer Flucht durch die Feldgräben zog sich scheinbar endlos hin. Immer wieder verharrten sie, bis die Geräusche und Stimmen ihrer Verfolger über oder hinter ihnen verstummten. Erst dann krochen sie weiter, ohne einen verräterischen Laut oder eine unbedachte Bewegung zu verursachen. Die kleineren Gräben führten noch genug Wasser, das von den Bergflüssen kam und empfindlich kalt war. Als sie endlich diesen großen, abseits gelegenen Graben fanden, waren sie nass bis auf die Knochen. Die Sonne brannte senkrecht auf sie herab und von unten umgab sie der Gestank faulenden, brackigen Wassers. Der lehmige Boden der Felder klebte an ihren Sachen, die schnell die hellbraune Farbe der Umgebung angenommen hatten.

Mitch zählte die schweren Schritte des Bauern auf dem Feld: hundert in die eine und fünfundvierzig in die andere Richtung. Der Mann arbeitete ohne eine einzige Pause und das schon seit Stunden. Mitch vernahm das schabende Geräusch des Pfluges und den angestrengten Atem des Bauern, wenn dieser sich in den Pflug legte und die Erde unter sich teilte. Bei Schritt dreiundzwanzig hustete er kurz und trocken, holte tief Luft und drückte den Pflug noch kräftiger in die Erde. Seit sie in dieser Stellung verharrten, hatte sich Mitch jede seiner Bewegungen, jeden seiner Schritte eingeprägt. Für den Notfall lag seine Pistole mit aufgeschraubtem Schalldämpfer griffbereit neben ihm. Es war von Vorteil, dass der Bauer so viel arbeitete, so kam er nicht auf den Gedanken, sein Feld zu inspizieren …

Auf dem Land, in den kleinen Dörfern, konnte man beobachten, wie die afghanische Gesellschaft aufgebaut war und das Leben funktionierte. Der afghanische Staat schloss internationale Verträge ab und begrüßte seine Gäste mit Fahnen und großem Tamtam, aber hier auf dem Land offenbarte er, was er wirklich war: eine Stammesgesellschaft. Die Abhängigkeit der Bauern von den Grundbesitzern und der Religion prägte und beeinflusste das Zusammenleben.

Den Einzelnen schützte seine Familie, diese stand unter dem Schutz ihrer Sippe und die Sippe wiederum unter dem Schutz des Stammes. Über allem stand der Stammesführer – als machtvoller Mann an der Spitze, der über das Recht und das Zusammenleben aller bestimmte. Doch diese Position brachte den Stammesältesten und jedem Kriegsfürsten auch Verpflichtungen; stets mussten sie ihre Macht und ihren Einfluss gegenüber den anderen festigen, ihre Anerkennung und ihren Ruf verteidigen. Sie umgaben sich mit eigenen bewaffneten Männern und dafür wiederum brauchten sie Geld.

Waffen, Fahrzeuge, Ausrüstung und der Sold ihrer Kämpfer verschlangen Unmengen. Ihre Männer konnten in dieser Zeit nicht auf den Feldern arbeiten, doch eine große Gefolgschaft galt als Zeichen der Macht und des Wohlstandes. Daher mussten sie einerseits dafür sorgen, dass die Bauern ertragreiche

Ernten einbrachten, andererseits neue Finanzquellen für sich erschließen. Seit der Vertreibung der Taliban war der Handel mit Opium wieder aufgeblüht und warf satte Gewinne ab. Wer Glück hatte, ergatterte oder erkaufte sich einen Posten in der neuen Regierung und versuchte seine Geschäftsfelder stetig zu erweitern. Die Gewinne aus ihren undurchsichtigen Geschäften sprudelten und das Geld musste gewaschen werden. Baufirmen, Immobilien, Handel: Die Welt stand ihnen offen. Familie, Sippe, Clan – einer für alle, alle für einen ...

Jeder Einzelne in einer Stammesgesellschaft musste stets einsatzbereit sein, um entweder für seine Familie, seinen Clan oder für den Stammesführer zu kämpfen. In den meisten Gegenden Afghanistans gibt es bis heute keinen einzigen Staatsvertreter. In den entlegenen Gebieten und auf dem Land werden die Streitigkeiten untereinander von den Stammesältesten oder Geistlichen geschlichtet. Ein Bauer will in Sicherheit auf seine Felder gehen; er betritt dabei fremdes Land und sein Wasser fließt über fremde Felder. Dafür braucht er das Einverständnis der anderen Familien. All das wird bei einer großen Ratsversammlung vorher genau ausgehandelt. Wird er ausgeraubt oder überfallen, kann ihm nur seine Familie helfen. Sie alle werden dann für seine verletzte Ehre kämpfen, egal, ob er im Recht oder Unrecht ist – allein, um ihre Stärke zu zeigen.

Mitch kannte die internen Berichte über die bewaffneten Milizen in Afghanistan; offizielle Stellen sprachen von schätzungsweise eintausend bis zweitausend Gruppen im ganzen Land. Man ging von etwa einhunderttausend Bewaffneten aus, die von Mord, Raub, Erpressung lebten – unter dem neuen Deckmantel der Sicherheitsleistung. Lokale Kriegsherren, ehemalige Gouverneure, Verwandte und Mitglieder der Regierung gründeten Sicherheitsunternehmen, um an die lukrativen Verträge der Regierung zu kommen, und erkauften sich die Treue ihrer Männer mit Dollar. In Wahrheit waren sie nichts anderes als Privatarmeen der Reichen und Mächtigen im Land. Oft steckten sie selbst hinter den zahlreichen Anschlägen, um mit immer neuen Forderungen den Preis für diese vermeintliche Sicherheit weiter nach oben zu treiben. Die Koalitionstruppen bereiteten ihren Abzug aus Afghanistan vor, der politische Druck in ihren Heimatländern wuchs und keiner wollte über negative Schlagzeilen aus Afghanistan stolpern. Den ersten Jahren der Hoffnung folgten Jahre der Stagnation. Plötzlich hatten sie es alle eilig, Afghanistan zu verlassen und investierten lieber in die Ausbildung der afghanischen Streitkräfte als in die Entwicklungshilfe des Landes. Allein die Amerikaner gaben für ihren Einsatz in Afghanistan bislang fast fünfhundert Millionen US Dollar aus und für den zivilen Aufbau nur neunzig. Doch während die einen mit sich selbst und dem Abzug aus dem Land beschäftigt waren, bereiteten sich die anderen auf die Zeit danach vor. Darüber wurde zwar nie offiziell berichtet, aber neue Bündnisse lieferten bereits jetzt Erkenntnisse, wie das Land nach dem Abzug der Koalitionstruppen unter den neuen Machthabern aufgeteilt werden würde. Selbst der Präsident trieb dabei sein undurchsichtiges Spiel. Er nutzte die Lage für sich aus und heizte die Stimmung gegen die Koalitionstruppen an, um sich für die Zeit nach ihrem Abzug zu positionieren. Einst war er von ihnen als der erste frei gewählte Präsident und Hoffnungsträger des Westens nach der Vertreibung der Taliban in das Amt gebracht worden. Er sollte den jungen Staat aus den Trümmern der jahrelangen Kriege erheben und die zerstrittenen Völker in Afghanistan einen. Doch schnell erlag der Hoffnungsträger der Macht und der Verlockung des Geldes.

Zermürbt von den Korruptionsvorwürfen gegen ihn und seine Familie wechselte er ständig sein Kabinett. Seine Minister taten es ihm gleich; einmal an der Macht nutzten sie die Gelegenheit, um sich und ihre Familien zu bereichern. Dem angeschlagenen Präsidenten gelang ein erneuter Wahlsieg, doch der Ruf des Wahlbetruges verstummte seit dieser Zeit nicht mehr. Mit dem Erstarken der Taliban und der Warlords war der Einfluss des Präsidenten nur auf die Hauptstadt begrenzt. Aus dem einst verlässlichen Partner war ein unberechenbarer Mann geworden, der jede Gelegenheit nutzte, um sich an der Macht zu halten oder jemanden aus seiner Familie an eine Schaltstelle der Macht zu bringen. Die mächtigen Kriegsfürsten steckten ihre Reviere ab und suchten Verbündete für den Kampf danach. Die Preise für Waffen kletterten in die Höhe und erfahrene Kämpfer nahmen nun das Doppelte für ihre Dienste.

Laute Stimmen auf dem Feld unterbrachen seine Gedanken und Mitch drehte sich vorsichtig um.

»Ich übernehme das Anwesen«, sagte Becks leise neben ihm.

Der Bauer stand am Rande des Feldes umringt von drei Kindern in schmutzigen Kleidern. Gemeinsam spannten sie jetzt den Ochsen aus und die Kinder sammelten die verstreuten Sachen des Bauern ein.

Mitch beobachtete die Kinder aufmerksam. Gerade spielende Kinder stolperten gerne über alles, was auf dem Boden lag.

Becks kam wohl der gleiche Gedanke. »Die sollen bloß nicht anfangen, nach Pilzen zu suchen!«

»Meinst du Fuß- oder Steinpilze?«

Ein kleines Mädchen in einem ausgeblichenen, pinkfarbenen, mit bunten Perlen geschmückten Kleid reichte dem Bauern eine dreckige, grüne Kanne mit Wasser. Er wusch sich zuerst die Hände, dann das Gesicht, trocknete sich an seinem Hemd ab und gab die Kanne zurück. Unter Geschrei trieben sie den Ochsen den Feldweg hinauf. Die Kinder spielten dabei miteinander, sie umkreisten ihren Vater und das Tier, und so zogen sie langsam die Straße zum Dorf entlang. Die Sonne beleuchtete dabei mit ihren goldenen Strahlen den staubigen Feldweg. Die Berge, die sie umgaben, verloren mit dem letzten Tageslicht ihre rotbraune Farbe. Die dunklen Schatten kehrten am Tagesende in das Tal zurück.

Der Muezzin rief die Gläubigen zum Gebet und über dem Tal hing der Rauch der Lehmöfen.

Es wirkte hier alles so friedlich und ruhig – eingebettet von schwarzen Bergen im Grün der Felder. Und nichts deutete auf die Ereignisse der vergangenen Stunden hin.

II

Professor Werner
Berlin, achtundvierzig Stunden zuvor

Mitch hatte soeben seine letzte Laufrunde im Wald beendet, als sein abhörsicheres Telefon klingelte.

»Büro des Direktors«, hörte er die Stimme der Sekretärin. »Hallo Mitch, der Direktor bittet Sie, heute um dreizehn Uhr zu diesem kleinen Italiener an der Ecke zu kommen. Sie wissen schon … Er würde gerne mit Ihnen gemeinsam zu Mittag essen. Dafür haben Sie eine Stunde Zeit. Den Tisch habe ich bereits reserviert. Also seien Sie bitte pünktlich, der Direktor hat anschließend noch weitere Termine«, fuhr die Sekretärin belehrend fort.

»Ja, ich werde natürlich kommen. Übrigens, ich bin immer pünktlich …« Weiter kam er nicht, die Sekretärin unterbrach ihn gnadenlos.

»Na, sagen wir fast immer. Ich habe den Termin jetzt in seinem Kalender bestätigt und wir sehen uns später im Haus.« Bevor er etwas erwidern konnte, wurde der Hörer am anderen Ende aufgelegt.

‚Diese Frau kann einfach nicht lachen – oder nur im Keller‘, dachte Mitch.

Er sah auf seine Uhr. Ihm blieben noch zwei Stunden, um zu duschen und zum vereinbarten Treffpunkt zu fahren.

Zum Glück waren gerade Ferien und die Stadt wirkte seit Tagen wie ausgestorben. Jeder versuchte auf seine Weise, der Sommerhitze zu entfliehen. Die Strandbäder waren voller

Menschen und selbst der kleinste freie Fleck am Ufer war mit Handtüchern zugepflastert. Mit dem Fahrrad brauchte Mitch dreißig Minuten bis nach Hause. Ihm blieben also noch eine Stunde und dreißig Minuten bis zum vereinbarten Treffen.

Sein Haus, eine ehemalige Likörfabrik, umgeben von einem Garten mit alten Obstbäumen, befand sich in einem zur Zeit sehr angesagten Stadtbezirk mit kleinen Geschäften und bunten Kneipen.

Jahrelang hatte die Fabrik leer gestanden, bis die Stadt sich eines Tages entschloss, sie zu verkaufen. Als Mitch zusammen mit seiner Frau Mia die Fabrik zum ersten Mal besichtigte, sah er die hohen leeren Hallen, die alten Industriefenster und eine Menge Arbeit und Kosten. Doch noch bevor er seine Vorbehalte oder etwas anderes sagen konnte, wandte sich Mia ihm lächelnd zu und sagte einfach: »Will haben!«

Er kannte diesen entschlossenen Blick und sah die Freude, alles neu gestalten zu können, in ihren Augen, und all seine Bedenken waren in diesem Moment wie weggeblasen. Und wahrscheinlich hätte er sowieso gegen eine Wand geredet. Denn gegen diesen Blick war er machtlos … Er kannte das.

»Wir haben bereits einige andere Interessenten für dieses Objekt. Sie müssen sich also beeilen.« Die Stimme des Maklers war gezwungen höflich, doch in seinen Augen lag etwas Mitleidiges. Diese beiden Spinner vor ihm, die zum Besichtigungstermin mit ihren Fahrrädern gekommen waren, konnten sich ein Objekt solcher Größe sowieso nicht leisten. Er blickte unauffällig auffällig auf seine glitzernde Uhr, um das Schweigen zu überbrücken.

»Ich habe um sechzehn Uhr eine weitere Besichtigung einer Investmentgesellschaft für dieses Objekt. Sie planen hier den Bau einer Luxuswohnanlage. Mit eigenem Portier und Schwimmbad. Wir übernehmen anschließend den Vertrieb dieser Wohnungen. Also wenn Sie vielleicht Interesse an einer Wohnung haben ...«

Mias Gesicht verfinsterte sich. Warum musste man aus allem Luxus machen? Was ist mit denen, die darauf keinen Wert legten? Vielleicht war es der Blick des Maklers auf die Uhr, vielleicht die Art, wie er sie behandelte – geringschätzig, gelangweilt.

»Wir nehmen es«, hörte er sich sagen, obwohl alles in ihm dagegen war.

Bereits auf dem Weg nach Hause holte er sein Telefon aus der Tasche.

»Becks? Du kennst doch diese Rocker, die immer diese lauten Partys feiern und alles dabei verwüsten. Ich habe eine super Location für ihre nächste Party. Von mir aus können sie darin die ganze Woche feiern, das Objekt wird eh bald renoviert.«

Eine Woche später meldete sich der Immobilienmakler bei ihnen, um zu fragen, ob sie immer noch an dem Kauf der Immobilie interessiert seien. Die Fabrik war kaum wiederzuerkennen, eine Menge Glasbruch, vollgeschmierte Wände und herausgerissene Türen. Der Garten glich einer Trümmerlandschaft. Sie mussten natürlich über einen Preisnachlass verhandeln. Weitere zwei Wochen später wurde der Kaufvertrag beim Notar unterschrieben.

Mittlerweile war er selbst dem Charme der alten Hallen verfallen. Als sie mit dem Ausbau fertig waren, konnte er sich nichts Schöneres mehr vorstellen. Sie hatten jetzt viel Raum und einen kleinen Garten mitten in der Stadt. Sogar Becks fand seinen Platz. Er baute sich im hinteren Teil der Fabrik eine Wohnung aus. Von außen wirkte das Gebäude mit dem roten Klinker immer noch wie ein alter Produktionsbetrieb aus der Jahrhundertwende. Doch das neue Tor, die angebrachte Sicherheitsanlage sowie die versteckten Kameras auf dem

Gelände sollten ihre Bewohner vor unangemeldeten Besuchern schützen.

Frisch geduscht im Anzug mit Krawatte holte Mitch seinen Wagen aus der Garage. Er fragte sich, was der eigentliche Grund für diesen unerwarteten Termin sein könnte.

Der Leiter der Behörde war seit fünf Jahren im Amt. Zuvor war er in der Leitungsebene verschiedener Ministerien tätig, bevor er Sonderbotschafter in Pakistan wurde. Er verfügte über exzellente internationale Kontakte, war parteiübergreifend anerkannt als Experte für internationale Beziehungen, und so berief man ihn zum Präsidenten des Amtes für Unterstützung und Kommunikation. Somit war er der erste zivile Chef dieses Amtes und schaffte es innerhalb der ersten zwei Jahre seiner Amtszeit, die Behörde komplett umzukrempeln und neu auszurichten. Nach dem Fall des Eisernen Vorhanges geriet die Welt in Bewegung, neue Bedrohungen, aufflackernde Kriege, alte und neue Feinde, die sich formierten. Es galt, sich den Herausforderungen dieses Jahrhunderts zu stellen.

Der Direktor, wie er ehrfurchtsvoll von allen genannt wurde, brachte einen frischen Führungsstil ein, straffte die Struktur der Organisation und verlieh dem Amt das nötige politische Gewicht. Trotz zahlreicher Termine wollte er den Kontakt zu seinen Mitarbeitern nicht verlieren, daher war es durchaus üblich, wenn der Leiter der Behörde jene zum Essen bat. Mitch wusste aber auch, dass diese Einladungen zum Essen keine Plauderstunden waren. Es drehte sich oft um wichtige Entscheidungen oder Vereinbarungen.

Seit sieben Monaten arbeitete Mitch gemeinsam mit Becks in einer Arbeitsgruppe, die neue Technologien in ihre Tätigkeit einbinden sollte. Es ging um die Darstellung von Räumen, Örtlichkeiten und Objekten im 3-D-Format. Ausgerüstet mit einer virtuellen Brille konnte man mittels eines spezifischen Programms jedes Gebäude und jeden Ort der Erde betreten, ohne jemals zu verreisen. Wer noch nie in seinem Leben vor dem Taj Mahal gestanden hatte oder auf der Chinesischen Mauer spaziert war, konnte sich mithilfe dieser Darstellungen an jenen Orten bewegen. Schiffe, Flugzeuge, Stadtteile und Bürokomplexe konnten 1:1 simuliert werden. Diese Entwicklung eröffnete ihnen völlig neue Möglichkeiten bei der Vorbereitung auf kommende Einsätze.

Doch je länger Mitch über den Grund für das erneute Treffen mit dem Direktor grübelte, desto unsicherer wurde er. Zwei Zusammenkünfte innerhalb eines Jahres in privatem Rahmen deuteten auf irgendetwas Unerwartetes hin. Der Direktor war zwar immer für eine Überraschung gut, aber er leitete auch eine Behörde und es entsprach nicht dem üblichen Dienstweg, sich mit Angestellten zu einem Gespräch zu treffen, zumal seine Termine auf Monate hinaus verplant waren.

Mitch war fast zwanzig Minuten früher am verabredeten Treffpunkt erschienen und suchte nach einem Parkplatz in der Nähe, als er die schwarze Limousine des Direktors in einer Seitenstraße bemerkte. Das bedeutete, sein Chef wartete bereits auf ihn. Seit seinem Amtsantritt wurde der Direktor auf Schritt und Tritt von zwei Sicherheitsbeamten begleitet. Sie grüßten Mitch, als sie ihn von Weitem erkannten.

Auf der Straße zum Restaurant verwarf er alle vorherigen Gedanken und unterdrückte seine Unsicherheit. Er bemerkte die hagere Gestalt des Direktors an einem Tisch, über Akten gebeugt.

»Guten Tag, Herr Direktor.«

»Guten Tag, Mitch! Na, Sie sind aber überpünktlich. Ich muss noch einiges korrigieren und dann bin ich sofort bei Ihnen.«

Der Direktor gab ihm die Hand und vertiefte sich wieder in die offene Akte. Er saß an diesem Tisch wie in seinem Büro, das Sakko ausgezogen, die Ärmel hochgekrempelt. Voll konzentriert in seine Arbeit, notierte er mit einem grünen Stift Bemerkungen am Rande eines Textes.

Mitch setzte sich, lockerte seine Krawatte und zog ebenfalls das Jackett aus. Dabei betrachtete er unauffällig den Direktor – rahmenlose Brille, rote Krawatte, dunkler Anzug, das weiße Haar sorgfältig zur Seite gekämmt. Auf jemanden, der ihn nicht kannte, erweckte er den Eindruck eines freundlichen, älteren Herrn, der sich Notizen machte. Doch er wusste, dass hinter dieser Fassade ein analytischer Verstand, ein brillanter Stratege und ein unnachgiebiger Verhandlungspartner steckten.

»Bestellen Sie ruhig schon etwas. Ich muss heute noch eine Rede in Brüssel halten und verpasse ihr gerade den letzten Schliff«, sagte der Direktor plötzlich, ohne aufzublicken.

Als Mitch seine Bestellung aufgab, packte der Direktor die Akten in die Tasche und musterte ihn seinerseits aufmerksam. Dabei kniff er die Augen so zusammen, dass man nicht genau wusste, ob er schlief oder einen ansah.

Nachdem die Bedienung die Bestellung aufgenommen hatte, eröffnete er ohne Umschweife das Gespräch.

»Wie ist der Stand beim 3-D-Projekt?«

»Wir haben endlich eine Softwarefirma gefunden, die uns ein Programm, das unseren Anforderungen entspricht, erstellen kann. Allerdings wollen sie von uns eine Beteiligung an der weiteren Entwicklung der Software«, antwortete Mitch, überrascht über das Thema.

»Und über welchen finanziellen Rahmen reden wir dabei?«

»Wir sind bei fünf Millionen Euro. Wenn wir uns auf weitere Entwicklungskosten einlassen, landen wir bei etwa sieben Millionen«, sagte Mitch vorsichtig.

»Haben Sie einen anderen Vorschlag?«

Bevor Mitch diese Frage beantworten konnte, brachte die Bedienung die Vorspeise. Das verschaffte ihm zwar eine kleine Pause, aber seine Unsicherheit kehrte zurück. Was war der wahre Grund für dieses Gespräch? Die genannten Informationen bekam der Direktor schließlich während der Besprechung am Wochenanfang von seinem Büroleiter.

»Ich würde das Programm für fünf Millionen kaufen und die weiteren Entwicklungskosten mit anderen Behörden teilen. Das Programm ist vielseitig einsetzbar, angefangen von den Rettungsdiensten über Feuerwehr bis hin zur Polizei. So können wir eine Menge Geld sparen und es in andere Projekte investieren.« Er wollte gerade mit seinen Ausführungen fortfahren, als der Direktor ihn abrupt unterbrach.

»Wissen Sie, über diese Möglichkeit haben wir auch schon nachgedacht, aber mich interessiert Ihre Meinung dazu. Ich will genau erfahren, was meine Einsatzkräfte brauchen, um nicht die Beschaffungsmaßnahmen am Bedarf vorbei zu führen. Unsere Techniker hätten doch längst das gesamte Paket bestellt, nur um zu sagen, wir haben da was Neues, was noch kein anderer hat.« Der Direktor legte eine Pause ein, bevor er in ernsthaftem Ton fortfuhr. »Ich will unsere Mittel sinnvoll investieren. Wir wollen nur das beschaffen, womit wir künftig auch konkret arbeiten. Wenn wir dabei unnötige Kosten sparen, bin ich der Letzte, der so ein Projekt stoppen würde. Wir stehen am Beginn eines neuen Zeitalters und es wird immer schwieriger, zu unterscheiden, wo der Terrorismus beginnt und die Kriminalität aufhört. Die Grenzen zwischen beiden Organisationen verschwimmen immer mehr. Die Drogenkartelle handeln mit Waffen und die Terrororganisationen finanzieren sich über den Drogenhandel. Beide Organisationen arbeiten eng zusammen und nutzen die Vertriebsnetze der anderen. In der heutigen Zeit müssen wir schnell und flexibel auf neue Herausforderungen reagieren. Ein Schlüssel dafür könnte der neuartige Ansatz der Modularität sein. Das heißt für mich, wir müssen uns auf jeden Auftrag, den wir bekommen, rasch und individuell vorbereiten. Dazu brauchen wir Komponenten, die zusammenpassen und die jeder bedienen kann.«

Mitch hörte ihm zu und konnte sich des Eindrucks nicht erwehren, dass das bisherige Gespräch nur ein Vorgeplänkel war. Der Direktor hatte vorhin wir gesagt, was bedeutete, dass ihr Projekt bereits das Thema bei der Abteilungsleiterrunde war. Doch er schwieg höflich. Das Hauptgericht wurde serviert.

Plötzlich legte der Direktor das Besteck beiseite und holte eine dünne rote Mappe aus seiner Tasche.

»Erinnern Sie sich an unseren gemeinsamen Besuch der Ausstellung im Pergamonmuseum?«, fragte er, als hätte die vorherige Unterhaltung überhaupt nicht stattgefunden, und übergab Mitch die Mappe.

»Ja, es war eine interessante Ausstellung über das alte Reich der Perser«, erwiderte Mitch zögerlich und öffnete dabei die dünne Mappe.

»Diesen Herrn kennen Sie bereits. Das ist Professor Werner.« Der Direktor zeigte auf ein Foto.

Mitch sah sich die Aufnahme an. Das war der Mann, der sie an jenem Abend durch die neu eröffnete Ausstellung im Pergamonmuseum in Berlin begleitet hatte. Im Mittelpunkt der Schau stand das Buch der Könige. Es erzählt die Geschichte über die Entstehung und den Niedergang des Perserreiches und es war doppelt so umfangreich wie die Epen von Homer und zwanzig Mal länger als das Nibelungenlied. Die Führung durch die üppig gefüllten Museumsräume hatte zwei Stunden gedauert. Ihn hatte damals besonders das blaue Ischtar-Tor, das zur langen Prozessionsstraße im alten Babylon gehörte beeindruckt. Professor Werner, ein Studienfreund des Direktors, übernahm persönlich die Führung durch die neu gestalteten Räume seines Museums. Er zählte die scheinbar endlose Liste der Namen persischer Könige auf und erzählte deren Geschichte. Ein Name aus den längst vergangenen Zeiten war eng mit der Geschichte des alten Perserreiches verbunden, denn er besiegelte dessen Untergang: Alexander der Große. Er eroberte das riesige Reich der Perser, das einst vom heutigen Afghanistan bis nach Ägypten reichte und gründete auf dessen Trümmern ein neues Imperium, das in seiner Ausdehnung zwanzig Staaten der Moderne umfasste. Mitch faszinierten die Hingabe und die Begeisterung des Professors, als jener über die Schätze des Museums sprach. Von der kleinsten Münze bis zu den Scherben einer zerbrochenen Vase, jedes dieser Objekte hatte eine eigene Geschichte und der Professor kannte sie alle.

Besonders lange verweilten sie bei den Leihgaben aus Usbekistan. Dort führte das Deutsche Museum ein internationales Projekt an, das zurzeit eine Tempelanlage am Fuße des Amudarja freilegte, die hellenischen Ursprungs war. Sie stammte vermutlich aus der Zeit der Feldzüge Alexanders, der Städte und Tempelanlagen in eroberten Gebieten gründete, um diese für sich zu sichern.

Beim anschließenden Empfang für die Gäste der Ausstellung packte der Professor Mitch mitten in der Unterhaltung plötzlich am Arm: »Na, Sie tragen aber eine schöne Uhr. Wie ich sehe, ist es eine Panerai.«

»Ja, es ist eine Luminor. Meine Frau hat sie mir zum Geburtstag geschenkt«, antwortete Mitch verlegen, weil sich sofort alle Blicke auf ihn richteten, während der Professor sein

Handgelenk dicht vor Augen hielt, um die Uhr besser betrachten zu können.

»Schön! Diese geschwungene Form der Brücken und der dezente technische Schliff«, murmelte er und schien sein Museum gänzlich zu vergessen. »Übrigens wurden diese Uhren eigens für die italienischen Kampfschwimmer im Ersten Weltkrieg angefertigt. Jeder von ihnen bekam eine eigene Nummer, die auf ihre Bänder gemalt wurde, um sie den Tauchern zuordnen zu können. Soweit ich mich erinnere, wurden die ersten Uhrwerke für Panerai von Rolex geliefert. Wissen Sie, ich habe auch eine Schwäche für Uhren.« Der Professor zeigte stolz seine eigene Uhr. »Sie ist aus der Glashütte Manufaktur, allerdings ist sie etwas älter als Ihre, das hängt mit meinem Beruf zusammen. Wenn man ständig irgendwo buddelt und nach alten Sachen in der Erde sucht, entwickelt man eine Affinität zu altem Kram. Aber so schlimm ist das eigentlich nicht, und diese Uhr begleitet mich schon einige Jahre. Schauen Sie!«

Freudestrahlend und fasziniert von seiner eigenen Uhr streckte er sie Mitch entgegen. Er ergriff das Handgelenk des Professors bereitwillig und betrachtete die Uhr. Sie wirkte sehr schlicht, ihr Gehäuse war vergoldet und am schwarzen Lederarmband glänzte golden die zerkratzte Schnalle. Das Alter der Uhr war schwer zu schätzen. Doch bevor er die entscheidende Frage stellen konnte, lüftete der Professor selbst das Geheimnis.

»Es ist eine Glashütte GUB Kaliber 70.1, Baujahr 1963. Übrigens, sie ist auch ein Geschenk meiner Frau.«

Die Uhr wies einige Gebrauchsspuren auf, doch sie strahlte immer noch den Charme der vergangenen Jahre aus und passte zu ihrem Besitzer. Zwei grüne Zeiger für Stunden und Minuten sowie ein Sekundenzeiger zierten das Zifferblatt. Im oberen Teil des Ziffernblattes waren deutlich die drei fetten Buchstaben GUB zu sehen und im unteren Teil stand stoßgesichert.

»Eine schöne, klassische Uhr«, bemerkte Mitch.

»Ich lasse sie jedes Jahr von einem Uhrmacher reinigen, ölen und sie …« Der Professor stockte mitten in seinen Ausführungen. Seine Augen fanden jemanden in der Menge. Er drehte sich abrupt um und eilte davon, blieb nach einigen Schritten stehen und sagte: »Der Bürgermeister! Sie entschuldigen mich …«

Dann verschwand er im Gemenge der Gäste.

Das war seine Begegnung mit Professor Werner, die er noch gut in Erinnerung hatte, alleine schon wegen der Uhr. Mitch blätterte die Seiten der roten Mappe durch. In der Akte stand der komplette Lebenslauf von Professor Werner: Universität, Doktorandenstelle, Heirat, Professur, zahlreiche Umzüge. Sein Leben hatte ihn an Ausgrabungsstätten auf der ganzen Welt geführt. Mitch sah auf und bemerkte, wie der Direktor ihn aufmerksam beobachtete. Mit einem Mal wusste er, dass der Professor heute aus irgendeinem Grund eine zentrale Rolle bei dieser Begegnung spielen würde. Er legte die Akte beiseite und setzte seinen Hauptgang fort, der Direktor tat es ihm gleich. Offenbar ordnete auch er seine Gedanken und wollte sich den wahren Grund für ihre heutige Zusammenkunft für später aufheben.

»Sie fragen sich bestimmt nach dem Grund für unser Treffen«, sagte der Direktor schließlich.

»Wissen Sie, Mitch, ich kenne Professor Werner fast vierzig Jahre. Aus unserer ersten beruflichen Zusammenarbeit ist eine enge Freundschaft entstanden. Seit seinem Umzug hierher treffen wir uns regelmäßig ein- bis zweimal im Monat. Seine letzte Ausgrabung führte ihn nach Usbekistan. Dort am Flussufer, an der Grenze zu Afghanistan, entdeckte man vor Kurzem die Überreste einer riesigen Tempelanlage. Erste Meldungen gingen um die Welt ‚Tempelanlage aus der Zeit Alexanders des Großen in Usbekistan entdeckt‘. Sie können sich natürlich vorstellen, dass die gesamte Fachwelt völlig elektrisiert davon war, und ich brauche Ihnen auch nichts über Werners Zustand zu erzählen. Ihm wurde die Leitung dieser Ausgrabungen übertragen. Das größte internationale Projekt, das es bisher gab. Es wird von der Europäischen Union und allen Ländern, die sich als Erben des großen Königs betrachten, unterstützt.«

Der Direktor nahm einen Schluck Wasser, überlegte kurz und fuhr fort.

»Ich bekam nach seiner Abreise nur noch sporadisch Nachrichten von ihm. Vor acht Tagen rief er mich unerwartet spätabends zu Hause an und bat mich um Hilfe. Er brauche dringend ein Visum für Afghanistan. Er war offensichtlich auf weitere Funde gestoßen, die ebenfalls auf eine direkte Verbindung zum Feldzug Alexanders hindeuteten. Es muss etwas Außergewöhnliches gewesen sein, denn es war ihm ungeheuer wichtig, dort hinzukommen. Ich habe natürlich auf meiner Ebene mein Möglichstes getan, um ihn in dieser Sache zu unterstützen.«

Mitch bekam eine Ahnung, wohin diese Geschichte führte. An kalten und feuchten Tagen, wenn der Himmel mit grauen Wolken auf die Erde niederdrückte, spürte er manchmal ein Ziehen in der Schulter, das von der Verletzung stammte, als der Bus, mit dem er in Afghanistan zu einem geheimen Treffen unterwegs war, in eine Sprengfalle geraten war. Heute schien zwar die Sonne, trotzdem meldete sich seine Schulter – das Wort Afghanistan war bereits zweimal in ihrer Unterhaltung gefallen.

Die Worte des Direktors drangen wieder zu ihm.

»Seit zwei Tagen ist jeglicher Kontakt zu ihm abgebrochen. Sein Assistent rief mich gestern Abend besorgt an, der Professor habe ihm meine Nummer für den Notfall hinterlassen und dieser sei offenbar jetzt eingetreten. Er berichtete mir, wie es überhaupt zu diesem merkwürdigen Ausflug nach Afghanistan kam. Am Wochenende fahren einige der Mitarbeiter in die nahe gelegene Ortschaft, um etwas einzukaufen oder Ausflüge in die Umgebung zu unternehmen. In einem kleinen Grenzort gibt es einen großen Markt, wo auch viele afghanische Händler ihre Waren anbieten. Sozusagen der kleine Grenzhandel. Von eingelegten Gurken bis hin zu Teppichen aus Pakistan. Zwischen dem Kitsch, der dort angeboten wird, hat ein Archäologe ein vermeintlich altes Armband gekauft. Zurückgekehrt ins Camp, musste er allerhand Witze über sich ergehen lassen. Doch er untersuchte das Armband genauer und stellte zu seiner Überraschung fest, dass es sich tatsächlich um ein sehr altes, wertvolles Stück handelte. Damit ging er zu Professor Werner und dieser schickte das Armband weiter zu seinem Kollegen nach Taschkent. Eine Woche lang untersuchten die usbekischen Kollegen abwechselnd das Schmuckstück. Es schien eine außergewöhnliche Arbeit zu sein, die nur für Könige bestimmt war. Die Experten datierten das Stück auf die Zeit um 500 bis 200 vor Christus. Genaues konnte nur noch die Radiokarbonmethode feststellen. Die Wissenschaftler schlossen einstimmig aus, dass es sich um eine billige Kopie aus dem großen Reich der Mitte handelte, die einige Zeit in der Erde gelegen hatte, um es als antiker Gegenstand teuer verkaufen zu können. So einfach begann die Geschichte: Man erwarb ein Armband, stellte fest, dass es echt ist, und folgerichtig mussten jetzt weitere Fragen kommen. Wir sprechen hier bereits von einem Zeitraum von drei

Wochen. Am Wochenende fanden sie den afghanischen Händler auf dem Markt, der das Armband verkauft hatte. Der witterte sofort ein Geschäft und versicherte, er könne noch mehr davon besorgen. Wieder eine Woche später brachte er den überraschten Archäologen Schwerter, Pfeilspitzen und Teile einer Rüstung. Es gab für sie keinen Zweifel mehr. Die Sachen waren echt und sie stammten eindeutig von den Schlachten des großen Königs. Doch am eindrucksvollsten waren die verwackelten Bilder einer Handykamera, die eine Art Grabstätte oder etwas Ähnliches zeigten. Auf diesen Aufnahmen war die alte Keilschrift der Perser zu sehen und selbst der sonst zurückhaltende Professor geriet in helle Aufregung über das Gesehene. Der einzige Haken an dieser Geschichte war – die Händler waren Afghanen und der Fundort dieser Sachen lag natürlich in Afghanistan. Daher rief Professor Werner mich sofort an und bat um Hilfe. Dank meiner Fürsprache bei den Usbeken bekam der Professor sein Visum als Erster. Die anderen Mitarbeiter mussten sich eine Weile gedulden. Professor Werner verwarf alle Bedenken und brach gemeinsam mit den Afghanen zu seiner Erkundungsreise auf. Seine Mitarbeiter versuchten, ihn von dieser Reise abzubringen, aber er wollte unbedingt dahin. Wie ich die Archäologen kenne, hätte jeder von ihnen dasselbe getan, in ihnen brennt die Neugier auf Entdeckungen. Doch irgendetwas Besonderes muss seine Aufmerksamkeit erregt haben, denn er sprach auf einmal von einem bedeutenden Fund. Wie verabredet, meldete er sich einmal nach seinem Grenzübertritt und einige Zeit später direkt aus Afghanistan bei seinen Mitarbeitern. Doch plötzlich brach die Verbindung zu ihm komplett ab. Er war weder über sein privates noch über das Satellitentelefon zu erreichen. Beide Telefone waren abgeschaltet. Sein Assistent berichtete mir, dass der afghanische Händler den Professor immer wieder bedrängt habe, so schnell wie möglich nach Afghanistan aufzubrechen. Auch das Visum an der Grenze sei für sie kein Problem. Doch wie ich ihn kenne, wollte er alles den Behörden überlassen. Ich habe natürlich versucht, auf meinem Weg etwas Licht in diese Sache zu bringen. Ich fühle mich an der Lage mitschuldig, denn nur durch mein Zutun bekam er als Erster das Visum.«

Mitch nutzte die kurze Pause. »Das war vielleicht auch gut so. Sonst hätten wir eine größere Gruppe, die wir jetzt suchen müssten.«

Der Direktor lächelte schief und setzte seine Erzählung fort.

»Doch hier bin ich an meine Grenzen gestoßen. Ich habe eine offizielle Anfrage an unsere Botschaften in Usbekistan und Afghanistan gestellt und sie gebeten, die örtliche Polizei mit der Suche nach Professor Werner zu beauftragen. Doch weder die Botschaft in Usbekistan noch die in Afghanistan konnte uns bisher neue Erkenntnisse liefern.«

Der Direktor sah Mitch direkt in die Augen.

»Der General der Grenztruppen in Usbekistan schuldet mir übrigens einen Gefallen. Seine Grenzposten haben bestätigt, dass zwei Fahrzeuge mit einem Europäer den Grenzübergang vor drei Tagen über den Fluss Amudarja passiert haben. Für mich gibt es dazu zwei Theorien. Erstens: Werner hat sein Handy und das Satellitentelefon verloren und steckt bis über beide Ohren in Arbeit, was ich nicht ausschließen kann, und er wird sich in den nächsten achtundvierzig Stunden bei uns melden. Zweitens: Wenn wir vom Schlimmsten ausgehen, ist es eine Entführung. Ich habe immer noch die Hoffnung, dass sie mit ihren Fahrzeugen irgendwo liegen geblieben sind oder sich in den Bergen verirrt haben. Alles ist möglich in Afghanistan. Das wissen Sie am besten. Aber meine Hoffnung schwindet mit jeder Stunde, die vergeht. Wir haben bereits zweimal eine Drohne über die vermeintliche Fahrstrecke der Fahrzeuge geschickt, doch auf den Bildern konnten wir nichts Ungewöhnliches entdecken. Auch die Peilung der Telefone verlief ergebnislos. Wir konnten die Geräte nicht aktivieren, was bedeutet, dass die Akkus herausgenommen wurden. Zurzeit bereiten wir eine größere Operation in dieser Gegend vor. Gemeinsam mit Russen, Usbeken und Afghanen sollen die Drogenringe entlang der Grenze zerschlagen werden. Dabei übernehmen wir die Überwachung der Schmuggelrouten und liefern unsere Erkenntnisse weiter an die gemeinsame Ermittlungsgruppe dieser Länder. Ich kann nicht ausschließen, dass der Professor genau aus diesem Grund entführt wurde und jetzt als Druckmittel gegen uns eingesetzt wird.«

Der Direktor ließ Mitch Zeit, um die ganze Bedeutung seiner Worte zu verdauen.

»Der Abzug der ISAF-Truppen für das Jahr 2014 wird vorbereitet. Er führt über zwei Routen, die südliche über Pakistan und die nördliche über Usbekistan. Die südliche Route können wir getrost abschreiben. Die Spannungen zwischen den USA und Pakistan dauern immer noch an, dazu kommen die ständigen Blockaden an der pakistanischen Grenze und die Überfälle auf die ISAF-Konvois im Inneren des Landes durch die Taliban. Die unbeständige politische Lage in Pakistan tut ihr Übriges. Wir können uns auf die Pakistanis nicht mehr verlassen und suchen nach anderen Möglichkeiten, unsere Logistik aus dem Land zu verlegen. Wie es derzeit aussieht, bleibt uns nur noch der Weg über den Norden, also über Usbekistan und Russland nach Europa. Doch auch hier registrieren wir inzwischen massive Bewegungen der Taliban. Die Warlords bereiten sich auf unseren Abzug vor und bringen sich in den von uns geräumten Gebieten in Position. Erst kürzlich wurden zweiundzwanzig Tanklaster auf dem Weg von

Usbekistan nach Afghanistan hinter der Grenze angegriffen und zerstört. Der gesamte Treibstoff ist verschwunden und wird uns möglicherweise bald zu einem dreifachen Preis angeboten. Die Lage ist verworren und relativ unübersichtlich. Zu viele mischen bei diesem Spiel mit und dieses zu viel können wir uns zurzeit nicht leisten! Kurz gesagt, ich brauche da unten jemanden, der das Ganze vor Ort untersucht und die richtigen Schlüsse zieht. Wir haben zwar ein Team in Mazar-i-Sharif, doch das kann ich nicht von seinem derzeitigen Auftrag entbinden. Ihr müsst vor Ort allein zurechtkommen.«

Der Direktor sah Mitch lange in die Augen.

Ihr müsst … Mitch war bewusst, dass ihm der Direktor unmissverständlich mit nur zwei Worten einen direkten Auftrag erteilt hat. Sein Vorgesetzter befand sich in einer heiklen Lage. Einerseits war er mit dem Professor befreundet, was man ihm später als Befangenheit auslegen könnte. Andererseits lag hier eine Situation vor, die auf eine Entführung hin deutete und den gesamten Einsatz gegen die Drogenbarone gefährdete. Die Preisfrage dabei war – wie weit waren sie bereit zu gehen?

»Also für mich kommen einfach zu viele Zufälle in dieser Geschichte vor. Ein Händler verkauft zufällig ein Armband auf einem Markt, der zufällig häufig von westlichen Archäologen besucht wird. Es stellt sich heraus – das Ding ist auch noch echt! Dann zeigt der Händler Aufnahmen eines historischen Ortes und er weiß auch noch, wo sich der Ort befindet – zufällig gleich hinter der Grenze. Das sind für mich zufällig zu viele z in einem Satz.« Mitch stockte, runzelte die Stirn und sprach das aus, was zwischen ihnen die ganze Zeit unausgesprochen war. »Es sieht mehr danach aus, dass die Archäologen mit Absicht geködert wurden, um sie nach Afghanistan zu locken. Was mich allerdings an der Sache stört, es ist keine übliche Vorgehensweise bei einer Entführung.«

Das Ziehen in seiner Schulter wurde stärker.

»Warum ist bisher keine Lösegeldforderung eingegangen? Der Professor ist doch eine große Nummer und eine sehr bekannte Persönlichkeit. Da können die Entführer einen erheblichen Druck ausüben und eine hübsche Summe für ihn fordern.«

»Tja, sehen Sie, darüber zerbreche ich mir auch schon die ganze Zeit den Kopf«, sagte der Direktor nachdenklich. »Das ist vermutlich die Preisfrage, die Sie lösen müssen. Nehmen Sie Becks mit und untersuchen Sie den Fall vor Ort. Ihre Maschine startet heute um einundzwanzig Uhr vom militärischen Teil des Flughafens. Alles andere, was Sie an Ausrüstung noch benötigen, bekommen Sie in Mazar-i-Sharif in unserer Basis. Die Jungs erwarten Sie bereits. Alles Weitere wird Ihnen in der Maschine übergeben. Wir erstellen gerade eine Einsatzmappe mit einigen historischen Hintergründen zu diesem Fall. Sie haben genug Zeit während des Fluges, sich mit den Feldzügen Alexanders des Großen zu beschäftigen.«

»Aber Sie wissen schon, dass der Flug nur sechs Stunden dauert!« Mitch konnte sich diese Bemerkung nicht verkneifen.

Zum ersten Mal erschien so etwas wie ein Lächeln auf dem Gesicht des Direktors und Mitch bemerkte, wie müde dieser aussah.

Die Bedienung räumte die Teller ab und ihre Unterhaltung endete abrupt.

»Haben die Herren noch einen Wunsch? Einen Nachtisch oder vielleicht einen Kaffee?«

»Wir nehmen zwei Espresso.«

Mitch überlegte. Wenn er nach der Verteilung der Speisen und dem Verlauf ihres Gesprächs ging, dann müsste noch irgendetwas Besonderes zum Nachtisch kommen. Und er sollte recht behalten.

Nachdem die Espressos serviert worden waren, griff der Direktor erneut in seine Tasche und holte eine weitere rote Mappe heraus.

»Das hier hat mir mein amerikanischer Kollege aus dem Heimatschutzministerium geschickt. Mit der Bitte um technische Unterstützung.«

Der Direktor behielt die Mappe in der Hand, als ob er ihren Inhalt abwog, und beobachtete Mitch genau. Doch dieser dachte überhaupt nicht daran, nach der Mappe zu greifen, obwohl er selbst auf deren Inhalt gespannt war. Stattdessen überhäufte er in Ruhe seinen Espresso mit Zucker und trank ihn mit einem Schluck aus.

»Ich weiß nicht, ob Sie diese Meldung vor einigen Monaten gelesen haben«, begann der Direktor. »An alle Hilfsorganisationen, die in Afghanistan tätig sind, ist vor einiger Zeit eine großzügige Spende eingegangen. Lange wurde gerätselt, wer der Spender sei. Die Menschen wollten sich bei ihm für die Unterstützung bedanken. Es flossen immerhin 275 Millionen Dollar. Stellen Sie sich nur vor, was man mit diesem Geld alles machen kann und welche Hilfe diese Summe für die Betroffenen darstellt.«

Äußerlich blieb Mitch gelassen, doch jetzt wusste er, warum das Beste immer zum Schluss kommt.

»Auf Festen überall im Land wurden Dankesreden auf den unbekannten edlen Spender gehalten«, fuhr der Direktor unbeirrt fort und behielt ihn mit seinen grauen Augen fest im Blick. »Doch wissen Sie, nur einer konnte sich nicht so richtig mit den Bedürftigen freuen, nämlich der Schwager des Präsidenten von Afghanistan. Denn auf dessen Konto fehlte exakt diese Summe.«

»Das ist ja eine unglaubliche Geschichte«, sagte Mitch trocken.

»Wie wahr, wie wahr, eine unglaubliche Geschichte«, wiederholte der Direktor nachdenklich.

Er beugte sich über den Tisch und übergab Mitch endlich die rote Mappe, der sie in aller Ruhe öffnete, und das erste, was er sah, war ein Foto …

Es war eine Aufnahme von ihrem letzten Tag in der Bank, als sie den Bankdirektor zwangen, von seinem Computer aus das Geld an die Hilfsorganisationen zu verteilen. Das Bild zeigte eine verschwommene Abbildung von fünf Personen, die mit Tüchern ihre Gesichter bedeckten und den Bankdirektor umringten. Zwei von ihnen hoben sich deutlich durch ihre Größe von den anderen ab.

Mitch fühlte sich sofort zurückversetzt an diesen Tag, in diese Bank. Das laute Surren der Klimaanlage … Er sah die Zahlungseingänge auf dem Konto vor seinen Augen. Es waren unglaubliche Summen, und sie konnten es nicht glauben, dass in einem der ärmsten Länder der Welt ein einzelner Mann die gesamten Hilfsgelder des Landes auf sein privates Konto transferiert hatte. Doch sie verfolgten damals einen Plan und hatten eine Mission zu erfüllen. Becks drückte dem Bankdirektor einen Zettel in die Hand und bemerkte Furcht in dessen weit aufgerissenen Augen. Dieser verstand sofort, was das bedeutete und schrie es ihnen ins Gesicht. Er gab seinen Widerstand jedoch winselnd auf, als Ajmal ihm irgendetwas auf Paschtu ins Ohr zischte und davor hatte er mehr Angst als vor einer Waffe.

Aus der Ferne hörte Mitch den Direktor sagen: »Der Präsident des Landes hat den Geheimdienst angewiesen, alles zu unternehmen, um diese Männer zu ermitteln. Selbst an die Amerikaner ist er herangetreten, obwohl es eine äußerst delikate Angelegenheit ist. Doch die Amerikaner konnten aus diesen verwackelten Aufnahmen nicht mehr herausholen. Sie können sich natürlich vorstellen, dass in solch einem Fall auch eine gewisse Schadenfreude mitspielt. Der Präsident musste sich unangenehmen Fragen stellen. Bisher gab es nur unbestätigte Gerüchte über seinen Schwager und dessen undurchsichtige Verwicklungen. Wer hätte jemals gedacht, dass die Bank der Präsidentenfamilie überhaupt einmal überfallen wird. Ich könnte wetten, dass jetzt eine ganze Kompanie Soldaten in der Bank übernachtet. Die Amerikaner können diese Aufnahme übrigens noch vergrößern, doch die grobe Körnung verwischt alle Details. Was meinen Sie, besitzen wir die technischen Möglichkeiten, aus der Aufnahme mehr herauszuholen als die Amerikaner?«

»Ich würde es mit dem Fotobearbeitungsprogramm *Photoshop* probieren, aber ich bin kein Fachmann auf diesem Gebiet. So wie die Aufnahme aussieht, werden auch wir wahrscheinlich nicht mehr daraus machen können. Ich sage immer, es lohnt sich, Geld in erstklassige Technik zu investieren«, antwortete Mitch und fühlte sich dabei so entspannt wie lange nicht mehr.

»Sehr gut. Ich vertrete diese Meinung ebenfalls und werde das meinem amerikanischen Kollegen mitteilen. Dann haben wir damit nichts mehr zu schaffen.«

Der Direktor klappte die Mappe mit einem Schwung zu und legte sie zu den anderen Unterlagen.

»Ach ja, die Zeit.« Er blickte auf seine Uhr und stand auf. »Mitch, ich verlasse mich auf Sie. Seien Sie dabei extrem vorsichtig und kommen Sie gesund wieder. Sie sind ab heute bis auf Weiteres offiziell im Urlaub. Ihr Chef weiß natürlich über Ihren Auftrag Bescheid. Nehmen Sie alles, was wir an Möglichkeiten im Amt haben, und drehen Sie jeden Stein um, mag er noch so klein sein.«

Die Sorge um seinen alten Freund war deutlich herauszuhören.

»Wir werden ihn finden. Ich habe ja Becks dabei.«

Das war alles, was Mitch dazu sagen konnte.

Beim Abschied schüttelte ihm der Direktor lange die Hand und lächelte wie zur Bestätigung. Noch im Weggehen murmelte er leise vor sich hin: »Eine wirklich unglaubliche Geschichte ist das …«

Mitch sah ihm eine Weile nach, wie er mit geschäftigen Schritten zum wartenden Auto eilte. Dann holte er sein Telefon aus der Tasche und drückte auf Wahlwiederholung.

Becks war sein Freund und Partner. Sie hatten sich während ihrer gemeinsamen Ausbildung kennengelernt. Mit zwanzig Mann hatten sie die Ausbildung beim Amt für Unterstützung und Kommunikation begonnen, und nur vier Anwärter beendeten sie erfolgreich nach einem Jahr. Sie beide waren unter diesen vier. Im ersten Jahr wurden die Grundlagen für Kraft, Ausdauer, Taktik, Schießen und Teamausbildung gelegt. Anschließend folgten Monate der Spezialisierung, danach durchliefen sie eine Berg- und Dschungelausbildung in Südamerika und den Abschluss bildete das Überlebenstraining unter den Extrembedingungen in der Wüste Negev und im arktischen Eis. Hier trennten sich ihre Wege. Becks wählte das maritime Team und er träumte schon immer von großen Höhen und entschied sich für das Fallschirmspringen. Erst ein gemeinsamer Einsatz in Ägypten führte sie wieder zusammen und seitdem waren sie unzertrennlich.

Es folgten Einsätze auf der ganzen Welt. Sie waren beteiligt an Verhandlungen mit Entführern, suchten nach Verstecken von Kriegsverbrechern, schmiedeten Bündnisse mit denen, die sie selbst vorher gejagt hatten und analysierten Operationsräume ihrer Gegner. Stets agierten sie im Verborgenen, wenn alle Mittel, die zur Verfügung standen, versagten und sich Menschen in höchster Lebensgefahr befanden. Diese Einsätze unterlagen strenger Geheimhaltung, selbst im Geheimausschuss der Regierung wurde einsilbig darüber berichtet.

»Hi Mitch«, meldete sich Becks am Telefon. »Na, liegst du wieder faul in der Sonne?«

Mitch ignorierte die Bemerkung seines Freundes.

»Wir haben einen neuen Auftrag. Pack deine Sachen für eine Woche.«

»Ach! Eigentlich habe ich heute noch eine Verabredung mit dieser scharfen Rothaarigen aus dem Café ...«

»Du kannst noch wählen. Ich verspreche dir eine Woche Outdoor-Ferien, mit allem, was dazugehört. Es wird eine spannende Reise auf den Spuren Alexanders des Großen. Den Rest erzähle ich dir später. In einer Stunde bin ich zu Hause.«

»Ich habe mich soeben umentschieden. Wann geht's los?«

»Heute um einundzwanzig Uhr ist Abflug.«

»Ich bin dabei!«

III

Berlin
Militärischer Teil des Flughafens Tegel

Aus der Luft betrachtet erinnert der Flughafen Tegel an den griechischen Buchstaben Omega. Er besitzt jeweils eine Lande- und eine Startbahn, die durch mehrere endlos geteerte Schleifen miteinander verbunden sind. Das querstehende Flughafengebäude mit dem Verwaltungstrakt schließt sich an ein sechseckiges Ankunfts- und Abfertigungsterminal an.

Einst war dieses gesamte Gelände das Jagdgebiet des Kaisers, dann ein Artillerie-Schießplatz, um 1906 experimentierte man mit Luftschiffen, dann mit Raketen und irgendwann landeten die Amerikaner mit einer Douglas C-54 auf dem nun offiziell eingeweihten Flugplatz. Der Charme der Siebzigerjahre mit seinen leuchtend roten Sitzschalen und der reduzierten Architektur weht bis heute durch die Hallen des Flughafens. Trotz seiner eher unscheinbaren Größe, fertigt dieser Flughafen fast zwanzig Millionen Passagiere im Jahr ab und ist damit der viertgrößte in Deutschland. Gegenüber dem zivilen Teil des Flughafens versteckt hinter der unscheinbaren hellen Fassade befindet sich der militärische Teil des Flughafens. Dieser Teil des Flughafens wird streng überwacht. Hier werden ranghohe Vertreter aus verschiedenen Staaten empfangen, hier stehen die Regierungsmaschinen bereit.

Eine graue, unauffällige Gulfstream wurde für den Start auf dem Rollfeld des Flughafens vorbereitet. Sie stand abseits der wartenden Regierungsmaschinen auf dem militärischen Teil des Flughafens und zeichnete sich durch ihre scharf geschnittenen und eleganten Linien deutlich von ihnen ab.

Die Sonne war bereits untergegangen, die großen Scheinwerfer tauchten alles auf dem Vorfeld in ein gelbes, unnatürliches Licht.

Der diensthabende Mitarbeiter im Tower beobachtete mit seinem Fernglas die Bewegungen auf dem Vorfeld des Flughafens und wunderte sich, dass die Gulfstream ohne Passagier abhob.

Die Maschine nahm ihren angegebenen Kurs in Richtung Zypern zu einer geheimen NATO-Basis. Über der Insel im Mittelmeer verschwand sie von den Monitoren der zivilen Luftüberwachung und nahm kurze Zeit später mit einer neuen Flugnummer Kurs Richtung Osten.

Mitch saß in den bequemen Ledersesseln und machte sich mit den Einsatzunterlagen vertraut.

Ihre Aufträge und ihre wahre Identität unterlagen der strengsten Geheimhaltung. Nicht einmal ihre Frauen und Familien wussten, wohin sie die Aufträge führten und was sie dort erwartete. Das war der Teil der Abmachung, den jeder Mitarbeiter beim Amt für Unterstützung und Kommunikation einging. Sie alle waren freiwillig in diesen Dienst getreten und jeder von ihnen kannte das Risiko dieser Einsätze. Sie operierten in einer Grauzone. Dort, wo alle rechtsstaatlichen Mittel versagten oder an ihre Grenzen stießen. Denn die Welt hatte sich nach dem Fall des Eisernen Vorhangs verändert. Früher kämpften zwei Blöcke um Einfluss und Macht in der Welt gegeneinander. War man nicht für den einen, stand man auf der Seite des anderen. Alleine die Schweiz bewahrte sich all die Jahre ihre Neutralität. Neue Staaten entstanden nach dem Zusammenbruch des kommunistischen Systems. Sie mussten erst ihren

Platz in der Weltgemeinschaft finden, doch dieser Prozess hatte auch seine Schattenseiten. Kriege brachen in Europa aus, Nachbarn kämpften plötzlich gegeneinander, Hass wurde geschürt. Selbst in Europa konnte sich die Lage innerhalb von wenigen Stunden ändern. Terror, schmutzige Bomben, Anschläge auf Großveranstaltungen, Schwächung der Infrastruktur und Tod führender Politiker konnten die Weltgemeinschaft in tiefe Krisen stürzen und ihre Stabilität gefährden. Nur, um im Namen einer Bewegung oder eines Glaubens ein Zeichen in der Welt zu setzen. In der Zeit des Internets und der Globalisierung galt es, schneller auf neuartige Bedrohungen zu reagieren.

Ihre wahre Identität lag vier Stockwerke unter der Erde, versiegelt in einem Umschlag im Stahlschrank des Amtes für Unterstützung und Kommunikation – eine kleine, unauffällige Behörde, die auffällig aktiv an allen Krisenorten dieser Welt vertreten war. Das Amt hatte Zugriff auf Transportmaschinen, Schiffe des Militärs sowie die Polizei und arbeitete eng mit privaten Unternehmen zusammen. Die strategische Aufklärung unterstützte das Amt mit Informationen und aktuellen Satellitenbildern. Die Teams der Behörde waren für die verschiedenen staatlichen und überstaatlichen Organisationen und im Auftrag großer Wirtschaftsunternehmen unterwegs.

Das Amt für Unterstützung und Kommunikation besaß eine eigene Flotte von Flugzeugen und Hubschraubern, die die Rettungsteams im Notfall sofort in ein Krisengebiet bringen konnten. Ferner waren sie in der Lage, eine Evakuierung eigener Staatsbürger innerhalb von 48 Stunden weltweit durchzuführen. Gemeinsam agierten Mitch und Becks an vielen Krisenherden – Kongo, Tschad, Somalia, das ehemalige Jugoslawien, Irak und Jemen. Nicht alle Einsätze liefen glimpflich ab. Narben am Körper und tief in der Seele blieben davon zurück. Manchmal rissen diese Narben auf, und Träume in dunklen Nächten brachten sie an die Orte ihrer Einsätze zurück.

Seit einigen Jahren schaute die Welt gespannt nach Afghanistan. Dort waren sie direkt dem Hauptquartier der Koalitionstruppen unterstellt. Der Krieg in Afghanistan änderte sich. Spezialeinheiten verfolgten Tag und Nacht die führenden Köpfe der Aufständischen. Mit ihrem Einsatz erhoffte man, die Befehls- und Machtstrukturen der Aufständischen zu zerschlagen und somit deren Kampfwillen zu brechen. Drohnenangriffe, nächtliche Razzien und Raketenangriffe brachten viele zivile Opfer in der Bevölkerung.

Ihre letzten Aufträge in Afghanistan beinhalteten, die Operationen der Spezialkräfte direkt vor Ort vorzubereiten, um zivile Opfer in der Bevölkerung zu vermeiden. Die Aufständischen benutzten Zivilisten oft als Schutzschilde, um sie später laut als Opfer zu beklagen. Wochenlang verfolgten sie die Spuren der Aufständischen in den Bergen und Tälern, spürten ihre Lager und Verstecke auf.

Sie erkundeten Straßen, sprachen mit den Dorfältesten, boten Hilfe und Unterstützung an und nahmen Stimmungsbilder in den jeweiligen Regionen auf. Sie analysierten mögliche Verstecke und Operationsräume der Taliban, bereiteten den Weg für verdeckte Operationen vor und identifizierten Führer der Al Qaida und der Taliban. Sie operierten im Verborgenen, ohne jegliche Unterstützung der Koalitionskräfte und waren immer auf sich allein gestellt. Für ihre Arbeit war es überlebenswichtig, sich schnell und unerkannt innerhalb und außerhalb der bestehenden Grenzen zu bewegen. Tarnung gehörte zum Alltag und hätte der Mitarbeiter im Tower aufgepasst, wäre ihm die ungewöhnliche Größe der beiden Angestellten der Catering-Firma aufgefallen. Auch der Techniker, der Stunden vor dem Triebwerk der Gulfstream verbracht hatte, hatte in Wirklichkeit nicht eine einzige Schraube verdreht.

IV

Mazar-i-Sharif
Camp Marmal

Genau sechs Stunden und fünftausend Kilometer später setzte die graue Gulfstream leichtfüßig auf dem Rollfeld in Mazar-i-Sharif, der Hauptstadt der nördlichen Provinz Balkh, auf. Die Maschine rollte eilig im ersten Licht des anbrechenden Tages zum militärischen Teil des Flughafens. Vorbei an grünen und grauen Reihen von Transportmaschinen und Hubschraubern verschiedener Nationen zum hinteren Ende des Flughafens.

Hier, in einer Sackgasse, befanden sich zwei große, weiße Hangars. Wie von Geisterhand öffneten sich die Tore und verschluckten die anrollende Maschine in ihrem Inneren. Die Tore schlossen sich. So, als ob die Gulfstream nie an diesem sonnigen Morgen in Mazar-i-Sharif gelandet wäre. Kurze Zeit später verließ ein weißer Kleinbus mit abgedunkelten Scheiben den Hangar und tauchte im verzweigten Straßennetz des riesigen Lagers unter. Die heißen Strahlen der Sonne weckten das Lager und die ersten Fahrzeuge rollten geschäftig im Schritttempo durch die ordentlich asphaltierten Straßen.

Camp Marmal liegt am Fuße des Marmalgebirges und ist das größte Militärlager der ISAF-Truppen in Afghanistan. Drohend baut sich das Gebirge im Rücken des Lagers auf, die Hügel sind durchzogen von staubigen Pisten und Beobachtungsstellungen. Diese Berge sind die ersten Ausläufer der gewaltigen Bergketten des Hindukusch, die bis zu siebentausend Meter in den Himmel ragen und von zwanzig Kilometer langen Gletschern durchzogen sind. Ursprünglich sollte das Militärlager Camp Alexander heißen. Den Überlieferungen nach wollte Alexander der Große die Hauptstadt seines östlichen Reiches genau an dieser Stelle errichten. Davon geblieben sind nur die Grundmauern einer Zitadelle im Süden der Stadt, die als Garnison für makedonische Soldaten diente.

Sechstausend Soldaten aus verschiedenen Nationen sind im Camp Marmal stationiert. Das Lager, rechteckig angeordnet und in die platt gewalzte Ebene hineingebaut, besteht größtenteils aus Wohn- und Sanitärcontainern. Die Luft ist erfüllt vom Dröhnen mächtiger Generatoren, dem Lärm der Helikopter und startender Flugzeuge. Aus der Luft betrachtet wirkt das Lager wie ein Gebilde in einem überdimensionalen Sandkasten. Ordentlich aufgereiht, in gleichen Abständen, in der einheitlichen Farbe: Sand. Denn alles, was nicht Sand ist, wird mithilfe der Sonne, des heißen Windes und der ständigen Sandstürme zu Sand.

Der weiße Bus folgte den verzweigten Straßen des Lagers, bis er den riesigen Abstellplatz für Baufahrzeuge und anderes schweres militärisches Gerät passierte. Hier, am äußersten Ende des Lagers, abgeschottet von allem anderen, umgeben von einer hohen, grauen Mauer mit Stacheldraht, stand eine Reihe weißer Container.

Krachend öffnete sich das schwere, rostige Tor und der weiße Bus verschwand im Inneren eines kleinen Lagers. Selbst ein zufällig Vorbeikommender hätte keinen einzigen Menschen in diesem kurzen Augenblick gesichtet, nur eine Reihe weißer Container. Das schmutzige Äußere des Lagers täuschte; sein Inneres war vollgestopft mit neuester Technik. Eine Handvoll Männer hatte hier die Köpfe des Drogenhandels und des Terrors fest im Visier.

Der Bus blieb mitten auf einem kleinen Platz vor zwei Männern in kurzen Hosen stehen. Die Tür öffnete sich mit einem einzigen, kräftigen Schwung, und zwei großgewachsene Männer in Wüstenstiefeln mit großen Taschen sprangen auf die staubigen Schottersteine hinaus. Die Sonne, der blaue Himmel, der Gestank der Abgase und verbrannten Mülls umgab sie an diesem Ort wie ein unsichtbarer Mantel.

Stunden später

Mitch setzte die Kopfhörer des Bordfunks ab, lehnte sich an die Wand eines Hubschraubers und wartete, ihm gegenüber saß sein Partner Becks. Die Piloten ließen die Triebwerke der Chinook warm laufen, der Hubschrauber vibrierte ungeduldig, bereit, jeden Augenblick in die Höhe zu steigen. Ein Team, bestehend aus sechs Männern, begleitete die beiden heute bis zu ihrem festgelegten Absetzpunkt.

Der Chinook ist ein großer zweimotoriger Transporthubschrauber. Die ersten seiner Art wurden bereits während des Vietnamkrieges eingesetzt. Der Hubschrauber sieht wegen seiner Bauart und der gegenläufigen Rotorenanordnung von Weitem aus wie eine Banane und wird deshalb von den Soldaten auch so genannt. In der Maschine war es trotz der beginnenden Nacht sehr warm. Die spärliche Innenbeleuchtung ließ zwei Motorräder im Bauch der Maschine erkennen. Selbst bei diesem Licht sah man, dass es keine gewöhnlichen Zweiräder waren, sondern Spezialanfertigungen, gemacht für den harten Offroadeinsatz im Gebirge. Sie waren in stumpfer Sandfarbe besprüht und passten sich damit genau der Farbe dieses Landes an. Kein Leuchten und Glitzern des Chroms sollte sie draußen im Gelände verraten. An jeder Maschine waren eine Gepäcktasche und ein Reservekanister montiert.

Ein spezieller Luftfilter, ein leistungsgesteigerter Motor sowie verstellbare Stoßdämpfer rundeten das Gesamtpaket dieser ungewöhnlichen Motorräder ab.

Die Piloten hatten ihre Startvorbereitungen beendet, die Schützen nahmen ihre Positionen hinter den Maschinengewehren ein. Der Tower gab sein Go für den Nachtflug, und die schwere Chinook rollte langsam zur Startbahn. Die Bordschützen schalteten ihre Nachtsichtgeräte ein und entsicherten die Bordkanonen. Mitch sah durch das kleine Fenster einen dunklen Schatten vorbeihuschen; das war ihre Begleitung – der Kampfhubschrauber Apache. Er sollte sie während des Fluges und bei der Landung im Gelände schützen.

Die Vibrationen wurden kräftiger. Aus dem langsamen Rollen hob sich der Hubschrauber sanft vom Boden ab und verharrte in der Luft. Dann kippte er nach vorne, beschleunigte und gewann schnell an Höhe. Der Apache machte ihm Platz und nahm seine Position hinter dem Chinook ein. Kaum waren die beiden Hubschrauber in der Luft, wurde die komplette Beleuchtung ausgeschaltet und die beiden Hubschrauber verschmolzen augenblicklich mit dem dunklen Nachthimmel über Afghanistan.

Mitch schloss die Augen, um sich während des Fluges zu entspannen, und ging die letzten Stunden des Tages noch einmal durch.

V

Die Nadel im Heuhaufen

Nach einer kurzen freudigen Begrüßung im Camp und einem frischen Kaffee ging es gleich zur ersten Besprechung. Der Raum war schon vorbereitet auf ihren Besuch. An den Wänden hingen Luftbildaufnahmen aus dem Norden des Landes und der Ausgrabungsstätte in Usbekistan. Auf ihnen war der gesamte Streckenverlauf der Fahrzeuge, von der Grenze bis zu ihrem Verschwinden in Afghanistan, vermerkt. Eine Aufnahme der Brücke mit den Grenzposten und der exakten Uhrzeit des Grenzübertritts von Professor Werner. Der Bereich, in dem die Verbindung zwischen Professor Werner und seinem Assistenten abbrach, war rot markiert. Es war nur ein theoretischer Bereich, der der Durchschnittsgeschwindigkeit der Fahrzeuge und den Straßenverhältnissen vor Ort entsprach.

»Was wir bisher haben, ist leider nicht viel.« Fisch eröffnete die Besprechung, nachdem alle Platz genommen hatten. Fisch verdankte seinen Spitznamen seiner Herkunft aus dem Norden. Er war groß, blond und hatte blaue, durchdringende Augen. Seine gute Laune war ansteckend und die Frauen erlagen reihenweise seinem unwiderstehlichen Charme und seinem Hüftschwung auf der Tanzfläche. Doch in ihm steckte viel mehr, als sein Äußeres auf den ersten Blick verriet. Fisch leitete die Verhandlungsgruppe in Entführungsfällen und zurzeit koordinierte er die Ermittlungen gegen afghanische Drogenbarone.

»Leider haben wir keine neuen Informationen über den Professor, er scheint wie vom Erdboden verschluckt zu sein. Unsere Techniker konnten noch das letzte Signal seines Satellitentelefons lokalisieren, bevor es ausgeschaltet wurde.« Fisch zeigte ihnen die Stelle auf einem der Satellitenbilder. »Grundsätzlich haben wir die Möglichkeiten, auch ein abgestelltes Telefon wieder zu aktivieren, doch vermutlich haben die Entführer die Akkus herausgenommen. Wir können euch an diesem Punkt, an dem das Signal verschwand, absetzen. Das ist in der Nähe des Asian Highways. Ab hier müsst ihr euch alleine im Land durchschlagen.«

Der rote Punkt des Laserpointers verharrte auf der Karte und zeigte ihren Absetzpunkt.

»Wir geben euch die letzten Bilder der Drohne, die wir von der gesamten Strecke gemacht haben. Darauf ist allerdings nicht viel Interessantes zu erkennen. Nur das Übliche, Ortschaften, Fahrzeuge und Staub. Leider stecken wir selbst mitten in einer Operation und können euch erst in einer Woche voll unterstützen. Aber ihr beide seid schon groß genug und kennt euch hier im Land ganz gut aus«, fügte Fisch verschmitzt hinzu.

Mitch gegenüber am Tisch saß Toni, der über beide Ohren grinste in Erinnerung an gemeinsame Einsätze. Er übernahm die Erläuterungen der Einzelheiten ihrer Einsatzplanung. Toni trug seine hellen Haare sehr kurz, er hatte wache, blaue Augen und sein ganzer Körper war ein einziger Muskel. War er nicht im Kraftraum oder beim Essen anzutreffen, verbrachte er seine Zeit beim Tätowierer.

»Wir fliegen noch heute Nacht raus und setzen euch mit euren Motorrädern in der Nähe der usbekischen Grenze ab. Wie es weitergeht, müsst ihr selbst entscheiden, die Straße teilt sich hier einmal nach Osten und nach Westen.«

Toni zeigte ihnen den Weg auf der Straßenkarte.

»Sie hatten genügend Zeit, den Professor sonst wohin verschwinden zu lassen, er könnte überall im Land sein. Daher kann ich den Bereich der Entführung nicht genau abgrenzen. Vielleicht noch ein interessantes Detail zu der afghanisch-usbekischen Grenze: Besagte Friedensbrücke dürfen nur Bewohner dieser beiden Länder passieren. So gesehen durfte der Professor als Ausländer die Grenze an dieser Stelle überhaupt nicht überqueren. Entweder haben die Verbindungen unseres Direktors diesen Umstand verursacht oder jemand hat viel Geld bezahlt, um den Professor genau hier über die Grenze zu bringen. Also für mich sieht diese ganze Entführungsgeschichte sehr inszeniert aus, ich würde sogar sagen, gut geplant. Hier tun sich zwei Fragen auf, die wir klären müssen, erstens, warum und zweitens, wer.«

Mitch stand auf, ging zu den Luftaufnahmen und betrachtete sie nachdenklich.

»Was wissen wir eigentlich über die afghanischen Grenzposten an diesem Grenzübergang?«, fragte er in die Runde.

»Ich lasse gleich durch den Geheimdienst prüfen, was wir über die herausfinden können.« Fisch verschwand augenblicklich aus dem Besprechungsraum.

»Wie kommst du ausgerechnet auf die Afghanen?«, fragte Toni ihn spitz und nahm einen großen Schluck Kaffee.

Becks, der bisher teilnahmslos am Tisch saß, erwachte plötzlich zum Leben.

»Na, sieh es mal so, dem Usbeken ist es doch egal, wer aus seinem Land ausreist. Er nimmt bei der Ausreise einen Hunderter ein, weil die Ausreise an dieser Stelle eigentlich verboten ist. Und wenn der Afghane dich abweist, musst du erneut einen Hunderter für die Einreise hinblättern. Schneller und einfacher kannst du das Geld hier nicht verdienen.«

Er schaute fragend zu Mitch hinüber.

»Ich sehe das genauso. Es ist einfacher, einen Landsmann in eine Sache einzubeziehen als einen Fremden, der dazu noch auf der anderen Seite der Grenze steht. Aber lasst uns mal abwarten, was Fisch herausbekommt. Auf jeden Fall ist es ein Ansatzpunkt«, sagte Mitch.

Fisch kam einige Augenblicke später wieder herein. »Ich habe mit unserem Kontakt in Kunduz telefoniert. Die Jungs versuchen alle nötigen Informationen zu beschaffen. Sie sind näher an der Grenze als wir und arbeiten häufig mit den Einheimischen zusammen. Wir müssen uns jetzt gedulden.«

Toni blickte in die Runde. »Jemand noch eine andere Idee oder einen besseren Vorschlag?«

»Da wir nicht viel haben, müssen wir die Informationen von der Grenze abwarten. Vielleicht finden sie etwas, was uns bislang nicht aufgefallen ist. Andernfalls fahren wir die Strecke mit unseren Motorrädern ab und gehen mit dem Bild des Professors von Haus zu Haus«, bemerkte Mitch trocken.

Alle Punkte wurden abermals kontrovers diskutiert, aber bei dem Wenigen, das sie hatten, landeten sie immer wieder bei ihrer ersten Option. Es blieb ihnen nichts anderes übrig, als den Weg der Entführer noch einmal zu gehen.

»Wir machen an dieser Stelle eine Pause, packen unsere Ausrüstung zusammen und legen uns eine Stunde aufs Ohr. Vielleicht gibt es bis dahin schon etwas Neues«, sagte Mitch. Dazu hatte er sich nach dem langen Für und Wider entschieden. Er erhob sich von seinem Platz.

Sie stellten ihre Ausrüstung zusammen und verpackten den Rest auf die Motorräder. Als sie sich endlich hinlegen wollten, stürmte Toni in ihr Zimmer.

»Sorry, dass ich störe, Ladys, aber wir haben da was für euch …«

Sie sprangen sofort aus ihren Betten und folgten ihm. Fisch erwartete sie bereits ungeduldig.

»Also, die Jungs aus Kunduz haben sich soeben gemeldet. Wir haben vielleicht einen Treffer.« Er zeigte auf die Aufnahme der Grenzstation der afghanischen Seite.

»Der Grenzkommandant scheint eine zwielichtige Person zu sein, es besteht seit Längerem der Verdacht, dass er an diesem Grenzübergang Bestechungsgelder kassiert. Wir können ihn festnehmen lassen und vernehmen, vielleicht bekommen wir aus ihm etwas zu unserer Entführung heraus. Der afghanische Geheimdienst ist da ungemein effektiv.«

Jeder verstand die Anspielung; die Afghanen waren berüchtigt für die Folter an ihren Gefangenen.

Fisch blickte in die Runde, doch keiner war von dieser Idee begeistert. Sie bedeutete einen enormen Zeitverlust, da die afghanischen Behörden langsam arbeiteten. Und was sollten sie dem Grenzkommandanten überhaupt vorwerfen?

»Na ja, wir wissen, dass der Opiumschmuggel nach Usbekistan auf dieser Route verläuft – nicht umsonst wird diese Straße auch Heroin-Highway genannt. Da nimmt wohl jeder am Grenzposten Geld an und drückt dafür beide Augen zu. Wir brauchen hier schon etwas Handfestes gegen ihn. Die Verhaftung würde zu viel Aufsehen in der Region erregen und bis dahin sind auch die kleinsten Spuren in diesem Fall verwischt.«

»Der Sprachmittler aus Kunduz erwähnte eine große Hochzeit vor einiger Zeit. Mit über eintausend Gästen, das hat sich in allen angrenzenden Dörfern herumgesprochen«, sagte Toni in nachdenklichem Ton.

»Und wer war der Glückliche, der das alles bezahlen durfte?«, fragte Becks unschuldig. »Darf ich raten?«

»Das war der Kommandeur des Grenzpostens.«

Mitch pfiff durch die Zähne.

»Respekt. Dann sollten wir uns den mal genauer ansehen. Aber wir machen es auf unsere Art und halten die Afghanen da raus.«

»Das sehe ich genauso«, pflichtete ihm Fisch bei.

»Also«, sagte Mitch entschlossen, »wir halten uns an unseren Zeitplan für heute Nacht. Die Amerikaner werden uns etwa sechzig Kilometer vor der usbekischen Grenze absetzen. Wir wollen kein Aufsehen erregen, deshalb legen wir den Rest der Strecke mit den Motorrädern zurück. Die Piloten werden sich einen günstigen Landepunkt für heute Nacht aussuchen …«

»Was hast du vor?«, unterbrach ihn Toni, um sich gleich zu beschweren. »Ihr wollt doch wieder alleine durch die Wüste laufen, wie ich euch kenne.«

Becks sah zu seinem Partner hinüber und bemerkte einen seltsamen Glanz in dessen blauen Augen. Diesen Glanz kannte er, und er wusste, dass Mitch bereits einen Plan im Kopf hatte, von dem ihn nichts abbringen konnte.

Als die Spannung fast greifbar wurde, sagte Mitch einfach: »Ich setze einen Köder aus …«

Alle im Raum blickten überrascht auf.

»Wie?«

»Was?! Einen Köder?«

»Ich setze einen ganz großen Köder aus …«, sagte Mitch geheimnisvoll. Jetzt war die Verwirrung komplett.

»Noch zehn Minuten bis zur Landung!«, kratzte die Stimme des Piloten über den Bordfunk, als sich das Team eine Stunde später im Hubschrauber auf die Landung vorbereitete.

VI

Der Köder

Kaum setzte der Hubschrauber auf dem Boden auf, schwärmte ihr Begleitteam über die offene Rampe hinaus. Fächerförmig postierten sie sich um den Hubschrauber und sicherten die Landung. Denn solange der Hubschrauber unbeweglich am Boden stand, waren sie leicht verwundbar. Im Schutze der Dunkelheit schossen die Aufständischen mit allem, was ihnen zur Verfügung stand, auf alles, was flog – bislang besaßen sie glücklicherweise noch keine Raketen.

Becks half dem Lademeister, die Gurte zu lösen, und dann schoben sie die Maschinen gemeinsam ins Freie.

Die Luft war erfüllt vom Lärm der Rotoren und der Hitze der Nacht, über ihnen kreiste unermüdlich der wendige Apache und sicherte ihre Landung aus der Luft.

Mitch setzte sich auf sein Motorrad, schaltete seine Nachtsichtbrille an und sah zu Becks hinüber. Bereit?, signalisierte er ihm mit der Hand. Becks streckte seinen Daumen nach oben.

Er drückte auf den Anlasser. Die Maschine unter ihm erwachte zum Leben und ihr mächtiger Motor vibrierte gierig.

Fisch bemerkte aus dem Augenwinkel die beiden Schatten, die sich schnell entfernten.

»Alle in den Hubschrauber!«, befahl er über Funk.

Als Mitch seine Maschine beschleunigte und in den zweiten Gang schaltete, spürte er den Druck der mächtigen Rotorblätter im Rücken, als sich der schwere Hubschrauber vom

Boden abhob, um wieder in der Dunkelheit zu verschwinden. Zwischen ihrer Landung und dem Abflug des Hubschraubers vergingen nicht mehr als drei Minuten.

Noch vor dem Abflug aus Mazar-i-Sharif hatten sie jeden einzelnen Handgriff für die Landung geübt. Jeder aus dem Team wusste, was er während der kurzen Zeit am Boden zu tun hatte und kannte seine Position genau. Landen, sichern, entladen und verschwinden. Und bisher lief alles nach Plan. Doch dies war der einfachste Teil ihres Plans – wenn es überhaupt einen gab. Denn die langen Jahre in diesem Land hatten sie auch gelehrt, dass hier die meisten Pläne nicht funktionierten ...

Mitch beschleunigte seine Maschine und schloss zu Becks auf. Jetzt waren sie erneut auf sich allein gestellt ... Auf dem Weg in den Norden Afghanistans zu einem einsamen Grenzposten am Fluss Amudarja. In der Hoffnung, dort Antworten auf ihre Fragen zu finden.

Den Fluss kannten schon die alten Perser und nannten ihn Oxus – der große Wasserlauf. In einem weitläufigen Tal bildet der Fluss die Grenze zwischen Afghanistan und Usbekistan, in seinem weiteren Verlauf umspült er die Grenze zu Turkmenistan.

Auf einem Baum außerhalb der Ortschaft hockte Mitch auf einem Ast und beobachtete mit dem Fernglas den Grenzposten. Ein alter Gärtner wässerte die vertrockneten Sträucher, die rund um den Grenzposten in einem kleinen Garten angepflanzt waren. Zwei Soldaten saßen auf einer Bank davor in der Sonne und rauchten gemütlich. Weitere Soldaten plauderten mit ihren Kollegen auf der anderen Seite der Grenze. Zwar war es noch früh am Morgen, doch die ersten

Fahrzeuge, die die Nacht vor der Grenze verbracht hatten, rollten bereits zum Grenzübergang. Der Gärtner legte den Schlauch, aus dem immer noch das Wasser floss, auf den trockenen Boden und ging ins Haus. Einige Augenblicke später brachte er ein Tablett mit frischem Tee heraus. Die Soldaten griffen nach den heißen, durchsichtigen Gläsern und steckten sich die nächste Zigarette an. Mitch bemerkte einen grünen Pick-up mit Blaulicht, der auf die lange Grenzstraße abbog und sich langsam durch den wartenden Verkehr direkt zur Grenze schlängelte. Der Fahrer fuhr auf die Gegenfahrbahn und erhöhte die Geschwindigkeit, um an der wartenden Autoschlange vor der Grenzkontrolle vorbeizukommen. Kurz vor dem Schlagbaum zog er unter energischem Hupen an den Fahrzeugen vorbei und blieb mit quietschenden Reifen vor dem Grenzhäuschen stehen. Als die Soldaten den grünen Pick-up bemerkten, war es schon zu spät. Ein kleiner, resoluter Mann mit einer großen Schirmmütze und einem dichten, schwarzen Bart sprang aus dem Wagen. Türen knallten, Befehle wurden gebellt, und wer es schaffte, kippte noch schnell seinen Tee weg. Die anderen rannten hektisch mit den Teegläsern in der Hand auf ihre Posten und begannen widerwillig mit dem Dienst.

Der kleine Mann blieb noch einige Augenblicke stehen, fuchtelte mit den Armen herum und erst, als er mit dem Gesamtbild zufrieden war, ging er schnellen Schrittes hinein in die Grenzstation. Der Fahrer des grünen Pick-ups stieg langsam aus und öffnete den oberen Knopf seiner Uniform, schlenderte zum Tablett mit dem heißen Tee, nahm sich ein Glas und zündete sich eine Zigarette an. Im hinteren Teil des Hauses ging ein Fenster auf und der kleine Mann mit der großen Mütze steckte den Kopf hinaus. Er brüllte erneut, der Fahrer warf hastig seine Zigarette weg, ließ den Tee stehen und rannte ins Haus.

Mitch und Becks hatten bereits am Vortag Bilder aller Soldaten des Grenzpostens bekommen und nach allem, was Mitch bisher gesehen hatte, musste es sich um Major Laeq handeln. Er wusste jetzt auch, wo sich dessen Dienstzimmer befand, was für ihren nächsten Schritt von entscheidender Bedeutung war. Mitch kletterte vom Baum herunter und ging zu seiner im Schatten stehenden Maschine. Aus seinem Rucksack nahm er die traditionelle weiße Kleidung der Afghanen: eine weite Pluderhose und ein weites Hemd. Er zog beides über seine Sachen, band sich ein schwarzes Tuch um den Kopf, sodass nur noch seine Augen zu sehen waren, und holte sein Telefon aus der Tasche.

»Showtime – in zehn.«

Dann wählte er die nächste Nummer: »Wir sind in neun Minuten auf Position.«

»Bereit!«, hörte er Fisch am anderen Ende.

Schon vom Baum aus hatte sich Mitch eine Stelle ausgesucht, von der er einen direkten Blick auf die Rückseite der Grenzstation hatte. Der Hinterreifen seiner Maschine fräste sich tief in den trockenen Boden hinein und schleuderte eine hohe Steinfontäne in die Luft. Jetzt durften sie keine Zeit mehr verlieren.

Die Soldaten am Grenzposten waren heute übel gelaunt. Ihr letzter Arbeitstag vor dem Feiertag sollte eigentlich ein entspannter Tag werden. Ihr Kommandant war zum Gouverneurspalast nach Kunduz bestellt worden. Das bedeutete für sie einen ruhigen Tag, und die heutigen Einnahmen würden endlich in ihren eigenen Taschen landen. Doch seit seinem unerwarteten Erscheinen waren die gute Laune und der Spaß schlagartig vorbei. Jetzt standen sie wieder in der brütenden Sommerhitze in den Abgasen der zahlreichen Fahrzeuge und mussten sich auch noch von ihrem Kommandanten anbrüllen lassen.

Die Hoffnung, dass ihn die lang ersehnte Hochzeit seines ersten Sohnes milder stimmen würde, hatte sich bisher nicht erfüllt. Stattdessen war er noch gieriger und gereizter. Er nahm ihnen alles ab, was sie von den Reisenden forderten und behielt es, ohne zu teilen.

Der Posten am Grenzhäuschen bemerkte plötzlich neben sich einen hochgewachsenen Mann auf einem Motorrad. Dieser stoppte direkt vor ihm, hielt ihm einen Ausweis vor die Nase und brüllte über den Motorenlärm: »ISAF!«. Dabei zeigte er auf ihren Grenzposten. Überrascht von der Forderung des Fremden und eingeschüchtert durch seine Größe, holte er sein Funkgerät heraus. Zunächst tat sich überhaupt nichts, dann brach die Hektik aus und Becks, umringt von Grenzsoldaten, wurde in den halbdunklen, engen Flur der Grenzstation geführt. Soweit lief alles nach Plan, doch jetzt hing alles von Becks ab – er war der Köder.

Das Grenzhäuschen war klein und aus rotem Klinker gemauert. Ein langer, dunkler Flur, von dem fünf Türen abgingen. Im Vorbeigehen bemerkte Becks einen verdreckten Raum, vollgestellt mit eisernen Doppelstockbetten. Aufgeschlagene bunte Decken und Essensreste lagen auf dem Tisch verstreut. In einem anderen Raum stand ein älterer Afghane, der Reis einweichte. Überall roch es nach Essen und Tee.

Die Soldaten eskortierten ihn zur letzten schiefen Holztür im Flur, vor der sie offensichtlich großen Respekt hatten …

Major Laeq machte es sich gerade auf seinem Stuhl bequem, als es an der Tür klopfte. Draußen im Flur konnte er aufgeregte Stimmen hören. Seine Soldaten wussten, dass er früh am Morgen zuerst in Ruhe seinen Tee trinken wollte, ehe sie mit ihren Anliegen zu ihm kommen durften. Doch der heutige Tag war anders und hatte für ihn schlecht begonnen. Zum Provinzchef wurde er nicht vorgelassen. Nicht einmal sein Sekretär wollte ihn sehen. Dabei waren sie sich bei der Summe für seine Beförderung einig. Waren die Gerüchte über die prunkvolle Hochzeit seines Sohnes bis nach Kunduz gelangt? Hatte jemand Verdacht geschöpft oder wollten sie jetzt noch mehr Geld von ihm haben? Wenn der Geheimdienst einmal davon Wind bekam, war alles vorbei. Er musste vorsichtiger werden!

In Gedanken darüber und übel gelaunt sagte er laut: »Herein!«

Die Tür öffnete sich langsam und ein Soldat stolperte ins Zimmer.

Durch den offenen Spalt in der Tür bemerkte Major Laeq weitere Soldaten im Flur, dahinter die Umrisse eines groß gewachsenen Mannes.

Der Posten begann stotternd: »Draußen wartet ein Mann. Er sagt, er sei aus Kabul. Er hat Papiere, sie sind unterschrieben vom Gouverneur persönlich.«

Major Laeq stand bei dem Wort Gouverneur unwillkürlich von seinem Schreibtisch auf, nahm Haltung an und auf einmal fühlte er sich an diesem frühen Morgen plötzlich seltsam müde.

»Bringt ihn her, ich will mit ihm reden!« Er setzte seine Mütze auf und nahm wieder hinter seinem Schreibtisch Platz.

Der Soldat ging hinaus, und nach einem kurzen Wortwechsel schwang die Tür auf.

Auf das, was darauf folgte, war Major Laeq nicht gefasst. In seinem Zimmer erschien ein Riese von mindestens zwei Meter Größe und enormer Breite. Dessen grüne Augen blickten ihn herausfordernd an. Er trug keine Uniform, und Major Laeq registrierte auch keine Waffen bei ihm. Seine Sonnenbrille war locker auf den Kopf geschoben. Der Riese sah aus, als ob er gerade einen Ausflug in der Gegend machte. Das kann kein offizieller Besuch sein, stellte Major Laeq zufrieden fest, und seine Laune verbesserte sich augenblicklich.

»Salam«, begrüßte ihn der Fremde freundlich, »mein Name ist Becks und ich komme von der deutschen Botschaft in Kabul.«

»Ah, ein Gast aus der Hauptstadt! Bitte nehmen Sie Platz, Herr Becks«, sagte Major Laeq höflich in gebrochenem Englisch und zeigte auf einen klapprigen Holzstuhl, ohne sich zu erheben.

»Rassoul! Bring für unseren Gast Tee und Nüsse«, sagte Major Laeq in einem offiziellen Ton durch die offene Tür.

Becks übergab dem Major das Schreiben der deutschen Botschaft aus Kabul und seinen ISAF-Ausweis. Für Major Laeq gab es keine Zweifel: Das hier war das Siegel des Gouverneurs samt seiner Unterschrift. Der Ausweis des Fremden war gültig und im Hauptquartier der Koalitionstruppen in Kabul ausgestellt worden. Major Laeq ließ sich Zeit mit der Sichtung der Dokumente, um seine Gedanken zu sammeln und den Fremden genauer zu betrachten. Er sollte ruhig warten, denn hier bestimmte nur einer, und das war er!

Becks saß am abgeschabten Schreibtisch des Kommandanten und studierte gelangweilt das Amtszimmer. Der klapprige Holzstuhl knarrte bei jeder Bewegung unter seinem Gewicht. Das Arbeitszimmer des Majors war karg eingerichtet. Ein Holztisch, ein kleiner Teppich an der Wand, eine Schale mit verstaubtem Konfekt und Rosinen. In der Ecke stand ein Sofa für den Mittagsschlaf. Über der Tür hingen eingerahmt goldene Koransuren. Hinter dem Schreibtisch in seinem Rücken befand sich ein Fenster. Becks hoffte, dass ihr Plan heute funktionierte.

‚Was will der hier an meiner Grenze und wozu das Schreiben des Gouverneurs?‘ lautete die Frage, die den Major am meisten beschäftigte. Doch stattdessen sagte er bemüht freundlich: »Wie ich sehe, sind Ihre Papiere in Ordnung. Wie kann ich Ihnen weiterhelfen?«

Der Fremde schien sich zu seinem Missfallen in seinem Dienstzimmer sichtlich wohlzufühlen, nachdem jener das Zimmer minutenlang mit seinen grünen Augen inspiziert hatte.

Becks durchschaute das Schauspiel des Majors und kam gleich zur Sache. »Vor neun Tagen sind über diesen Grenzübergang zwei weiße Jeeps, Marke Toyota, aus Usbekistan eingereist. Wir würden gern wissen, ob Ihnen irgendetwas bei der Kontrolle dieser Wagen aufgefallen ist.«

»Wie? Das ist alles? Deswegen schicken sie jemanden extra aus Kabul?«, fragte der Major und kicherte in sich hinein. Er breitete seine kurzen Arme wohlwollend über dem Tisch aus. Innerlich spottete alles in ihm über den naiven Riesen, aber äußerlich versuchte er, den offiziellen Ton zu wahren. Die ganze Aufregung um das Schreiben des Gouverneurs – alles umsonst.

»Mein lieber Herr Becks«, holte Major Laeq aus, »hier fahren am Tage Hunderte Fahrzeuge und viele weiße Jeeps in beide Richtungen über die Grenze. Verstehen Sie mich? Und wir besitzen auch ein Telefon.« Er zeigte stolz auf seinen nagelneuen Dienstapparat und lächelte dabei so abfällig, als ob er einem Kind etwas erklärte. »Sie hätten sich den langen Weg aus Kabul sparen und mich einfach anrufen können. Dann hätte ich Ihnen alles mitgeteilt, was Sie wissen wollen.«

Doch der Riese zeigte keinerlei Regung. Er nippte nur ruhig an seinem Tee und schaute unbeeindruckt aus dem Fenster.

»Ohne Herr, bitte einfach nur Becks, Herr Oberst.«

Das war das Einzige, was er sagte.

»Verstehen Sie mich?«, hakte Major Laeq freundlich nach und beugte sich über den Tisch wie zu einem Freund. Langsam wurde er ärgerlich.

Der Riese kramte umständlich in seiner Tasche herum und legte ein weiteres Blatt Papier auf den Tisch.

Major Laeq besah es neugierig, sein Lächeln gefror und sein Bart fing an zu jucken. Er fühlte sich auf die Brücke vor neun Tagen zurückversetzt. Später Nachmittag, die Sonne stand nur noch zwei Finger breit über dem Horizont, als er persönlich die Einreisekontrolle beaufsichtigte. Die beiden weißen Jeeps kamen aus Usbekistan. Der Fahrer des ersten Wagens reichte ihm die Pässe, die an diesem Tag außergewöhnlich dick waren. Major Laeq gab die dünn gewordenen Pässe wieder zurück, und das Bündel mit Dollarscheinen wanderte unauffällig in seine Tasche. An diesem Tag wäre ihm vielleicht nichts Besonderes aufgefallen, doch als der zweite Wagen an ihm vorbei rollte, sah er auf der Rückbank einen Mann sitzen, der ihm freundlich im Vorbeifahren zuwinkte. Er wusste nicht mehr warum, aber er erwiderte den Gruß des Fremden. Zwei Tage später brachte ein Bote von Abdallah ihm das restliche Geld aus diesem Geschäft. Endlich konnte er die teure Hochzeit bezahlen und er vergaß auf der Stelle die Begegnung auf der Brücke.

Bis zum heutigen Tag. Denn jetzt lag ein Foto auf dem Tisch vor ihm, das eben diesen Mann aus dem Jeep zeigte. Er hatte ihn zwar nur einen kurzen Augenblick gesehen, aber als Grenzoffizier hatte er mit den Jahren gelernt, sich Einzelheiten und Gesichter der Menschen einzuprägen. Es war ein älterer, schlanker Mann, bekleidet mit einem hellen Hemd und einem Sonnenhut, so wie alle Touristen aus dem Westen, die hier die Grenze passieren wollen. Sein Gesicht war von der Sonne verbrannt. Tief versunken in Unterlagen vor ihm sah er genau in diesem Moment auf und ihre Augen trafen sich.

Seine Abmachung mit Abdallah war, dass die Jeeps nicht kontrolliert werden. Major Laeq ließ sich auf das Geschäft ein und trieb seinerseits den Preis dafür nach oben.

Becks war das erschrockene Zucken in seinen Augen nicht entgangen, als sein Gegenüber das Bild des Professors sah. Doch Major Laeq versuchte, weiterhin Haltung zu bewahren und betrachtete wortlos das vor ihm liegende Foto.

Dann hob er endlich den Kopf, als ob irgendetwas in ihm einen Kampf gewonnen hätte, und sagte trocken: »Nein.«

Becks fragte höflich: »Bitte?«

Er spürte deutlich, dass dieses Foto bei seinem Gegenüber eine Reaktion ausgelöst hatte, auch wenn der Major sich mühte, äußerlich gelassen zu blieben.

»Nein, diesen Mann kenne ich nicht«, antwortete Major Laeq plötzlich mit kräftiger Stimme. Er fuhr mit seiner rechten Hand über seinen Bart und lehnte sich selbstzufrieden im Stuhl zurück. »Und wissen Sie auch, warum? Ausländer dürfen die Grenze an dieser Stelle nicht überschreiten. Ist verboten! Solange ich hier Kommandant bin, kommt kein einziger Ausländer über diese Grenze. Das kann ich Ihnen versichern«, fügte er belehrend hinzu. Becks bemerkte, dass der Major wieder an Selbstsicherheit gewann. Noch vor einigen Augenblicken wirkte er verunsichert und seine erschrockenen Augen verrieten ihn. Am liebsten hätte er jetzt seinen Arm ausgestreckt und den Major über den Tisch gezogen. Doch er hörte die mahnenden Worte seines Partners: »… wir brauchen die Hintermänner! Denk immer daran und bringe ihn dazu, irgendetwas Unvernünftiges zu tun!«

Becks setzte sein Pokerface auf und sagte: »Kein Problem, Herr Major, ich komme in zwei Tagen mit General Brahim wieder. Den kennen Sie sicherlich – er ist Ihr Vorgesetzter und Chef der gesamten Grenzpolizei hier im Norden. Dazu werde ich Videoaufnahmen von der Grenzstation aus Usbekistan mitbringen und auf diesen sind die beiden weißen Geländewagen zu sehen, wie sie diese Brücke hier ...«, Becks zeigte mit dem Arm nach draußen, »... vor genau neun Tagen überquerten.«

Becks beugte sich verschwörerisch zu Major Laeq hinüber und senkte seine Stimme.

»Wissen Sie, auf der anderen Seite der Brücke haben die Usbeken jetzt eine Videoüberwachung eingerichtet, um Bestechungen bei den Grenzkontrollen zu vermeiden ...«

Er lehnte sich zufrieden in den klapprigen Stuhl zurück und beobachtete die Wirkung seiner Worte. Die Farben im Gesicht von Major Laeq wechselten wie das Feuerwerk in der Silvesternacht und erzählten still eine eigene Geschichte. Er hatte ihn wieder. Doch er unterschätzte den Kampfwillen des Majors, denn nach dem ersten Anflug von Unsicherheit fasste er sich, schnappte nach Luft und zischte: »Wollen Sie unterstellen, dass hier auf meinem Posten jemand Bestechungsgelder annimmt?«

»Aber Herr Oberst, das würde ich doch nie behaupten. Vielleicht hat einer Ihrer Männer die Fahrzeuge ja übersehen. Sagen wir, gegen eine kleine Gefälligkeit.«

Becks freundlicher Ton und die ständige Beförderung zum Oberst machten Major Laeq immer wütender. Der Fremde traf seine wunde Stelle: seine Beförderung. Die Farben in seinem Gesicht wechselten nun zwischen violett und dunkelrot.

Becks zeigte offen seine Freude über diesen gelungenen Coup – während sein Gegenüber zusehends die Fassung verlor. Doch es war noch zu wenig, er hatte bisher nur Anhaltspunkte – sie brauchten dringend etwas Handfestes.

Major Laeq bemerkte leider viel zu spät, dass der vor ihm sitzende Riese mit ihm spielte. Und jener brachte ihn in einen Zustand, in dem er nicht mehr wusste, welchen Gedanken er zuerst fassen sollte und wer hier eigentlich das Sagen hatte. Er musste das Gespräch unbedingt wieder an sich reißen, denn lange konnte er seinen Wutausbruch nicht mehr zurückhalten. Sein Mund war trocken und nur mühsam unterdrückte Major Laeq das wütende Beben.

»Geben Sie mir einen Tag Zeit, um meine Männer zu befragen. Wenn es einer von ihnen war, werde ich denjenigen finden!«, sagte er heiser durch die Zähne gepresst.

In Gedanken weilte er bereits bei Abdallah. Ja, der wusste immer, was zu tun war, er würde einen Ausweg finden. Die Vorstellung verlieh ihm sofort neue Hoffnung und frischen Mut.

»Kommen Sie morgen wieder, da haben wir mehr Zeit für unsere Gespräche. Heute habe ich noch viel Arbeit vor mir. Sie entschuldigen mich«, beeilte er sich zu sagen und versuchte, den Riesen so schnell wie möglich loszuwerden, um nicht noch weiter durch dessen Fragen in Verlegenheit zu geraten. Major Laeq sprang förmlich aus seinem Stuhl und deutete auf die Tür. Er war hier der Kommandant und nur er bestimmte, wer wann zu ihm kommen durfte.

Becks verstand die Geste – es war ein Rauswurf. Er erhob sich lustlos und blickte dabei dem kleinen Mann vor sich von oben herab in die Augen. Doch dieser wich seinem Blick aus, wandte sich um die eigene Achse und rief: »Rassoul!«

Das war etwas zu laut. Seine Stimme verriet, dass Major Laeq trotz seiner zur Schau gestellten Selbstsicherheit kurz vor einem Zusammenbruch stand. Becks ergriff die letzte Möglichkeit und hakte nach.

»Sagen Sie, Herr Oberst, als ich Ihnen das Bild gezeigt habe, woher wussten Sie, dass ich Sie nach diesem Mann fragen würde? Sie sagten doch Nein. Warum eigentlich?«

Major Laeq schnappte hörbar nach Luft, aber bevor er noch etwas erwidern konnte, stapfte Rassoul zu seiner Rettung herein. Es entstand eine Pause, in der Rassoul unschlüssig von einem zum anderen sah.

Becks überlegte fieberhaft. Er hatte es zwar geschafft, den Major in die Enge zu treiben, aber würde das reichen?

»Auf Wiedersehen, Herr Oberst!«, sagte er freundlich in der Tür auf Dari, dem Dialekt des Nordens. Dabei fiel ihm die Geste des Majors während ihres Gespräches wieder ein, als er sich bei seinem Nein mit der rechten Hand über den Bart fuhr.

Becks fühlte sich zurückversetzt nach Kabul, als er gemeinsam mit Mitch in der Chicken Street in Kabul auf einen Kontaktmann wartete. Ein betagter Mann verkaufte dort antike Münzen, die er auch ihnen als besonders wertvolle Stücke anbot. Sie feilschten lange mit ihm um den Preis, bis Mitch zu ihm sagte: »Ich weiß, wie du die Münzen machst. Du mischst sie deinem Esel ins Futter und das, was bei ihm hinten herauskommt, ist antik.« Genauso eine Geste wie die des Majors hatte der alte Mann gemacht. Er grinste verschmitzt, als er ihnen anbot: »Mein Freund, du weißt es und ich weiß es. Du bekommst von mir die Hälfte, wenn du mir weitere Käufer bringst.« Ajmal, ihr paschtunischer Freund, erklärte diese Geste so: das eine sagen und das andere meinen.

Becks setzte beim Hinausgehen alles auf eine Karte.

»... und überbringen Sie Ihrem Sohn herzliche Glückwünsche. Ich habe gehört, es war eine sehr prachtvolle Hochzeit! Man spricht immer noch in den Dörfern darüber ...«

Offensichtlich wusste der Major etwas, aber außer dem kurzen Zucken in seinen Augen hatte Becks nichts erreicht. Im dunklen Flur sah er sich das letzte Mal um und erblickte im gelben Licht des Fensters, wie das Gesicht von Major Laeq seltsam grün schimmerte. Er hatte seine letzte Bemerkung genau verstanden.

Er freute sich wie ein kleines Kind zu Weihnachten, denn Grün war bekanntlich die Farbe der Hoffnung ...

Mitch parkte am Fahrbahnrand im Dorf und täuschte eine Panne an seinem Motorrad vor. Für die zahlreichen Fahrzeugführer, die ihn passierten, war er ein einfacher Motorradfahrer, der sein Motorrad reparierte. Auf der zur Straße abgewandten Seite installierte er eine Laser-Audioanlage. Er verzichtete auf die Videoüberwachung der Rückseite der Grenzstation, denn sie wollten hören, was drinnen passiert. Der Laserstrahl drang in den Raum, nahm dabei die kaum wahrnehmbaren Schwingungen der Fensterscheibe auf und filterte alle anderen störenden Geräusche heraus. Sie konnten damit bis auf fünfhundert Meter Entfernung in fast perfekter Klangqualität jedes Gespräch aufzeichnen. Er hörte über eine winzige Ohrmuschel das Gespräch mit und die Anlage zeichnete alles auf, was in dem Raum gesprochen wurde. Der Laser war so empfindlich, dass er das Klappern einer Computertastatur oder das Tippen einer Nachricht mit einem Mobiltelefon aufnahm und über einen Umwandler diese Geräusche den einzelnen Buchstaben zuordnen konnte. Die gespeicherten komprimierten Daten konnten über ein Mobiltelefon sofort zur Auswertung in jedes Land der Welt geschickt werden.

Lange hatten sie überlegt, ob sie die Laserüberwachung anwenden oder besser eine Wanze ins Büro des Grenzpostens einbauen sollten. Doch der Grenzposten war ständig besetzt und der Zeitaufwand zu groß, um dort unauffällig eine Wanze anzubringen. Und um alle Gespräche aufzeichnen zu können, hätten sie in unmittelbarer Nähe des Grenzpostens bleiben müssen. Der Grenzposten lag am Rande des Dorfes, umgeben von einem niedrigen Holzzaun. Rosensträucher und Obstbäume wuchsen im Garten. Sie beide wären innerhalb kürzester Zeit hier im Dorf aufgefallen, allein schon wegen ihrer Größe.

Deshalb entschieden sie sich für die Laserüberwachung, die sie auch aus der Ferne bedienen konnten. Doch ein einsam stehendes, seltsames Motorrad konnte auch Begehrlichkeiten wecken und das mussten sie unbedingt vermeiden. Unter keinen Umständen wollten sie hier und auf ihrer Suche nach Professor Werner auffallen. Mitch versuchte, seine Größe zu kaschieren, indem er sich vor seine Maschine hockte, so, wie es die Afghanen machten. Die Straße, auf der heute ein reger Verkehr herrschte und die umliegenden Häuser gaben ihm dabei etwas Deckung.

Von Zeit zu Zeit stand er auf, ging gebeugt um das Motorrad, setzte sich wieder hin und wischte mit einem Lappen am Motor herum.

Die Unterhaltung im Zimmer des Kommandanten war beendet. Mitch sah seinen Freund aus dem Grenzhäuschen herauskommen und einige Augenblicke später brauste er auf seinem Motorrad davon.

Der spannende Moment, auf den sie gesetzt hatten, war gekommen. Sie wussten genau, dass die beiden Toyota-Jeeps hier vor neun Tagen die Grenze überquert hatten. Die Frage lautete, wer von den Grenzposten in diese Sache eingeweiht war. Mitch war davon überzeugt, dass es mindestens zwei Mitwisser an der Grenzstation geben musste, die sich gegenseitig bei ihren Geschäften absicherten.

Er hatte den Verlauf des Gesprächs zwischen Becks und dem Major aufmerksam verfolgt. Doch es machte einen gewaltigen Unterschied, ob man selbst im Raum saß und die Stimmung, das Gesicht sowie die Gesten des Gegenübers beobachtete oder in über fünfhundert Meter Entfernung das Gespräch mithörte. Zwar war er hier nur zur Rolle des Zuhörers verdammt, jedoch waren auch ihm die Veränderungen in der Stimme des Kommandanten nicht entgangen. Diese aufgezeichnete Konversation würde normalerweise wochenlang von Psychologen analysiert, die jede kleinste Änderung in der Stimmlage wahrnehmen und deuten konnten. Doch für solche Feinheiten hatten sie keine Zeit. Seine Hoffnung war, dass Becks der richtige Köder war. Allein durch seine Erscheinung konnte er andere einschüchtern. Besonders aber schätzte er an seinem Freund diese ganz eigene Spontaneität, das zu sagen, was ihm gerade auf der Zunge lag.

»Rassoul!«, hörte Mitch die Stimme des Kommandanten über den Kopfhörer.

Eine Tür wurde geöffnet. Die nachfolgende Unterhaltung konnte er leider nicht verstehen, da die beiden miteinander in Dari sprachen.

Major Laeq sah seinen Fahrer, der erwartungsvoll in der Tür verharrte, nachdenklich an.

»Bring mir die Einreisebücher der letzten Wochen!«

Die Übertragung war gut und Mitch fühlte sich automatisch in den kleinen Dienstraum hinein versetzt, obwohl er von dem Gespräch nichts verstand.

Ein lautes Poltern. Die Tür öffnete und schloss sich wieder.

Sein Fahrer brachte dem Major die beiden dicken Ein- und Ausreisebücher, in denen handschriftlich alle Grenzkontrollen des Tages vermerkt wurden. Major Laeq wusste, dass in den Büchern nichts über die zwei weißen Jeeps stehen durfte, wovon er sich selbst noch einmal überzeugte. Denn vielleicht hatte einer seiner Soldaten im Übereifer doch einen Eintrag vermerkt.

»Gut. Ich will in den nächsten Stunden nicht mehr gestört werden. Die Posten sollen nach dem Mittagsgebet die Grenzstation putzen. Morgen kommt General Brahim persönlich her. Ich erwarte, dass hier alles glänzt!«, wies Major Laeq seinen Fahrer an, der ihm seine Worte förmlich von den Lippen saugte.

»Verstanden, Kommandant! General Brahim wird morgen hier erwartet.«

Rassoul wiederholte die Worte seines Vorgesetzten.

Laute Stimmen. Erneutes Poltern. Die Tür wurde geschlossen. Jetzt hörte Mitch nur noch das Rascheln von Papier aus dem Dienstzimmer.

Langsam wurde er unruhig. Hatten sie die Lage nicht korrekt eingeschätzt und auf die falsche Karte gesetzt? Im Augenblick machte Major Laeq jedenfalls keine Anstalten, jemanden anzurufen. Das war ihre Hoffnung – er sollte sie auf eine neue Spur bringen. Doch aus Erfahrung wusste Mitch, dass sie Geduld haben mussten. Sie hatten keine andere Wahl, noch eine andere Spur ...

Das kleine Fenster auf der Hinterseite der Grenzstation wurde geöffnet und Mitch beobachtete, wie der Major hinaussah.

Die Überwachungsanlage brachte nur ein ungeduldiges Brummen.

,Na komm schon! Enttäusch uns nicht. Ich kann hier nicht ewig hocken ...', dachte Mitch.

Langsam brauchten sie einen anderen Plan. Doch dafür müssten sie vielleicht nach Usbekistan reisen – dorthin, wo alles begann. Das würde unnötig Zeit kosten und aufreibende Gespräche mit sich bringen, denn die Usbeken nutzten jede Gelegenheit, um aus einem kleinen Vorgang eine große Sache zu konstruieren, die entsprechend lange dauerte und eine Stange Geld kostete, welches dann wieder in undurchsichtigen Kanälen verschwand. Und Zeit – die hatten sie bei einer Entführung nicht. Für Professor Werner zählte ab jetzt jede Stunde. Und irgendwie hatte er das Gefühl, dass es jemanden geben musste, der diese Entführung genau geplant hat. Usbekistan, der Markt, das Video – das war nur ein Köder, um den Professor über die Grenze zu schaffen. Also mussten sie ihn hier suchen. Vielleicht sogar in diesem Dorf ... Je mehr Mitch darüber nachdachte, umso überzeugter war er, dass Professor Werner irgendwo hier war.

Nachdem der Riese, dessen Namen er am liebsten für immer aus seinem Leben löschen würde, sein Zimmer verlassen hatte, war Major Laeq hin- und hergerissen. Ihm war übel, denn seine letzten Worte hatten Magenkrämpfe in ihm ausgelöst. Er war beunruhigt, sogar auf das Tiefste verängstigt. In dieser Situation durfte er keinen Fehler machen. Sein Vorgesetzter, General Brahim, war entschlossen und unnachgiebig in seinen Bemühungen, die Korruption in seiner Provinz zu bekämpfen. Wenn sie herausfänden, dass er Geld an seinem Grenzübergang annahm, würde ihn das seine Stellung bei der Grenzpolizei kosten. Ihm drohte sogar Gefängnis, wenn sie herausbekämen, dass Drogen über die Grenze geschmuggelt werden. Er würde alles, was er sich in den letzten Jahren aufgebaut hatte, verlieren. Für Abdallah war er dann nutzlos. Abdallah konnte womöglich sein Geld komplett zurückfordern, und dann wäre er endgültig erledigt. Denn diese Männer verstanden keinen Spaß.

Zuallererst musste er die Einreisebücher der Grenzstation überprüfen und seinen Männern eine Extraprämie garantieren. Zumindest, bis der General mit seiner Inspektion fertig war, denn eines hatte er gelernt in all den Jahren: Gib nie das Geld vorher aus – versprich es nur. Allein mit diesem Versprechen sicherte er sich die Loyalität seiner Soldaten. Für einen Bonus würden seine Männer sogar die ganze Nacht die Grenze kontrollieren.

Er konnte aus dieser Geschichte sauber herauskommen, aber eine Sache ließ ihn dabei nicht mehr los und darüber zerbrach er sich den Kopf. Es war der Videobeweis der Usbeken, von dem dieser Riese gesprochen hatte.

Dabei ging eines unter: Woher wusste der Fremde von der Hochzeit seines Sohnes? Es könnte Ermittlungen und Nachfragen geben und diese führten unweigerlich zu Abdallah, denn von ihm hatte er das Geld bekommen. In seinem Kopf drehte sich alles, Panikgefühle kamen hoch, drückten auf seine Brust und die Zeilen in den Büchern tanzten vor den Augen. Seine Gedanken hetzten wirr hin und her.

'Diese Schande ... Wie konnte das alles passieren? Wie konnte ich mich so weit ...?'

Jetzt musste schnell gehandelt werden, vielleicht war es noch nicht zu spät, um den Schaden von sich abzuwenden. Entschlossen stand er von seinem Stuhl auf und ging zum Fenster, er brauchte dringend frische Luft, um sich von dieser Enge zu befreien. Direkt vor dem Fenster floss der breite Grenzfluss Amudarja. Eine Weile betrachtete Major Laeq das gleichmäßige Auf und Ab der Wellen. Sie beruhigten ihn. Sein Blick streifte über die Felder zum Dorf hinüber. An einem der letzten Häuser sah er jemanden vor seinem Motorrad hocken. Die Landschaft wirkte so ruhig und friedlich an diesem Morgen. Machte er sich vielleicht doch zu viele Sorgen? Wenn nur dieser Film der Usbeken nicht wäre, dann könnte man ihm nichts nachweisen. Bei diesem Gedanken fasste er einen Entschluss und nahm sein Telefon aus der Tasche.

»Bale«, hörte er die barsche Stimme von Abdallah am anderen Ende.

»Salam alaikum!«, entgegnete er rasch und verzichtete dabei auf den Austausch von Höflichkeiten.

»Ah, der Herr Major persönlich!« Abdallah wurde freundlicher.

»Abdallah! Mich hat heute ein Mann von der ISAF aufgesucht und brachte mir ein Schreiben des Gouverneurs.«

»Ach, rufst du mich jetzt an, um zu erzählen, welche Gäste dich heute besucht haben, und mit wem du Tee trinkst?«, fragte Abdallah spöttisch.

Doch er ließ sich nicht beirren, sein Anliegen war zu wichtig.

»Er wusste von den weißen Jeeps und er hat mir ein Foto gezeigt. Dazu läuft eine Untersuchung der ISAF, und der Gouverneur hat General Brahim damit beauftragt«, sprudelte es aus ihm heraus.

»Welches Foto?« Der Spott aus Abdallahs Stimme war sofort verschwunden.

»Der Weiße im Wagen!« Major Laeq brüllte seine Angst in den Hörer. Da war er endlich – der Ausbruch und er fühlte sich sofort erleichtert.

Am anderen Ende der Leitung wurde es still.

»Abdallah? Hörst du mich?« Selten hatte er ihn so schweigend erlebt.

Er fuhr fort, da von Abdallah nichts zu hören war.

»Sie haben Videoaufnahmen der Usbeken von diesem Tag und morgen kommt General Brahim hierher!«

Abdallahs Stimme klang eisig, als er den Major rüde unterbrach: »Jetzt erzähl mir noch einmal alles ganz genau, was heute passiert ist. Hast du mich verstanden? Ich will alles ganz genau wissen!« Der Rest ging in einem einzigen Schrei unter.

Das Warten hatte sich doch gelohnt. Major Laeq rief nach längerem Zögern endlich jemanden an. Mitch verstand die Unterhaltung nicht, dafür brauchte er einen Übersetzer, aber er bemerkte, dass die Stimmung des anfänglich lockeren Gesprächs immer gereizter wurde, bis es in einem Schrei endete. Die Überwachungstechnik, die das Gespräch aufzeichnete, stoppte. Mitch wartete ab und ging dabei ungeduldig um sein Motorrad herum. Totenstille. Nichts bewegte sich! Weder im Zimmer des Kommandanten, noch am Telefon war etwas zu hören. Er nutzte die entstandene Pause und schickte das aufgezeichnete Gespräch zur Untersuchung nach Mazar-i-Sharif, wo die Analysten bereits auf diese Daten warteten, um sie gemeinsam mit einem Übersetzer auswerten zu können. Mitch überprüfte seinen Hörsatz, doch im Zimmer des Kommandanten blieb es seltsam still. Was war passiert? Was hatte Major Laeq vor und worauf wartete er jetzt?

Die Minuten krochen langsamer als sonst. Er blickte ungeduldig auf seine Uhr. Lange konnte er hier nicht mehr bleiben, das würde zu viel Aufmerksamkeit im Dorf erregen und die ersten Schaulustigen würden sich einfinden. Dann drohte das ganze Unterfangen zu platzen.

Zwanzig Kilometer entfernt, außerhalb der kleinen Grenzortschaft in einer geschützten Senke, wartete Becks ungeduldig auf seinen Freund. An diesem vereinbarten Treffpunkt wollten sie sich wiedersehen, um gemeinsam über das weitere Vorgehen zu beraten. Mitch sah erneut auf die Uhr, überlegte kurz und schaltete die Überwachungsanlage ab. Sie hatten ein Gespräch, und er wollte kein unnötiges Risiko eingehen. Er saß bereits auf der Maschine, als sein Telefon in der Tasche vibrierte.

»Mitch, bist du noch vor Ort?«, fragte Fisch mit atemloser Stimme.

»Ja, warum?«

»Schalt sofort die Anlage wieder ein, er wartet auf einen Rückruf!«

Mitch stürzte zur Ausrüstung, gab den achtstelligen Sicherheitscode ein und richtete den Laser auf die Fenster der Grenzstation. Die Anlage fuhr summend hoch. Einen Augenblick später blinkte es grün – sie war betriebsbereit.

Doch er hörte nur noch undeutliche, abgehackte Sätze von Major Laeq, und dann wurde das Gespräch beendet. Die Aufnahme stoppte bei einer Minute.

Im Amtszimmer herrschte Stille, plötzlich knallte die Tür zu. Einige Augenblicke später sah er Major Laeq aus der Grenzstation herausstürmen.

Die Soldaten im Garten sprangen von den Stühlen auf, als sie ihren Vorgesetzten sahen, doch er beachtete sie diesmal nicht. Major Laeq rannte zu dem grünen Pick-up. In hohem Tempo rauschte er an den wartenden Fahrzeugen an der Grenzkontrolle vorbei und hinterließ eine Staubwolke.

Irgendetwas war passiert und Mitch ärgerte sich, dass sie vielleicht nie erfahren würden, worum es bei diesem Gespräch gegangen war.

Er hatte zwar die letzten unverständlichen Sätze der seltsamen Unterhaltung wieder nicht verstanden, aber ihre drohende, giftige Art war ihm nicht entgangen, dafür brauchte er keinen Übersetzer.

Becks hatte sich also doch als der richtige Köder erwiesen.

Zehn Minuten später fuhr Mitch auf dem Highway, ließ sich von beladenen Fahrzeugen überholen, überzeugte sich, dass er nicht verfolgt wurde, und bog in einer scharfen Kurve von der Straße ab.

»Du brauchst aber lange. Ich wollte gerade meinen Schlafsack ausrollen«, sagte Becks zur Begrüßung und lächelte zufrieden. »Na, wie war mein Auftritt? Hab ich ihn geknackt?«

»Eine Weile dachte ich, er sei der Falsche, bis er endlich einen Anruf tätigte«, antwortete Mitch müde und zog das verstaubte Tuch vom Kopf.

»Ja! Ich wusste nach seinen ersten Worten, dass er lügt. Du hättest seine Augen und sein Gesicht sehen sollen, als ich ihm das Foto des Professors vor die Nase gelegt hab!« Becks war kaum noch zu bremsen und erzählte ihm jede Kleinigkeit aus dem Gespräch.

»Das mit der Hochzeit war für mich das Beste.«

Mitch stimmte seinem Begleiter zufrieden zu.

Doch sie durften sich nicht zu früh freuen, ihnen fehlte noch die Übersetzung des Gesprächs und damit der entscheidende Hinweis.

Sein Telefon klingelte endlich.

»Es ist Fisch!«, sagte Mitch mit einem Blick auf das Display und stellte auf Lautsprecher.

»Mitch, unsere Dolmetscher haben eine Extraschicht eingelegt, um das Gespräch schnell für euch zu übersetzen. Aus dem ersten Teil der Unterhaltung zwischen Becks und Major Laeq war leider nichts Relevantes herauszuholen. Da konnten wir keine Auffälligkeiten feststellen, aber das Gespräch hast du ja selbst mitgehört.«

Mitch hörte ihm ungeduldig zu. Becks blickte erwartungsvoll zu ihm hinüber, doch er zuckte nur mit den Schultern. Daraufhin breitete Becks die Arme aus, was so viel hieß wie: Ich bin der größte und dickste Köder. Sein Lachanfall übertönte die nächste Bemerkung von Fisch.

»... bereitet mir Sorge«, hörte er nur noch.

»Was bedeutet das? Wie meinst du das?« Mitch hakte nach.

»Na ja, wie ich schon sagte, leider haben wir nur knapp zwei Minuten von dem letzten Gespräch. Es konnte ja keiner ahnen, dass sein Gesprächspartner so schnell reagiert. Das bedeutet, die sind hervorragend vernetzt. Die Dolmetscher können einige Wörter nur deuten, weil sie im Landesdialekt gesprochen wurden. Der Unbekannte beschimpft unseren Major als verdammten Esel ...«

»Ja, und für mich hörte es sich wie ein Zusammenbruch an. So wie die beiden sich angeschrien haben«, unterbrach ihn Mitch.

»Ich versuche, dir den Ablauf des Gesprächs zu übermitteln. Also zuerst kommt die Stimme von dem, den Major Laeq Abdallah nennt: Du verdammter Esel, sie haben dort keine Kamera! Jetzt folgt unser Major: Aber das Schreiben des Gouverneurs ... Abdallah wieder: Hast du mir gerade nicht zugehört, ich sagte gerade, sie haben keine Kamera an ihrer Grenze. Das ist eine Falle und jetzt verschwinde schnell. Hast du mich verstanden? Verschwinde sofort oder ich komme persönlich, um dich zu holen! Das ist leider alles, was wir haben und das bereitet mir Sorgen. Du hattest recht mit diesem Grenzposten und großes Glück, dabei auch noch auf den Richtigen zu treffen.«

»Leider ist Major Laeq über alle Berge, aber er hinterlässt bestimmt Spuren. Wir müssen sein Telefon orten, vielleicht führt er uns direkt zu Abdallah.«

»Das ist kein Problem, wir haben seine Nummer und die genaue Uhrzeit der Gespräche. Über unsere Catcher können wir die Funkantennen in dieser Gegend anzapfen. Das Problem ist nur, dass die jetzt wissen, dass wir den Professor suchen, und sie wissen auch, wie Becks aussieht. Mit eurer Tarnung ist es vorbei ...«

Mitch überlegte. Ihm war im Verlauf des Gesprächs etwas

eingefallen, aber wieder in seinen Gedanken verschwunden. Er schaute zu seinem Freund, der das Gespräch aufmerksam verfolgte. Der Gedanke tauchte erneut auf. Natürlich – der Köder!

»Die sollen ruhig wissen, wie wir aussehen und wonach wir suchen. Wir gehen jetzt offensiv an die Sache heran und irgendwann müssen sie aus ihrer Deckung herauskommen.«

Becks streckte seinen Daumen zur Bestätigung nach oben.

»Einverstanden. Dann seid aber vorsichtig. Ihr bisheriges Vorgehen zeigt, dass es keine Anfänger sind. Wir speichern eure Position, damit wir euch im Notfall evakuieren können. Aber denkt daran, wir brauchen zwei Stunden, so lange müsst ihr allein durchhalten«, sagte Fisch mit einem Seufzer.

»Sag mal, woher wusste Abdallah so schnell, dass an der Grenze zu Usbekistan keine Kameras installiert sind?«, fragte Becks dazwischen.

»Das ist eine gute Frage, die ist in unseren Überlegungen untergegangen. Es war von dir ganz schön hinterlistig, so etwas zu behaupten. Aber Abdallah wusste in der Tat sehr schnell Bescheid, dass die Usbeken an der Grenze keine Kameras haben. Also müssen wir dann davon ausgehen, dass er einen Informanten auf der anderen Seite der Grenze hat, mit dem er in direktem Kontakt steht.«

Toni meldete sich aus dem Hintergrund: »Wir überprüfen das!«

»Abdallah scheint eine zentrale Rolle in diesem Fall zu spielen und auf ihn sollten wir uns jetzt konzentrieren.« Mitch grübelte.

»Hat er vielleicht auch mit eurem aktuellen Auftrag im Osten zu tun?«, fragte Becks beiläufig.

»Wie kommst du darauf, dass da ein Zusammenhang bestehen könnte?«, fragte Fisch erstaunt.

»Na ja, weißt du, wenn einer sich so viel Mühe gibt und Grenzbeamte auf beiden Seiten der Grenze schmiert, dann muss es doch um viel Geld gehen. Für eine Entführung sind es zu viele Zeugen. Ich vermute, da steckt mehr dahinter. Irgendetwas passt nicht zusammen.«

»Deine Idee ist vielleicht doch nicht so abwegig, denn der Aufwand für eine einfache Entführung ist zu groß. Die teuren Geländefahrzeuge, die Abholung in Usbekistan, hier spielt Geld keine Rolle – aber wozu benötigen sie dann den Professor? Gib mir eine Stunde Zeit und wir versuchen, alle unsere Informationen mit Parallelen in eurem Fall abzugleichen«, drängte Fisch.

Mitch legte auf. »Sie brauchen eine gute Stunde. Lass uns eine Runde schlafen. Wer weiß, wann wir wieder dazu kommen.«

Und damit sollte er recht behalten.

Sie breiteten über ihre Motorräder ein Tarnnetz aus und legten sich in den Schatten.

Mitch schloss die Augen und versuchte zu entspannen, doch seine Gedanken kreisten immer wieder um diese sonderbare Entführung. Waren sie auf dem richtigen Weg? Gab es wirklich keine andere Alternative oder hatten sie irgendetwas übersehen? So viele Fragen und so wenige Antworten. Bei all diesem Grübeln verfiel er in einen unruhigen Schlaf, der ihn in das Pergamonmuseum nach Berlin führte.

Ein lautes Klingeln riss ihn aus seinem Traum. Becks war bereits wach und studierte eine Karte.

»Na, Urlauber, habt ihr ausgeschlafen?«, fragte Toni am anderen Ende der Leitung.

»Becks ist gerade zum Bäcker und ich decke den Tisch für unser Kaffeekränzchen«, antwortete Mitch verschlafen.

»Na, dann geht es euch gut. So, nun zum wichtigen Teil. Wir

haben unser Material mit allen Informationen aus eurem Fall verglichen und keine signifikanten Übereinstimmungen gefunden. Die Geländewagen sind der einzige Anhaltspunkt, aber dieses Modell fährt hier jeder, der genug Geld hat – als eine Art Statussymbol.«

»Schade, ich hatte gehofft, dass da ein Zusammenhang besteht«, sagte Mitch sichtlich enttäuscht.

»Eine Kleinigkeit, die zuvor in der Eile untergegangen war, haben wir dennoch bemerkt«, fuhr Toni fort. »Unser Dolmetscher hat die Übersetzung des Gesprächs noch einmal überarbeitet und ihm ist ein kleines Detail im Gespräch zwischen Abdallah und Major Laeq aufgefallen. Wörtlich sagte der Major: *der Weiße im Wagen*. Bei der ersten Übersetzung hatten wir jedoch verstanden: *der weiße Wagen*. Verstehst du mich?«

Mitch begriff sofort die Bedeutung dieses feinen Unterschiedes. Endlich hatten sie eine Spur von Professor Werner, und Major Laeq steckte gemeinsam mit Abdallah in dieser Sache drin.

Becks grinste zufrieden.

»Ich wusste sofort, dass dieser kleine Hosenscheißer mich auf dem Arm nehmen wollte. Das nächste Mal werden wir nicht mehr so lange miteinander reden, ich ziehe ihm gleich seine kurzen Arme lang.«

Endlich hatten sie den Beweis, dass Professor Werner tatsächlich nach Afghanistan gebracht worden war. Denn bisher gab es nur die Position der Telefone und seine Anrufe.

»Aber, das ist noch nicht alles. Wir haben weitere Details für euch«, unterbrach ihn Toni erneut. »Major Laeq hat sein Handy ausgeschaltet, er muss den Akku herausgenommen haben, denn wir können seinen Standort nicht mehr orten. Die sind äußerst vorsichtig. Aber trotz allem konnten wir das

Handy von Abdallah während des Gesprächs orten, bevor auch er sein Telefon abgeschaltet hat. Sein Handy hat sich zwischen den Orten Gol Bolaq, Quduq und Ab-e-Shor in das Netz der Funkmasten eingeloggt. Die Gegend ist von Bergen und tiefen Tälern durchzogen, dort gibt es nur unbefestigte Bergstraßen, und von den meisten Ortschaften haben wir nicht mal einen Namen, geschweige denn, dass sie auf einer Karte eingetragen sind. Nur wenige Funkmasten wurden auf den Berggipfeln von der Telefongesellschaft aufgestellt, leider erlauben uns die Berge keine präzisere Ortung. Aber ihr habt zumindest einen neuen Anhaltspunkt. Tut mir leid, Mitch, aber mehr haben wir nicht. Ich schicke dir gleich die Namen der Ortschaften per SMS.«

»Unbefestigte Straßen, na endlich, deswegen sind wir doch hier!« Becks nutzte die entstandene Pause für einen Kommentar.

»Was wollt ihr jetzt unternehmen?«, fragte Toni vorsichtig in Erinnerung an den mörderischen Lauf der beiden durch die ägyptische Wüste.

»Wir fahren zum Punkt der letzten Ortung von Abdallah und gehen mit dem Bild des Professors von Haus zu Haus«, sagte Mitch entschlossen.

Becks suchte bereits die drei Orte in ihrem Navigationssystem.

»Ich schätze, wir brauchen zwei Stunden in die Berge, dann melden wir uns wieder bei euch.«

»Na gut. Wenn ihr nach Hause kommt, müsst ihr mir erklären, wie ihr es immer wieder schafft, die besten Einsätze an Land zu ziehen.«

Trotz der lockeren Sprüche am Telefon blickte Fisch in nachdenkliche Gesichter in der Einsatzzentrale. Die Sache war noch nicht ausgestanden und keiner wusste, wie sie sich entwickeln würde.

»Ach, weißt du, bestimmte Sachen kann man nicht lernen«, antwortete Becks in Anspielung auf die Festnahme eines Talibankommandeurs, bei der er mit seiner schweren Ausrüstung durch das Dach durchgebrochen und direkt auf das Bett des Gesuchten gefallen war. Bei dem legendären Sturz brach er dem Talibankämpfer einen Arm und nahm den Überrumpelten ohne Widerstand fest.

Anschließend kursierten im Amt Gerüchte seiner Kameraden, die Becks eine neuartige, geheime Festnahmetechnik andichteten.

»Seid vorsichtig und passt auf euch auf!«

Sie verabschiedeten sich voneinander.

VII

Die verschlungenen Pfade

Becks und Mitch rasten über staubige, lose Pisten in den Nordosten des Landes. Sie hatten die Halbwüste an der Grenze zu Usbekistan verlassen und donnerten auf ihren Maschinen zu den sich am Horizont dunkel abzeichnenden gewaltigen Bergen – die ersten Ausläufer des Hindukusch.

Ihr Plan war simpel: Sie mussten unter allen Umständen Abdallah finden. Er war vermutlich der Strippenzieher und nach allem, was sie bisher aus den Gesprächen wussten, direkt an der Entführung von Professor Werner beteiligt. Wenn sie in den entlegenen Dörfern mit dem Bild des Professors auftauchten, war es nur eine Frage der Zeit, bis Abdallah sie fand. In diesen Gegenden galt das alte Gesetz der Stämme, hier verschwanden die Menschen spurlos und jeder Fremde wurde argwöhnisch beobachtet. Sie waren sich beide einig, dass Abdallah in dieser Gegend untergetaucht war. Die spärlich über die Berge verteilten Funkantennen der Telefongesellschaft bildeten untereinander sogenannte Funkzellen. Abdallahs Telefon hatte sich innerhalb kürzester Zeit in drei Funkzellen verschiedener Ortschaften eingeloggt. Das bedeutete, er bewegte sich mit einem Fahrzeug und er wollte unbedingt seinen Aufenthaltsort verbergen. Trotzdem musste er sich in dieser Gegend sicher fühlen, denn er hatte sein Telefon erheblich später als Major Laeq abgeschaltet.

In diesem kargen Landstrich waren weiße Geländewagen sehr selten und gehörten entweder dem örtlichen Warlord oder einem der Drogenbarone. Abdallah wusste vermutlich jetzt, dass sie den Professor suchten und früher oder später würde er aus seinem Versteck auftauchen.

Doch diesen letzten Gedanken schob Mitch zunächst einmal beiseite. Er genoss auf seiner Maschine die gewaltige raue Landschaft. Die Berge rückten immer näher an sie heran, bis sie schließlich von allen Seiten von ihnen umringt wurden. Selbst im Hochsommer lag Schnee auf den hohen Gipfeln. Sie folgten den Spuren zahlreicher Fahrzeuge die einsame Piste entlang in der Hoffnung, dass eine von ihnen die richtige war und sie vertrauten auf ihren Instinkt.

In der Ortschaft Gol Bolaq wurde ihre Ankunft zum Dorfereignis. Kinder und Erwachsene umringten sie und begrüßten sie freundlich in ihrem Dorf. Dicht umlagert von den Dorfbewohnern, die neugierig ihre Verhandlungen mit den Dorfältesten verfolgten, staunten alle über die beiden hochgewachsenen Europäer auf ihren Motorrädern. Doch weder erkannten die Ältesten den Professor auf dem Foto, noch konnten sie die Frage nach einem weißen Jeep beantworten. Unverrichteter Dinge zogen sie wieder ab und ihr Weg führte zur nächsten Ortschaft Quduq. Auch in diesem Dorf fanden sie keinen Einzigen, der ihre Fragen beantworten konnte oder wollte. Mit Händen und Füßen versuchten sie, sich zu verständigen. Weder das Foto des Professors noch der gemalte Jeep führte zu einer sichtbaren Regung bei ihren Verhandlungspartnern. Vor sich sahen sie nur fragende Gesichter und der durchsichtige Tee wurde bei den langen, unverständlichen Gesprächen rasch kalt. Keine einzige Spur, kein Anhaltspunkt – weder vom Professor, noch vom weißen Geländewagen. Das war ihre bisherige Bilanz. Es schien, als hätten die Berge den Professor verschluckt. Doch eine winzige Hoffnung blieb ihnen. Ihr Auftauchen in dieser abgeschiedenen Bergwelt würde genug Aufmerksamkeit erregen und irgendwann hofften sie, auf Abdallah zu treffen.

Sie zogen weiter nach Ab-e-Shor. Die Straße wurde steiler und kurviger. Sie setzten alles auf die letzte Ortschaft. Jemand musste doch die weißen Jeeps kennen ... In vier Stunden ging die Sonne unter. Bis dahin brauchten sie eine Antwort, sonst saßen sie in der Falle. Auch wenn der Norden des Landes relativ ruhig war, wie es in der offiziellen Sprache der Koalitionstruppen hieß, bedeutete dies nicht zwangsläufig, dass die Gegend, in der sie sich gerade aufhielten, wirklich sicher war. Der Norden Afghanistans war in der Mehrzahl von Usbeken und Tadschiken besiedelt, hier bildeten die Paschtunen, als die größte Bevölkerungsgruppe des Landes, eine Minderheit. Die Volksgruppen in Afghanistan sind untereinander traditionell verfeindet. Die damalige Nordallianz unter ihrem charismatischen Führer Schah Massoud, der von den Amerikanern unterstützt wurde, bestand hauptsächlich aus Usbeken und Tadschiken. Vereint kämpften sie damals gegen die Taliban. Das breite Gefüge der Taliban formierte sich zumeist aus verschiedenen paschtunischen Stämmen, überwiegend aus dem Süden des Landes – ihrem Kernland. Nach jahrelangem Krieg, der mit dem Sieg der Nordallianz endete, besetzten die Sieger anschließend die wichtigsten Ämter in der neu gebildeten Regierung und übten Macht über andere aus. Dabei versäumte jene neue Regierung in Kabul, nach dem Krieg einen Prozess der Versöhnung zwischen den verschiedenen Volksgruppen zu fördern und ihre zahlreichen Milizen im Land wurden nicht entwaffnet. Das gesäte Misstrauen untereinander und der Kampf um Macht und Einfluss flammten mit den Jahren wieder auf. Die alten Geister, die einst mächtigen Warlords, betraten erneut die politische Bühne und begannen, mit dem sich abzeichnenden Rückzug der Allianz aus

Afghanistan, das Land unter sich aufzuteilen. Regional kämpften verschiedene bewaffnete Gruppen oder Milizen für jeden, der sie bezahlte oder sie lebten von Erpressung und Raub.

Alles, was sich auf der großen politischen Bühne abspielte, setzte sich in den entferntesten Winkeln des Landes fort. Die Volksgruppen belauerten sich gegenseitig, ihre Dörfer glichen Wehrburgen, in denen jeder Mann eine Waffe trug und bereit war, zu kämpfen.

Die letzte Ortschaft Ab-e-Shor, die noch übrig geblieben war, lag am höchsten und weit entfernt von den anderen. Einsam dröhnten ihre Maschinen auf der rauen Bergstraße. Die hohen Berge um sie rückten immer enger zusammen. Fast so, als ob sie den Eindringlingen den Weg in ihr Innerstes versperren wollten. Düster blickten ihre Gipfel auf sie herab. Doch sie ließen sich nicht einschüchtern und erhöhten, wo sie konnten, ihr Tempo, denn die Zeit drängte.

Becks tauchte, dicht gefolgt von Mitch, in eine scharfe Linkskurve, sah direkt vor sich einen Mann am Straßenrand knien und wich ihm mit einem schnellen Haken nach rechts aus. Mitch, überrascht von der plötzlichen Bewegung vor sich, warf seine Maschine mit einer Drehung hinterher. In einer Wolke aus Staub und Steinen kamen sie beide zum Stehen.

»Der hat sie doch nicht mehr alle!«, fluchte Becks laut und stellte den Motor ab.

Als sich der Staub um sie herum legte, sahen sie einen alten Mann auf Knien sitzen. Er schlug mit einem Hammer seelenruhig auf die Steine vor sich ein. Wie in einem Puzzle legte er dann die zerschlagenen Steine nebeneinander auf den trockenen Boden, bis sie zusammenpassten. Er ließ sich in seiner Arbeit nicht stören und Mitch hatte das Gefühl, dass er sie überhaupt nicht wahrnahm.

»Also, ich habe hier kein Baustellenschild gesehen! Du etwa?«, fragte Becks.

»Salam alaikum!«, sagte Mitch zu dem Fremden.

Erst jetzt sah der Alte auf, entblößte dabei einen zahnlosen Mund und murmelte: »Salam.«

Sein rundes Gesicht war mit zahlreichen Falten übersät, der weiße, struppige Bart war spitz geschnitten und seine mandelförmigen Augen deuteten auf einen Usbeken oder Tadschiken hin. Trotz der Hitze trug er einen langen, braunen Mantel, der voller Staub war und an seinen Füßen leuchteten gelbe Gummischlappen. Sie mussten soeben durch ein Zeitfenster in ein anderes Jahrhundert gereist sein. Ein alter Mann an einer einsamen Straße in den Bergen, der am Straßenrand mit einem Hammer die Steine bearbeitete ... Eine Weile brachte keiner von ihnen ein Wort heraus, bis der Mann sie irgendetwas fragte und dann seinen Daumen zum Mund führte.

»Ah, der will Wasser.«

Becks reagierte und gab ihm eine Flasche.

In einem einzigen Zug leerte der alte Mann die Wasserflasche. Die zweite Flasche verschwand in der Tasche seines langen Mantels. Das alles machte er ohne Eile, fast wie selbstverständlich und beachtete sie, nachdem er das Wasser bekommen hatte, nicht mehr.

»Vielleicht kennt er den Professor«, schlug Becks plötzlich vor.

»Wie kommst du darauf?«

»Na, im Straßenbau bist du direkt an der Strecke und siehst eine ganze Menge.«

»Keine üble Idee.«

Der Alte murmelte irgendetwas und fuchtelte dabei mit den Händen. Eine Weile hörten sie ihm zu, ohne ein einziges Wort zu verstehen.

»Ich glaube, ich weiß, was er macht …«

Doch weiter kam er nicht, da Becks ihn sofort unterbrach.

»Ich auch! Er verlegt eine High-Speed-Internetleitung in die Dörfer.« Er lachte laut über seinen eigenen Witz.

»Nee, falsch. Der baut freiwillig an dieser Straße und wenn jemand vorbeikommt, gibt derjenige ihm etwas Geld dafür. So erhalten sie die Straßen und verdienen ein wenig dabei. Wir hatten doch so was schon einmal am Khaiberpass erlebt. Zumindest war es in der Gegend so üblich.«

»Ach sooo, dann lag ich ja ganz falsch mit meiner Vermutung.«

Mitch zog einhundert Afghani aus der Tasche und gab sie dem Alten.

Das Geld verschwand augenblicklich in seinem Mantel. Wieder hielt der Alte eine lange Ansprache, die sie nicht verstanden. Doch zum Schluss führte er die rechte Hand an seine Brust und sie begriffen die Geste. So bedankte er sich bei ihnen – es war ein Zeichen der Dankbarkeit und der Zuneigung.

Becks zog das Foto von Professor Werner aus der Tasche und hielt es dem Alten vor die Nase. Jener betrachtete das Foto lange und schweigend. Plötzlich zog er sich das Bild mit seinen staubigen, knochigen Fingern dicht vor die Augen. In Becks und Mitch keimte Hoffnung auf, doch dann bewegte der Mann seinen Kopf verneinend hin und her. Becks gab nicht auf, er drehte das Bild um und malte mit dem Stift einen Jeep, deutete darauf und sagte laut: »Toyota.«

Doch auch dieses Mal zeigte der Alte die gleiche Reaktion. Seine dunklen Augen, die in den Furchen seines Gesichtes zu Sehschlitzen wurden, musterten Becks misstrauisch.

»Na gut, wir haben es versucht.« Becks setzte sich enttäuscht auf seine Maschine, bereit zur Weiterfahrt.

Mitch zögerte einen Augenblick und übergab dem Alten etwas Essen und das restliche Wasser, das er mit sich führte. Dann deutete er mit der Hand auf die Straße und fragte: »Ab-e-Shor?«

Der Alte blickte ihn lange durchdringend mit seinen trüben braunen Augen an, bevor er antwortete: »Ab-e-Shor.«

»Salam!« Mitch verabschiedete sich.

Doch statt der Abschiedsworte sagte der Alte plötzlich: »Surkh Kotal«, und zeichnete mit seinem Finger einen Bogen in die Luft.

Überrascht blieb Mitch stehen.

»Surkh Kotal?«

Der Alte schüttelte nur mit dem Kopf und zeichnete wieder diesen langen Bogen in die Luft.

»Surkh Kotal.«

Mitch sah ihn fragend an. Was meinte er damit? Laut ihrem Navigationssystem gab es hier keine weitere Ortschaft. Und aus welcher Ortschaft stammte er wohl selbst?

»Na, ihr beiden, habt ihr eure Visitenkarten endlich ausgetauscht?« Becks drängte zur Weiterfahrt.

»Surkh Kotal«, wiederholte der Alte stur, als er sah, wie unentschlossen Mitch vor ihm stand.

Die Fremden hatten mit ihm Wasser und Essen geteilt, er fasste sich ans Herz.

»Toyota«, sagte er langsam und zeigte auf die Berge. Dann hockte er sich wieder hin und begann, auf die Steine einzuschlagen.

»Wir machen jetzt einen kleinen Umweg«, sagte Mitch entschlossen.

»Aha und wohin?«

»Nach Surkh Kotal!«

»Ah, dahin! Ich wollte schon immer dieses kleine Dorf besuchen. Dort soll es um diese Jahreszeit besonders schön sein! Steht in jedem Reiseführer.«

Sie winkten zum Abschied, doch der Alte beachtete sie nicht mehr, er war wieder in seiner Welt.

Sie folgten eilig der kurvigen Straße in Richtung der Ortschaft Ab-e-Shor, bis sie einen lang gezogenen Bogen einschlug, wie ihn der Alte in der Luft gezeichnet hatte. Wenn er es ihnen nicht vorher gesagt hätte, dann wären sie an diesem kaum sichtbaren Abzweig, der zwischen zwei monströsen Felsbrocken verschwand, vorbeigefahren. Doch sie vertrauten seinen Worten und bogen auf den unsichtbaren Weg ab.

Nach ein paar Kurven wurde die Straße flacher und führte nicht mehr in die Berge, sondern schlängelte sich stetig hinab. Sie merkten es sofort an der Luft, die frischer wurde. Die ersten verstaubten Sträucher tauchten am Wegesrand auf. Die schroffe Berglandschaft wich sanften, lang gezogenen, grünen Hügeln. Das Grün der Hügel war auf ihrer sonnigen Seite durchbrochen von roten Blumen. Die Landschaft wirkte nach der bedrohlichen Rauheit der Berge sanft und friedlich. Immer tiefer führte sie die Straße hinab in ein Tal. Klare, frische Luft und das Grün der Felder umgaben sie jetzt von allen Seiten. Die Blumen stiegen von den Hügeln auf die Felder neben ihnen herab und begleiteten ihren Weg nach Surkh Kotal.

Sie fuhren nebeneinander und genossen die Landschaft. Becks deutete auf die roten Blumen. Mitch verlangsamte seine Maschine und betrachtete die sie von allen Seiten umgebenden Blüten. Wie zur Bestätigung formte Becks das Wort Mohn. Ihr Weg führte direkt durch die weitläufigen Mohnfelder. Bislang war der Mohnanbau traditionell auf den Süden des Landes begrenzt, doch das hier zeigte ihnen, dass sich der Anbau auch im Norden ausbreitete. Hier, in diesem Tal, waren sie auf keinen Fall willkommen.

VIII

Surkh Kotal

Die unbefestigte Straße, die kaum als solche zu erkennen war, wurde jetzt breiter. Bäume und Büsche säumten den Straßenrand und bildeten einen blickdichten, schattigen Tunnel über ihnen. Wasser glitzerte in der Sonne in den kleinen Kanälen, die die Felder durchzogen. Alles wirkte still und friedlich. Doch je länger sie auf dieser Straße fuhren, umso mehr beschlich Mitch das Gefühl, dass an diesem beschaulichen Bild irgendetwas nicht stimmte. Die ersten Häuser eines Dorfes tauchten vor ihnen auf und da wusste er, was es war – sie hatten bislang keinen einzigen Menschen gesehen, weder auf den Feldern noch auf der Straße. Die Landschaft wirkte plötzlich leer und bedrohlich.

Die Ortschaft vor ihnen glich jedem anderen afghanischen Dorf. Alle Häuser waren aus Lehm erbaut und trugen in sich die gleiche Farbe wie der Boden, auf dem sie standen. Dicht an dicht drängten sie sich aneinander, abgeschirmt von der Welt durch hohe Mauern und große hölzerne Tore. Schmale, dunkle Wege führten an den Seiten in das Innere des Dorfes. Scharen von spielenden Kindern, die ihnen auf den staubigen Straßen hinterherliefen, hatten ihre Ankunft in den vorherigen Ortschaften begrüßt. Hier in Surkh Kotal war die Straße leer und alle Tore der Häuser waren verschlossen. Nicht ein einziger Bewohner, der neugierig aus der Tür spähte. Trotzdem hatten sie das unangenehme Gefühl, von allen Seiten beobachtet zu werden.

Sie folgten den Reifenspuren auf der Straße, die sie immer tiefer in diese verwinkelte, ausgestorbene Ortschaft führten, direkt zu einem kleinen Platz, in dessen Mitte ein ausgeschlachteter russischer Schützenpanzerwagen unter einem alten Baum stand. Sein verdrehter Gefechtsturm blickte stumm in die Berge, der grüne Tarnanstrich war mit den Jahren braunem Rost gewichen. Sie hielten vor dem Panzerwagen an. An dieser Stelle teilte sich die Straße in drei verschiedene Richtungen.

Becks überprüfte ihr GPS, doch das Gerät suchte verzweifelt die Verbindung zum Satelliten.

Mitch schaute sich hilflos um. Ausgetretene Pfade führten zu den umliegenden Hügeln und auf deren Spitzen konnte er ausgehobene Stellungen erkennen. Es war ein Ort, der überall die Spuren des jahrelangen Krieges zeigte – und sich vielleicht für einen neuen rüstete. Es gab hier Bewohner, doch wo waren sie alle?

Wie aus dem Nichts tauchten vor ihnen drei Afghanen auf.

Zwei von ihnen waren offensichtlich die Dorfältesten. Sie trugen festliche Umhänge und ihre unbewegten, würdevollen Mienen verrieten ihr hohes Alter und Ansehen.

Der dritte Afghane war der Jüngste. Er trug Jeans und ein sauberes weißes Hemd. Mitch schätzte ihn auf Ende zwanzig, er hatte braune Augen und fein geschnittene Gesichtszüge.

»Salam«, begrüßte Mitch die Männer und legte die rechte Hand aufs Herz.

Becks folgte seiner Geste.

Die Afghanen erwiderten ihren Gruß und die alten Männer lächelten dabei freundlich.

Zu ihrer Überraschung begrüßte der junge Afghane sie in fließendem Englisch: »Willkommen in unserem Dorf!«

Sie wurden in Surkh Kotal offen begrüßt und einer der Afghanen sprach sogar Englisch. Mitch spürte sogleich, hier würden sie endlich eine Antwort auf ihre Fragen finden. Das schien ein Heimspiel zu werden.

»Schön, dass Sie Englisch sprechen, wir dachten schon, wir müssten unser Dari wieder auspacken.«

Mitch eröffnete das Gespräch mit einem Scherz.

Der junge Mann übersetzte seine Worte und das ungezwungene Lachen der Alten verriet, dass sie seinen Witz verstanden hatten. Wie zur Bestätigung hielt einer der Alten eine lange Rede und schwenkte dabei seine dünnen, knochigen Arme.

»Die Dorfältesten begrüßen euch in unserem Dorf und laden zum Tee«, folgte die kurze Übersetzung.

Der junge Afghane zeigte auf das hinter ihnen liegende Haus und bedeutete, ihm zu folgen.

»Auf einen Nachmittagstee können wir ruhig hier bleiben.« Becks freute sich .

»So viel Zeit muss sein«, sagte Mitch.

Sie folgten den Afghanen zu einem Haus mit einem wuchtigen grünen Tor.

Hinter der sandfarbenen, lehmigen Fassade des Hauses betraten sie eine andere Welt. Im Inneren fanden sie sich in einem üppigen Garten wieder, der voller Apfelbäume war. Der Garten schien sehr gepflegt, die Wege mit weißen Steinen ausgelegt und die Stämme der Bäume weiß gekalkt. In der Mitte wurde der große Garten von einem Bach geteilt, der mit seinem klaren Wasser eine angenehme Frische in den heißen, staubigen Sommertag brachte. Im Schatten der Bäume lagen Teppiche mit bequemen Kissen ausgebreitet.

Mitch sah sich im Garten um. Ein kleines Lehmhaus stand an der Mauer in seiner äußersten Ecke, sonst gehörte dieser Ort den Bäumen. Er war gefesselt von dem Kontrast, den das Land ihnen immer wieder bot. Noch vor einer Viertelstunde waren sie über staubige Pisten der Bergstraße gefahren und jetzt weilten sie in einer grünen Oase. Einer der Dorfältesten bemerkte seine Verwunderung und zeigte mit dem Finger zuerst auf die Berge, dann auf den Bach im Garten. Dazu gab es eine lange Erklärung, die wahrscheinlich so viel bedeutete wie: »Das ganze Wasser kommt von den Bergen.«

Der junge Afghane bestätigte seine Vermutung: »Die Berge geben uns das Wasser in den heißen Sommermonaten. Das Wasser versiegt hier nie und fließt durch unsere Felder.«

»Das haben wir gesehen«, bemerkte Becks zweideutig.

Ein Junge brachte aus der Lehmhütte auf einem Tablett den traditionellen heißen, gelben Tee. Vor ihnen auf dem Teppich lagen frische Äpfel und Nüsse, und die Afghanen boten ihnen an, Platz zu nehmen. Nach der stundenlangen, anstrengenden Fahrt durch die Berge wirkte der Garten entspannend. Hier konnte man sich von den Strapazen des Tages erholen und für einen Moment vergessen, weswegen sie hergekommen waren. Sie wussten bisher immer noch nicht genau, wo sie sich befanden. Das konnte man gleich mit den Dorfältesten klären, doch zuerst mussten die üblichen Höflichkeiten ausgetauscht werden. So verlangte es die Tradition – und die alten Männer konnten lange und ausdauernd reden. Sie wechselten einen kurzen Blick miteinander und stellten sich auf langwierige anstrengende Gespräche ein. Denn sie hatten auch einige Fragen und mussten sich jetzt in Geduld üben.

Wie in einer Zeitblase gefangen beobachtete Mitch die beiden Alten in ihren festlichen Mänteln, die abwechselnd ihre langen Reden hielten. Der junge Afghane mühte sich nach Kräften, ihre Worte zu übersetzen. Mitch sah auf sein Handy – sie hatten hier keinen Empfang! Unauffällig blickte er sich im Garten um. Irgendetwas stimmte hier nicht. Der kleine Junge, der ihnen den Tee gebracht hatte, war durch das grüne Tor sofort wieder verschwunden.

Außer dem Tee und den Begrüßungsreden waren sie nicht weiter gekommen und die Zeit rannte erbarmungslos. Der junge Übersetzer wiederholte bereits zum zweiten Mal die Worte der Begrüßung und ließ sich dabei auffällig viel Zeit für die Herzlichkeiten. Die Alten tranken in aller Ruhe den heißen Tee und legten sich entspannt auf die Kissen.

Der junge Afghane griff nach den süßen Mandeln und an seinem Handgelenk blitzte etwas auf. Mitch konnte seinen Blick von dessen Handgelenk nicht mehr abwenden. Wie hypnotisiert verfolgten seine Augen die Hand des Afghanen.

Auch Becks wurde langsam unruhig. Er bewegte seine Arme hin und her und zog unauffällig seinen Rucksack mit den Waffen näher an sich heran. Offenbar bemerkte er ebenfalls, dass etwas nicht stimmte. Im Vergleich zu den anderen Dörfern wirkte alles so vorbereitet und alles verlief nahezu perfekt. Ein Dolmetscher war zur Stelle, zwei Dorfälteste, die sie begrüßten und von der Straße wegführten. Der angerichtete Tee im Garten. Es war, als würden sie hier bereits erwartet. Doch bisher hatten sie außer den Dreien keinen einzigen Dorfbewohner gesehen. In den beiden anderen Dörfern war das ganze Dorf zusammengekommen, um sie und ihre Motorräder zu bestaunen. Anscheinend hatte sich bisher noch nie ein westlicher Tourist in diese Gegend verirrt und sie wussten immer noch nicht den Namen des Dorfes, in dem sie sich gerade befanden. War es wirklich Surkh Kotal? Es hieß immer nur in unserem Dorf. Warum nannten sie ihr Dorf nicht beim Namen?

Mitch rieb sich mit dem Zeigefinger unter dem rechten Auge – ihr verabredetes Zeichen. Becks verstand sofort seine Geste und widmete sich besonders intensiv der Unterhaltung mit den Afghanen, um sie abzulenken. Gleich darauf rieb sich Mitch deutlich mit einer Hand den Bauch und stöhnte dabei laut.

»Die lange Reise hat mir nicht gutgetan, ich muss …«

Seine Worte sorgten auch ohne Übersetzung für Erheiterung, unablässig massierte er seinen Bauch und machte dazu ein schmerzverzerrtes Gesicht. Einer der Dorfältesten krümmte sich vor Lachen und zeigte mit dem Finger auf die kleine Lehmhütte in der Ecke.

Mitch eilte zur Lehmhütte an der Mauer. Unmittelbar vor der Tür bückte er sich und tat, als binde er seinen Schuh. Er blickte unauffällig zum Teppich und sah, wie Becks gerade versuchte, den Afghanen einen Witz zu erzählen. Das entfernte Lachen war das Zeichen. Mit zwei schnellen Schritten verschwand er in der Tür, aus der vorhin der Junge mit dem Tee gekommen war.

Mitch befand sich in einem kleinen, halbdunklen Raum. Eine karge Küche, ein dampfender Wasserkessel auf dem Gasherd, Gemüse und Fladenbrotreste lagen auf einem schmutzigen Holztisch. Kein einziges Fenster. Der offene Abzug über der Feuerstelle in der Ecke erregte seine Aufmerksamkeit. Er stellte sich auf die kalte Feuerstelle und zwängte sich in den Abzug durch die verrußten Balken auf das Dach der Lehmhütte. Lose Lehmklumpen regneten auf ihn herunter, die Balken ächzten unter seinem Gewicht, doch sie hielten stand. Vorsichtig zog er sich durch die kleine Öffnung aufs Dach. Das Haus war nicht sonderlich hoch, doch von hier oben hatte er wenigstens einen Überblick über das Dorf. Mitch sah die Straße, die sie in das Dorf geführt hatte, den Platz mit dem alten Panzerwagen und ihre Maschinen. Mit den Augen folgte er den drei abgehenden Straßen zu den Hügeln.

Männer! Auf diesen Straßen standen jetzt Männer. Ihre weißen Pick-ups parkten quer und versperrten die Straße. Auch ohne ein Fernglas erkannte er, dass sie alle bewaffnet waren und es schien, als warteten sie auf irgendetwas. Das Dach unter ihm ächzte und es regnete lose Lehmklumpen durch die Öffnung. Mitch wagte kaum noch, sich zu bewegen.

Seine Gedanken überschlugen sich. Die Straße, die sie in das Tal gebracht hatte, zog sich windend durch nach Westen und verschwand in der Berglandschaft. Zwischen den dunklen Bergen am Rande des Dorfes sah Mitch Staub aufsteigen. Einige Augenblicke später tauchte eine Kolonne von vier Fahrzeugen auf. In der Richtung erblickte er ein imposantes Anwesen auf einem einsamen Hügel, das mit der Farbe der Berge geheimnisvoll verschmolz. Wie ein Puzzle setzte sich in seinem Kopf das Bild zusammen. Die Dorfältesten, der Dolmetscher – alles perfekt vorbereitet und organisiert. Jemand überließ hier nichts dem Zufall. Es war eine Falle!

Ihre Zeit lief ab und wer es auch war, dieser jemand wollte sie hier festnageln. Der schöne grüne Garten verlor seine Unschuld, denn aus dieser Falle gab es kein Entrinnen. Sie bekamen jetzt, was sie suchten – Abdallah! Ihm gelang es, sie hier vollkommen zu überraschen.

Mit schnellen Schritten ging Mitch direkt auf den Teppich zu, er widerstand der Versuchung, in Laufschritt zu verfallen. Sie waren in großer Gefahr und jede Minute zählte.

Ein Blick in das Gesicht seines Freundes genügte Becks, um zu begreifen, dass hier etwas nicht stimmte. Sein Gefühl hatte ihn nicht getäuscht. Mit den Jahren entwickelt man ein ausgeprägtes Gespür für Gefahr. Selbst in diesem entspannenden Garten hatte er sich nicht sicher gefühlt. Die zähe Unterhaltung mit den beiden Alten gestaltete sich zunehmend schwieriger, er bekam nur ausweichende Antworten. Seit seiner direkten Frage nach dem Namen der Ortschaft und den weißen Jeeps kassierte er ihr Schweigen und trübe, nichtssagende

Blicke. Spätestens ab hier erstarb ihre Gastfreundschaft, das Lächeln auf ihren Lippen wirkte wie eine Maske und eine bedrückende Stimmung legte sich über den Garten.

Mitch war überall mit Lehm und Ruß verschmiert. Sein entschiedener Blick sagte mehr als ihre verabredeten Zeichen und Gesten. Dafür kannten sie sich schon zu lange.

»Wie schlimm ist es?«

»Alle Straßen im Dorf sind durch bewaffnete Männer versperrt, vom Westen her nähert sich eine Kolonne mit vier Fahrzeugen. Wir haben nur noch wenige Minuten Zeit. Es ist sozusagen eine klassische Falle«, sagte er kurz angebunden und setzte sich auf den Teppich. Becks Körper spannte sich wie eine Feder.

Die drei Afghanen saßen wie versteinert da. Auch ohne Übersetzung wussten sie, dass die beiden vor ihnen die Falle erkannt hatten. Doch es war schon zu spät, denn aus diesem Garten gab es für sie kein Entrinnen mehr. Der Khan würde sie dafür gebührend entlohnen und beschützen. So, wie er es immer tat.

»Mit unseren Motorrädern schaffen wir es aus dem Dorf nicht mehr raus«, sagte Mitch entschieden.

»Du hast mir doch einen Outdoor-Trip versprochen, also gehen wir zu Fuß weiter. Hast du schon einen Plan?«

»Ja. Ich habe mir was überlegt. Wir geben ihnen Nebel und Tränen. Wir werfen alles, was wir haben und dann suchen wir uns einen Weg nach draußen. Du kannst doch schwimmen, oder?«

»Na, hör mal, ich habe schon das Seepferdchen.«

»Fürs Erste dürfte das reichen.«

Mit unbewegten Mienen verfolgten die drei Afghanen das Gespräch zwischen den beiden und wunderten sich, dass diese Riesen in ihrer Situation noch lachen konnten.

Sie besaßen nur noch ihre Rucksäcke, der Rest ihrer Ausrüstung war auf den Motorrädern verstaut. Doch dieser Weg war jetzt abgeschnitten.

In jedem der Rucksäcke befanden sich Wasser und Verpflegung für vier Tage, zwei Handgranaten, zwei Rauch- und zwei Tränengasgranaten. Zusätzlich führte jeder ein Medipack mit sich, eine Glock 17 Pistole mit Schalldämpfer, vier Ersatzmagazine sowie ein modifiziertes, in der Tarnfarbe der Wüste eingefärbtes G36 Commando Sturmgewehr, das mit eingeklappter Schulterstütze im Rucksack Platz fand.

Die gespielte Gastfreundschaft der Afghanen wich einer fast greifbaren Spannung. Keiner wagte mehr, ein Wort zu sagen.

Die Geräusche der Motoren näherten sich dem Platz. Das laute Bremsen auf losem Grund, das schwere Schlagen der Türen und die Stimmen vieler Männer vorm Tor waren jetzt unüberhörbar.

Verwundert sahen die drei Afghanen, dass die beiden Riesen immer noch entspannt auf dem Teppich vor ihnen saßen. Der Älteste beugte sich nach vorne und murmelte ein paar unverständliche Worte.

»Ihr müsst uns jetzt verlassen!«, übersetzte der junge Dolmetscher steif.

Das war das Zeichen. Die Dorfältesten gaben ihnen die Möglichkeit, diesen Ort freiwillig zu verlassen und entbanden sich vom Gastrecht. Das Gastrecht ist den Afghanen heilig – es bietet jedem Fremden Schutz unter dem Dach des Dorfes und der Familie. Die Dorfältesten wollten ihre Ehre und ihr Gesicht bewahren, indem sie ihnen anboten, den Garten aus freien Stücken zu verlassen.

Dass bewaffnete Männer vor dem Tor standen und auf sie warteten, spielte eher eine untergeordnete Rolle. Allein die Freiwilligkeit zählte!

»Na, das haben sie sich aber schön ausgedacht«, bemerkte Becks gelassen.

Die Afghanen beobachteten neugierig, wie die beiden Fremden aus ihren Rucksäcken zwei längliche Gegenstände herausholten. Diese landeten in hohem Bogen im Garten. Anschließend banden sich die beiden Tücher vor die Nase. Auf dem Rasen begannen sich, unter lautem Zischen, weiße Wolken zu bilden. Innerhalb von Sekunden war der Garten komplett vernebelt. Bevor die Afghanen begriffen, was es damit auf sich hatte, spürten sie bereits die Wirkung. Tränen schossen ihnen aus den Augen und tausende Ameisen kribbelten durch ihre Kehlen, die einen Brechreiz auslösten.

Mitch beobachtete aufmerksam ihre Reaktion, als sie die Nebelkörper und Tränengasgranaten in den Garten warfen. Der Nebel breitete sich schnell aus. Nach der ersten Überraschung umhüllte sie die Tränengaswolke und es gab kein Halten mehr. Wie besessen sprangen die Afghanen auf und suchten im immer dichter werdenden Nebel einen Weg aus dem Garten. Vom Tor drangen jetzt laute Stimmen der Männer, die im Garten vom Nebel überrascht wurden. In den undurchdringlichen Schwaden, die jedem die Sicht nahmen, versteckte sich das Tränengas. Das war die eigentliche Überraschung für ihre Gastgeber.

Die beiden saßen immer noch unbeweglich auf dem Teppich, als die Alten aufsprangen und das Weite suchten. Als der junge Afghane ihnen folgen wollte, war das ihr Startsignal und Mitch ergriff ihn.

Dieser Junge, Samir, hatte die englische Sprache in Pakistan in einer Schule in einem Flüchtlingslager erlernt. Doch vor einigen Jahren war seine Familie wieder in ihr altes Dorf zurückgekehrt. Der Khan persönlich begrüßte sie damals in ihrer alten Heimat. Er herrschte über dieses Land und sorgte für die Menschen hier. Er gab ihnen Arbeit, respektierte die Gesetze der Ältesten, schlichtete Streit in den Dörfern und war ihr Richter. Sie standen unter seinem Schutz, und als ein neuer Präsident in Afghanistan gewählt wurde, gaben sie dem Khan ihre Stimmen. Jeder in den umliegenden Dörfern hatte nach der Wahl blaue Farbe am Finger, und jeder war stolz darauf. Neben ihrer Stimme überließen sie dem Khan auch die Macht, über ihr Leben zu entscheiden. So, wie das alte Recht es von ihnen forderte.

In Pakistan hatte Samir damals Amerikaner gesehen, als sie mit pakistanischen Soldaten in ihre Dörfer kamen und am ganzen Körper Waffen trugen. Doch diese beiden vor ihm hatten außer zwei Taschen keine Waffen dabei – sie sahen eher wie Touristen aus, die sich in den Bergen verirrt hatten. Samir nutzte die Zeit während der langen Übersetzungen, um ihnen direkt in die Augen zu sehen und sie zu studieren. Sie waren beide außerordentlich hochgewachsen und sehr kräftig; die Jacken konnten ihre Muskeln nicht verbergen. Der Größere hatte grüne Augen und helle kurze Haare, der andere strahlend blaue Augen.

Vielleicht waren sie doch Soldaten, wie es Abdallah vermutete? Allerdings trugen sie keine Uniformen und an ihren verdreckten Sachen klebte Staub. Niemand hatte sich bisher so tief in diese entlegene Gegend hineingewagt, nicht einmal die eigene Armee, nicht die ISAF und kein einziger Vertreter der Provinzregierung. Denn alles hier gehörte Sardar Khan und nur er bestimmte über das Gesetz.

Die beiden Fremden wirkten entspannt in ihrer Gesellschaft, ohne Berührungsängste, auch waren ihnen die Bräuche des Landes vertraut. Wenn sie keine Soldaten und keine Söldner waren – was waren sie dann?

Nachdem Samir sie eine Weile beobachtet hatte, stellte er fest, dass sie überhaupt keine Angst zeigten. Doch das würde sich bald ändern, sehr bald … Gegen die Männer des Khans wird ihnen auch ihre enorme Kraft nichts nutzen. Abdallah hatte alles für dieses Treffen vorbereitet, als die Nachricht aus den Dörfern kam, dass zwei Fremde in dieser Gegend unbequeme Fragen stellen.

Die seltsamen Motorräder draußen am Dorfplatz – schon morgen würden die Männer des Khans stolz damit durch die Dörfer fahren, um ihre Trophäen zu zeigen. Vielleicht schenkte ihm der Khan eines davon für seine treuen Dienste. Er war stets großzügig zu ihm. Leichte Schamröte stieg Samir ins Gesicht bei diesen verbotenen Gedanken. Seine zärtlichen Berührungen, seine weichen Hände, wenn er ihm Tee brachte …

Sein Tagtraum wurde abrupt unterbrochen, als die beiden vor ihm aus ihren Taschen etwas herausholten und es in den Garten warfen. Weißer Nebel breitete sich schnell aus und beißender Rauch kroch in Augen und Mund. Alles um ihn herum versank in undurchdringlichem Weiß. Voller Panik sprang er auf, um den Alten zu folgen, die im Nebel verschwanden. Doch in dem Moment, als er auf die Füße kam, verlor sein Körper plötzlich den Kontakt zum Boden und irgendetwas Gewaltiges riss ihn in die Höhe. Samir strampelte mit den Füßen, doch darunter war nichts – er hing in der Luft und jemand hielt ihn mit eisernem Griff fest. Trotz der Übelkeit zwang er sich, die Augen zu öffnen und blickte in kalte, blaue Augen direkt vor ihm.

Schreie und das Getrampel der Männer des Khans, die im Garten orientierungslos umherirrten, kamen näher. Von draußen drängten immer mehr von ihnen in den Garten. Andere versuchten wiederum, diesen Ort zu verlassen, um den Tränen und der Übelkeit zu entfliehen. Panik und Gedränge entstanden am Tor, da die einen hinein- und die anderen her-auswollten. Plötzlich fiel in dem Durcheinander ein Schuss und alle feuerten gegen den unsichtbaren Feind, der sie aus ihrem Garten vertreiben wollte.

Kugeln schlugen wie wild gewordene Bienen durch die Blätter der Bäume. Samir hing immer noch wie eine Puppe in der Luft, und der Riese, der ihn trug, zeigte keine Angst vor den Geschossen. Stattdessen fragte er ihn: »Wo ist der Professor?«

Diese Frage überraschte Samir. Von Panik ergriffen konnte er nur den Kopf bewegen, Tränen flossen aus seinen Augen. Wer waren die beiden?

Seine Gedanken, die er zu fassen versuchte, lösten sich wie Seifenblasen auf, Samir wollte nur noch leben. Wo blieben nur die Männer?

»Wo ist der Professor?«, fragte Mitch erneut mit lauter Stimme.

Doch Samir konnte seinen Khan nicht verraten, darauf stand der Tod. Zu oft zerrissen die Schreie aus dem Keller des golde-nen Hauses die Nächte, und er mochte nicht an die Dinge denken, die dort unten geschahen.

In ihm keimte leise die Hoffnung, dass die beiden gleich gefasst würden. Über vierzig Mann hielt Abdallah bereit, um sie zu ergreifen, und keiner hatte bislang etwas gegen dessen Kämpfer ausrichten können. Die Stimmung unter den Gefolgsleuten des Khans war am heutigen Tag fast feierlich, konnten sie doch zwei ihrer Feinde lebendig gefangen neh-men. Für jeden lebenden Feind zahlte der Khan das Doppelte, denn der Spaß mit ihnen, wie er es nannte, bescherte ihm pure Genugtuung. Daher würde Abdallah seine besten Männer erst zum Schluss in den Garten führen, um den Erfolg und den Ruhm allein für sich beanspruchen zu können.

Doch der Riese gab nicht so leicht auf, plötzlich riss er seine linke Hand hoch und schlug Samir damit hart auf die Stirn. Überrascht und entsetzt sah Samir auf seine Uhr, die ihm der Khan vor einigen Tagen geschenkt hatte, dafür, dass er als Übersetzer für den weißen Mann, den sie alle nur Professor nannten, fungierte. Der Khan hielt ihn im Keller gefangen zwischen dem alten Zeug, das sie ihm aus den Bergen brachten. Den ganzen Tag saß er gebückt über diesen Sachen und untersuchte sie. Alte Scherben, Tafeln mit seltsamen Zeichen und vieles andere, das für sie weder Wert hatte, noch einen Sinn ergab. Vor einigen Tagen hatte er zufällig das Gespräch zwischen dem Khan und Abdallah mitgehört, in dem es um viel Geld und unermessliche Reichtümer ging, die der Professor ihnen bringen sollte.

Samir durfte seinem Herrn nicht in den Rücken fallen. Für diesen Verrat würde er seine Familie und ihn töten lassen. Trotz ihrer Zuneigung füreinander oder vielleicht gerade deshalb …

In dem Augenblick, als der junge Afghane aufsprang, um den Alten zu folgen, griff Mitch nach ihm. Genau auf diesen Moment hatte er gewartet. Denn er wusste, vor den Alten würde der Junge nie im Leben irgendetwas verraten, er musste ihn alleine erwischen.

Mitch hielt den Jungen dicht vor sich, er sah den Kampf in dessen Gesicht und wie er vor Angst zitterte. Doch Mitch musste ihn jetzt und hier zum Reden bringen – ihnen blieb keine Zeit mehr. Er griff nach dem, was er entdeckt hatte und schlug dem Jungen die goldene Uhr des Professors gegen die Stirn. Dieser riss vor Schmerzen die Augen auf.

Im Garten waren Schreie und Schüsse zu hören, die Zeit drängte. Becks tauchte besorgt aus dem Nebel auf. »Was will er? Geld für die miese Übersetzung?«

Mitch hielt die Hand des Jungen fest umklammert und drückte sie ihm direkt vor die Augen, sodass dieser die Uhr ansehen musste. Auch Becks sah interessiert auf die Uhr am Handgelenk des Jungen.

Es war eine vergoldete Uhr, die Buchstaben GUB standen deutlich auf dem Ziffernblatt geschrieben und im unteren Teil der Uhr leuchtete schwarz stoßgesichert. Es war eine alte Glashütte-Uhr.

»Wo ist der Professor?« Seine Stimme war kalt und duldete keinen Widerspruch. Er sah den stummen Schrei in den dunklen, angsterfüllten Augen Samirs. Der Junge kämpfte mit sich, zögerte, doch dann verdrehte er die Augen nach rechts und Mitch verstand die Geste. Samir deutete auf das herrschaftliche Haus auf dem Berg, das er vorhin selbst gesehen hatte. Daran, dass die Uhr dem Professor gehörte, bestand für Mitch kein Zweifel; so viele Glashütte-Uhren kamen in diesen Bergen nicht vor. Und besonders nachdem er, beim letzten Treffen mit dem Professor, dieser Uhr so viel Beachtung geschenkt hatte. Das war eindeutig seine Uhr und der Kleine wusste mehr darüber. Doch sie konnten ihn nicht mitnehmen, die Zeit wurde knapp.

Samir spürte wieder festen Boden unter seinen Füßen. Er hatte den Khan nicht verraten, kein einziges Wort hatte seine Lippen verlassen. Als er weglaufen wollte, traf ihn ein mächtiger Schlag am Kinn und in seinem Kopf explodierten tausend Sterne, die augenblicklich wieder verblassten, und Dunkelheit hüllte ihn ein. Bewusstlos fiel er auf den weichen Teppich, auf dem er noch kurz zuvor im Schatten der Bäume Tee getrunken hatte.

»Es ist das Beste für ihn, wenn sie ihn ohnmächtig finden, dann schöpfen sie keinen Verdacht«, bemerkte Mitch trocken.

»Eigentlich hat er auch nichts verraten.«

»Doch! Augen sagen mehr als Worte. Und diese Uhr würde ich überall wiedererkennen. Ich hab sie schon einmal in meinen Händen gehalten.«

Zwei verirrte Kugeln pfiffen über ihre Köpfe hinweg.

»Wir müssen hier weg.«

Mitch folgte seinem Freund zum kleinen Bach im Garten. Das Wasser der Berge erwärmte sich sogar im Sommer nicht auf mehr als zwölf Grad. Doch die Kälte spürte er nicht, sie verfolgten endlich die Spur des Professors und kämpften zunächst um ihr eigenes Überleben. Das Letzte, was Mitch aus dem Garten hörte, bevor er in das klare Wasser eintauchte, waren laute, aufgeregte Stimmen, begleitet von Hustenanfällen, die sich dem Teppich näherten, auf dem sie noch vor wenigen Augenblicken gestanden hatten.

IX

Der Plan

Die Sonne verschwand hinter den Gipfeln der Berge und Dunkelheit legte sich über das Tal. Sie nutzten das schnell verblassende Licht des Tages und überprüften rasch ihre Ausrüstung. Außer den Nebel- und Tränengasgranaten war sie vollständig, nur ihre Telefone hatten die lange Zeit unter Wasser nicht überstanden. Damit waren sie von der Außenwelt komplett abgeschnitten und ihre Einsatzzentrale konnte sie hier nicht mehr orten. Sie waren auf sich allein gestellt, ohne Unterstützung von außen.

»Einen Anruf können wir wohl vergessen«, bemerkte Becks lakonisch, nachdem er sein Telefon erneut überprüft hatte.

»Vielleicht gibt es unten im Dorf eine Telefonzelle?«

»Nee, die haben schon alle selbst ein Telefon zu Hause.«

»Ach weißt du, so wie ich aussehe – dreckig, unrasiert, die Haare ungekämmt – gehe ich nicht mehr in das Dorf runter, die verhaften mich doch gleich. Das kann ich nicht machen. Das gehört sich nicht. Welchen Eindruck bekommen sie dann von uns?«

Leise lachten sie über ihre Witze, obwohl es in ihrer jetzigen Situation eigentlich nichts zu lachen gab und jeder machte sich bereits seine eigenen Gedanken über die momentane Lage.

»Gut …«, begann Mitch nach einer Weile, »was haben wir? Wir wissen, dass der Professor vermutlich dort oben im Haus festgehalten wird. Wir wissen, dass die Jungs da oben ihn uns nicht freiwillig herausgeben werden und alle Wege vermutlich abgeschnitten sind. Wir wissen immer noch nicht genau, wo wir uns befinden. Nur eins steht bereits fest: In absehbarer Zeit werden wir keine Verstärkung bekommen, da unsere Kommunikation ertrunken ist. Habe ich alle Punkte erwähnt?«

»Ja, so ziemlich. Eins habe ich noch. Wir sind sehr bescheiden ausgestattet. Eine Pistole und dreihundert Schuss für das Gewehr. Das könnte für eine Viertelstunde reichen«.

»Vielleicht haben sie ihn auch längst woanders hingebracht«, sagte Mitch zweifelnd.

»Darüber habe ich auch schon nachgedacht, aber ich glaube, die Zeit war einfach zu kurz, um auf unser Erscheinen zu reagieren. Und in der Nacht bewegen sie sich nicht mehr in den Bergen.«

»Gut, dann Folgendes. Erstens: Wir müssen versuchen, es heute Nacht durchzuziehen, denn morgen könnten sie den Professor woandershin verlegen. Zweitens: Es erwartet wahrscheinlich keiner, dass wir heute Nacht bei ihnen zu Hause klingeln. Sie fühlen sich hier sicher, das ist ihr Gebiet.«

»Ja, du hast recht. Es ist zwar nicht viel, was wir haben, aber wir müssen es trotzdem versuchen. Unterstützung haben wir keine und werden auch keine bekommen. Morgen werden sie die Suche nach uns fortsetzen und dann wird es wirklich eng. Vorhin hab ich rechts von der Straße einen Jungen mit J.Lo-Schafen gesehen. Die Soldaten nennen sie so, weil deren Hinterteile an die Rückansicht einer weltbekannten Künstlerin erinnern. Der Junge ist neben dem Posten auf der Straße wie aus dem Nichts aufgetaucht. Vielleicht führt unterhalb der Straße ein Weg entlang, der uns dichter an das Anwesen heranführt. Baupläne dafür gibt es vermutlich nicht. Die alten Pharaonen haben ihre Baumeister nach Fertigstellung der Bauwerke samt Familien umgebracht, das könnte ich mir hier auch gut vorstellen. Warum muss es eigentlich immer durch

Wüsten, Kanäle, Zäune und Dächer gehen? Können wir nicht einfach vorfahren und die Jungs da oben höflich nach dem Professor fragen? So etwa: Gebt uns den Professor bitte wieder her und wir bauen euch dafür einen schönen Brunnen.«

Mitch schmunzelte. Becks hatte nicht unrecht, es könnte alles so einfach sein.

»Vorfahren kann jeder. Wir werden schließlich dafür bezahlt, dass wir aus der Luft springen, aus der Tiefe auftauchen und über Dächer, Kanäle und Zäune klettern. Und soll ich dir etwas sagen – mir macht es sogar Spaß.«

»Deswegen bin ich ja auch hier. Kannst dich auf mich verlassen.«

»Ich weiß.«

Ihr Plan bestand also darin, dass sie keinen Plan hatten – außer so schnell wie möglich auf dieses Anwesen zu gelangen und den Professor zu finden. Sie mussten die Dämmerung nutzen, die einen dunklen Schleier über das Tal zog, um auf die andere Seite der Straße zu kommen. In zwei Stunden, wenn der Mond hell über den Gipfeln der Berge leuchtete, würde sie jede Bewegung verraten. Sie aßen etwas von ihren Vorräten, verstauten ihre Rucksäcke auf dem Rücken und hielten die Waffen bereit. Das Gewehr wollten sie nur im Notfall benutzen, die Pistole mit dem Schalldämpfer sollte genügen, um unentdeckt auf das Anwesen zu gelangen. Die Ersatzmagazine am Gürtel griffbereit, ebenso das lange Kampfmesser am Körper. Mit der Dunkelheit kroch die Kälte in das Tal und Mitch begann, unter seinen nassen Sachen zu frieren.

Im hohen Graben konnten sie sich aufrecht bewegen, durch die kleineren, frisch ausgehobenen Gräben mussten sie erneut hindurchkriechen. In diesen verbargen sich Schlangen, Skorpione und Spinnen, die jetzt mit Anbruch der Dunkelheit auf der Suche nach Beute aus ihren Verstecken krochen. Doch die beiden dunklen Schatten, die an ihnen vorbei huschten, waren eindeutig zu groß für sie.

Sie näherten sich der Straße, wo sie eine günstige Gelegenheit zum Überqueren nutzen wollten. Denn direkt oberhalb des Kanals, den Mitch entdeckt hatte, stand ein Kontrollposten, der die Zufahrt zu dem Anwesen sicherte. Vorhin hatten sie drei Männer in dem hölzernen Verschlag gezählt. Der Posten war schwer bewaffnet. Sie erkannten ein leichtes Maschinengewehr, einen russischen Raketenwerfer und drei Kalaschnikow auf den Sandsäcken. Jedes Fahrzeug, das die Straße zum Anwesen passierte, wurde vom Wachposten kontrolliert und gemeldet. Es würde nicht einfach sein, ohne viel Aufsehen vorbeizukommen, denn jegliches Geräusch alarmierte sofort alle anderen Posten, die auf der Straße patrouillierten.

Sie hatten sich bereits auf eine lange Wartezeit eingestellt, als auf der Straße zwei Scheinwerfer auftauchten. Ein Pick-up näherte sich dem Kontrollposten. Sofort nutzten sie die Gelegenheit, da die Scheinwerfer des Fahrzeuges den Posten in der Dunkelheit blendeten.

Fünf schnelle Schritte aus dem Graben, hinein in die Senke, aus der die Schafe vorhin herausgekommen waren und sie verharrten wieder. Hoch über ihnen war die laute Unterhaltung der Wachleute zu hören und das Rauschen der Funkgeräte. Sie zogen ihre Nachtsichtbrillen auf und folgten dem sich windenden Weg, auf der Spur der Schafe.

Der Graben war übersät mit Unrat. Der Geruch von vergammelten Essensresten und faulem Gemüse stieg ihnen in die Nase. Überall lagen weiße Mülltüten verstreut, die laut raschelten, wenn man im Dunkeln auf sie trat. Doch der laufende Motor des Fahrzeugs sowie die Unterhaltung der Wachleute überdeckten ihre Geräusche. Sie folgten dem Pfad, der jetzt etwas breiter wurde und scharf nach rechts abbog. Über ihnen entfernten sich die Geräusche des Wagens.

Das Muskelziehen in den Beinen zeigte, dass ihr Weg sie stetig nach oben führte, die Luft wurde dünner und erlaubte nur kurze Atemzüge. Der Mond eroberte langsam den Nachthimmel und tauchte die Berglandschaft in ein kaltes, weißes Licht.

Sie liefen im Schatten des Grabens, der sie immer höher in die Berge führte. Ihre Nachtsichtgeräte halfen ihnen zwar, auf dem Weg zu bleiben, doch die Sicht war trotzdem eingeschränkt, da die Geräte nur einen Blickwinkel von etwa neunzig Grad erlaubten. Jeder Fehltritt auf diesem steinigen Pfad verursachte Geräusche und die Stille der Nacht trug diese weit in die Berge hinauf.

Mitch verlor unter dem grünen Licht der Nachtsichtbrille jedes Zeitgefühl. Es ging stetig nach oben mit kleinen, vorsichtigen Schritten – immer bedacht, keinen unnötigen Laut zu verursachen, oder, schlimmer noch, hier im Graben umzuknicken. Das würde das Ende ihres Unternehmens bedeuten. Ein Verletzter und ein Gesunder – damit wäre jede Hoffnung zerstört, den Professor befreien zu können. Dann müssten sie die Mission abbrechen und ihr eigenes Leben retten. Ihre Verfolger würden sie aus diesem Tal nicht mehr entkommen lassen. Denn schon morgen würden sie beginnen, die Gegend nach ihnen zu durchkämmen.

Mitch blieb abrupt stehen.

»Hey, was ist?«, fragte Becks hinter ihm verwundert.

»Ich glaube, ich habe etwas gehört.«

Regungslos verharrten sie einen Augenblick. Nichts. Nur der eigene Puls pochte laut an die Schläfen. Der Wind wehte ein leises Plätschern aus der Dunkelheit herüber.

»Hast du das auch gehört?«, fragte Mitch.

»Ja, ganz schwach. Ein Plätschern, wie von einem Bach.«

»Ich glaube, dieser Weg führt uns direkt in die Berge hinauf, aber wir müssen uns weiter links halten.«

»Du hast recht, wir kommen sonst zu weit vom Haus ab.«

Sie liefen ein Stück zurück und änderten ihre Richtung. Das Geräusch wurde deutlicher. Die Umrisse des Anwesens vor ihnen auf dem Berg wuchsen in die Höhe. Aus der Ferne erschien das Herrenhaus auf den ersten Blick nicht sonderlich groß, unterhalb des Berges jedoch zeigte es seine wahren Ausmaße.

»Da brauchst du eine ganze Armee, um das Haus zu bewachen«, sagte Becks nachdenklich.

»Ich hoffe nur, dass sie heute Nacht alle schlafen. Das kann noch eine Weile dauern, bis wir oben sind.«

»Na dann, mach nicht so lange Pausen. Wir haben noch etwas vor.«

Das Plätschern wurde deutlicher. Es kam von einem schmalen, gemauerten Kanal, der direkt vom Anwesen nach unten führte. Als sie sich ihm näherten, bemerkten sie den beißenden Gestank der Fäkalien, den dieser Kanal ausströmte.

»Ich glaube, es ist nicht der schönste, aber der einzige Weg zu dem Anwesen, der nicht bewacht wird«, sagte Mitch trocken und hielt sich sein Tuch vor die Nase.

Becks ahnte bereits, was jetzt kam.

»Ach nö. Muss das sein? Da führt ein asphaltierter Weg nach oben und du willst wirklich durch die Gülle waten?«

»Du kannst ja hier unten so lange auf mich warten.«

Becks zögerte, er wusste, dass die Berge in Afghanistan immer noch voller Munition, Minen und Sprengfallen waren. Das Risiko war einfach zu hoch, auf der Suche nach einem anderen Aufstieg, in dieser Dunkelheit auf eine Mine zu treten.

»Das kannst du vergessen, ich lasse dich nie wieder allein irgendwohin gehen«, sagte Becks leise.

Mitch band sein Tuch entschlossen vors Gesicht und kletterte in den Abflusskanal. Nach ein paar Metern erreichten sie einen Schutthaufen, der den Lauf des Abwassers versperrte. Sie überwanden dieses Hindernis und sahen zu ihrem Erstaunen, dass der Kanal dahinter offen war. Er war gemauert aus den grauen lehmigen Steinen, die zu Dutzenden überall im Land in der heißen Sonne zum Trocknen lagen. Die Erbauer hatten den Kanal oben vermutlich deswegen offen gelassen – um eine Verstopfung sofort beseitigen zu können – oder damit sich kein Ungeziefer im Abflusskanal einnisten konnte.

Kurz entschlossen stiegen sie in den Kanal ein.

»Ach nö, auch das noch. Ich wusste es ...« Becks fluchte leise.

Sie waren gezwungen, gebückt zu gehen, um sich nicht von der Landschaft abzuzeichnen. Der Boden darin war glitschig, und sie mussten sich mit beiden Händen am Rand festhalten, um nicht auszurutschen. Zu der enormen körperlichen Anstrengung beim Aufstieg kam der beißende Geruch der Exkremente, vermischt mit Abwasser, das um ihre Stiefel quoll.

Doch jeder Schritt brachte sie näher an das geheimnisvolle Anwesen, das immer bedrohlicher vor ihnen in die Höhe wuchs. Mitch beobachtete aufmerksam die Umgebung und besonders die hohen Mauern. Denn wenn das Anwesen schon unten auf der Straße so stark bewacht wurde, was erwartete sie dann hinter diesen Mauern?

Endlich erreichten sie einen kleinen Vorsprung, aus dem das Abflussrohr unterhalb der Mauer herausragte. Es war circa dreißig Zentimeter breit und mit dicken Eisenstäben verschweißt. Das Abflusswasser floss daraus in den offenen Kanal, den sie jetzt verließen, um sich an die Mauer heranzuschleichen. Sie waren nur noch zwei Meter von der Außenmauer entfernt, die vor ihnen fast unüberwindbar in die Höhe ragte. Auf dem untersten Absatz des Abflussrohrs fanden sie Halt. Direkt am Fuße der Mauer ging es wieder in die Tiefe hinab. Ihr oberes Ende war zum Glück nicht mit Stacheldraht gesichert; offenbar fühlte sich der Hausherr hier gut geschützt und verzichtete auf zusätzliche Sicherungen um sein Anwesen.

»Wir müssen nicht mehr leise sein, wir stinken dermaßen, dass sie uns Kilometer weit riechen können«, bemerkte Becks.

Doch Mitch war bereits auf Kampfmodus eingestellt.

»Wir machen eine Leiter. Du hebst mich hoch und ich schaue mich um.«

Becks stellte sich mit dem Rücken an die Mauer und ging leicht in die Hocke.

»Jetzt hab ich es nicht nur auf den Füßen, sondern bis zum Hals.«

Mitch legte seinen Rucksack ab, nahm die Pistole und stieg in die offene Handfläche von Becks, der dabei das Gesicht verzog.

Vorsichtig schob ihn sein Freund an der Mauer hinauf, bis er über die Oberkante in den Innenhof blicken konnte. Das, was er sah, hätte er nie in einem so abgelegenen Ort wie diesem erwartet. Sein Kopf arbeitete auf Hochtouren. Er versuchte, sich alles, was er sah, in dieser kurzen Zeit einzuprägen, dann drückte er sein Bein durch und Becks zog ihn langsam herunter.

»Na, wie sieht es aus?«

Sie hockten dicht beieinander und Mitch zeichnete mit dem Finger auf dem Boden das auf, was er soeben hinter der Mauer gesehen hatte.

X

Der Palast des Khans

»Das Anwesen ist rechtwinklig wie eine Festung angeordnet und besteht hauptsächlich aus zwei riesigen Häusern, die sich gegenüberstehen. Gleich hinter der Mauer befindet sich ein längliches Gebäude, das direkt an sie anschließt. Rechts von uns liegt eine kleine Moschee. Ich konnte einen rechteckigen Turm erkennen. So wie der brummt, ist es ein Generatorraum und der Turm leitet die Abgase nach oben. Jetzt kommen wir zu den größeren Häusern. Das erste liegt in etwa dreißig Metern auf der linken Seite des Anwesens. Die Fensterscheiben sind komplett in Gold verspiegelt. Es hat ein hohes Vordach und ich schätze, es ist drei Etagen hoch. Das zweite Haus liegt etwas versetzt in der rechten Ecke und hat acht hohe Säulen vorm Eingang. Eine breite Eingangstreppe führt hinauf. Darüber befindet sich ein Balkon mit einer dunklen Holztür. Direkt zwischen den beiden Häusern verläuft die Hauptzufahrt zum Anwesen. Der Wachturm am Tor ist mit einem Mann besetzt, darunter stehen zwei weitere Männer. Auf dem Dach des Säulenhauses hinter den Sandsäcken ist ein Posten mit einem leichten Maschinengewehr platziert. Der komplette Innenhof ist hell erleuchtet und betoniert. Mitten auf dem Hof ragen seltsame Kuppeln aus dem Boden, die vom Säulenhaus geradewegs zum Goldhaus führen.«

Mitch fuhr mit dem Finger über den Boden.

»Seitlich vom Haus habe ich Rosensträucher an einer Pergola gesehen, die direkt von der Moschee zum Säulenhaus führen.

Die könnten wir als Deckung nutzen, um zum Haus zu gelangen.«

Schweigend betrachteten sie im trüben Licht der Taschenlampe die Skizze auf dem Boden. Dicht an der Mauer spürten sie die Vibrationen des Generators hinter ihnen.

»Hm, es ist schwieriger, als ich dachte. Also gut, so wie das hier stinkt, sind wir direkt hinter den öffentlichen Toiletten gelandet. Der Generator und die Moschee stehen nah beieinander, hier ist die Pergola, da das Säulenhaus. So wie ich das überblicke, können wir ungesehen bis ans Haus gelangen ...«

»Das könnte vermutlich klappen, nur wissen wir dann immer noch nicht, wo sie den Professor festhalten und wie viele Wachen wirklich da draußen sind.«

»Ach komm, wir sind jetzt schon so weit gekommen, wir probieren es mit dem einfachsten Trick der Welt.«

Nachdenklich verzog Mitch seine Lippen. »Welchen von den vielen einfachen meinst du? Den Generator-Trick oder den Durch-das-Dach-fallen-Trick? Und so, wie wir stinken, brauchen die nicht mal einen Hund, um uns zu finden.«

»Wir können auch zuerst duschen und dann noch ein paar Tage hier an der Mauer warten. Also ich habe für morgen den Rückflug nach Hause geplant.«

»Na gut, nehmen wir uns den Generator vor«, sagte Mitch entschieden.

Die Wachen am Tor waren heute nicht so redselig wie sonst. Zu dritt standen sie im Innenhof. Draußen vorm Tor bewachten weitere drei Männer die Zufahrt. Der heutige Tag war anders verlaufen als gedacht, dabei hatte er so hoffnungsvoll begonnen – bis Abdallah entschied, die beiden Fremden im Garten zu erwischen. Doch die waren im weißen Nebel, der bis zum Erwürgen in ihre Augen und ihren Mund kroch, unauffindbar und blieben trotz intensiver Suche wie vom Erdboden verschwunden. Für heute mussten sie die Suche nach ihnen wegen der Dunkelheit aufgeben, doch schon morgen würde sich das gesamte Dorf beteiligen und sie würden die Fremden hier im Tal rasch finden.

Abdallah war außer sich vor Wut und bestrafte die Männer, die im Garten an dem Durcheinander beteiligt gewesen waren, mit nächtlichem Wachdienst. Er konnte jeden von ihnen leicht an den geröteten, tränenden Augen erkennen. Immer, wenn der Khan sein Anwesen verließ, spielte Abdallah den Herrscher, aber wehe, der Khan kehrte zurück. Dann lief er wie ein Hund hinter ihm her und wartete auf dessen Anweisungen. Heute verbrachte Abdallah die Nacht unten im Dorf, er wollte die beiden stellen, falls sie versuchen sollten, aus diesem Tal zu flüchten. Der Nachtwind trug Fetzen von Musik an das Tor und die Männer horchten sehnsüchtig auf. Neidisch blickten sie zum goldenen Haus hinüber, wo sich die Männer des Khans am Tanz der Baccha Baazi berauschten.

Das könnte eine lange, ungemütliche Nacht werden, denn Abdallah wollte die beiden Fremden unbedingt noch heute stellen, da der Khan am kommenden Tag zurück erwartet wurde. Bis dahin musste er das Problem gelöst haben, sonst traf ihn der Zorn des Khans.

Der Generator in der Ecke brummte gemütlich, bis er zögernd zu stottern begann und plötzlich erstarb die gewaltige Maschine. Das Licht auf dem Hof flackerte und erlosch. Sofort leuchteten von den umliegenden Dächern Wachen mit ihren Taschenlampen in den Hof hinunter und verfluchten laut den alten Generator.

Mitch und Becks hockten versteckt hinter dem riesigen Öltank und warteten. Der Innenraum war erfüllt vom Dröhnen des Dieselgenerators. Es stank nach Öl. Verschmierte Lappen, leere und volle Kanister lagen überall verteilt.

Becks hatte die Dieselleitung gelockert und die gewaltigen Vibrationen taten ihr Übriges. Die alte Maschine holte die letzten Tropfen Öl aus sich heraus, stotterte, machte eine letzte lustlose Umdrehung und stoppte schließlich. Unheimliche Stille breitete sich aus und nur der eindringliche Ölgeruch und die stickige Wärme verrieten, dass hier noch vor einigen Augenblicken der ganze Raum erfüllt war vom monotonen Dröhnen.

Aus der Ferne drangen aufgeregte Stimmen zu ihnen, irgendwo knallte eine Tür und eilige Schritte näherten sich. Ein schwacher Lichtkegel suchte hektisch den Generator ab und zerschnitt mit seinem gelben Strahl die staubige Dunkelheit.

Aus ihrem Versteck konnten sie nur die Umrisse eines Mannes in einem langen hellen Hemd sehen, der fieberhaft nach der Ursache des Ausfalls suchte. Zu seinem Glück fand er sie schnell: die lose Leitung zum Öltank. Er steckte sie wieder zusammen, pumpte etwas Dieselöl nach, ging anschließend zur Tür und rief etwas nach draußen, woraufhin ihm aus den verschiedenen Ecken des Anwesens geantwortet wurde. Der Lichtkegel wanderte zur Wand mit den Schaltern, dann zurück zum Generator. Sie mussten extrem vorsichtig sein. Wenn der Mann jetzt den Tank genauer untersuchte, könnte er sie hier entdecken. Und die Wachen draußen warteten auf eine Antwort aus dem Generatorraum; sie saßen hier praktisch wie Mäuse in einer Falle.

Mit dem Rücken gegen die Wand und mit den Füßen gegen den Öltank gestemmt – so hockten sie versteckt und harrten gespannt aus. Mitch spürte bereits jeden einzelnen Stein im Rücken, während er seine Beine unter Anspannung gegen den Tank drückte. Seinem Freund dicht neben ihm erging es nicht besser. Schweißperlen der Anstrengung krochen langsam über das Gesicht von Becks.

Der Afghane ließ sich Zeit und untersuchte den Generator erneut, das konnten sie anhand der schlurfenden Geräusche und der hektischen Bewegung des Lichtkegels erahnen. Ungeduldige Rufe schallten von draußen, doch der Mann ließ sich nicht stören. Er ging hinaus und lieferte sich einen kurzen Wortwechsel mit den Wachmännern. Ein lautes Klicken, dann das langsame Starten des Generators, der sich wie ein altersschwacher Lastkraftwagen anhörte, welcher nach jahrelangem Stillstand wieder zum Leben erweckt wurde und jetzt gierig das Dieselöl in sich hinein saugte. Ein kurzer Aussetzer, von Stottern begleitet, und endlich erfüllte das gemächliche Dröhnen des Dieselmotors den gesamten Raum. Eine gelbe Lampe in der Ecke brachte etwas Licht.

Sie warteten einen Augenblick, bis das laute Brummen alles andere übertönte, dann erst wagte Becks einen vorsichtigen Blick aus ihrem Versteck. Die Muskulatur in den Oberschenkeln war von der langen Anstrengung fest geworden und die Beine zitterten unter dieser ungewohnten Belastung.

»Wir sind wieder allein.« Becks versuchte, den Lärm zu übertönen. »Das wurde aber auch Zeit.« Langsam setzte er seine Beine auf den Boden und das Kribbeln verschwand nach einigen Schritten.

Vorsichtig zog Mitch die Tür einen Spalt auf. Die Wachen am Tor hatten ihr Interesse am Generator verloren und waren in ein Gespräch verwickelt. »Ich zähle sechs. Zwei auf dem Dach, drei am Tor und der Generatormann.«

Sie nutzten die Gelegenheit und liefen vorsichtig zur Pergola, die entlang der Mauer mit Wein überwuchert war, und sie direkt an die Frontseite des Säulenhauses führte. Mitch hielt seine Pistole vor die Brust und ging achtsam voraus. Sie schlichen sich von Busch zu Busch immer dichter an das unheimliche Gebäude heran.

Jetzt lag nur noch ein kleiner Vorplatz mit seltsamen Kuppeln im Boden vor ihnen. Aus der Nähe bemerkten sie, dass deren Dach komplett aus Glassteinen bestand. Schwaches Licht, das Mitch vorhin nicht aufgefallen war, leuchtete aus ihrem Inneren. Das bedeutete, da unten befanden sich vermutlich noch mehr Männer.

Von ihrem jetzigen Platz aus wollten sie an die Rückseite des Gebäudes gelangen. Es war die einzige Stelle, die die Wachen nicht direkt einsehen konnten. Hier, so nahe an dem Säulenhaus, merkten sie, welche Ausmaße es überhaupt hatte. Mitch schätzte seine Länge auf vierzig bis fünfzig Meter und die Breite auf etwa dreißig. Das Haus war mindestens drei Stockwerke hoch. Das Gebäude leuchtete in einer himmelblauen Farbe, die Füße der imposanten Säulen am Eingang waren in Gold eingetaucht. Der Besitzer hatte beim Bau seiner prächtigen Residenz keine Kosten gescheut und wollte damit seine Macht und seinen Wohlstand demonstrieren. In dieses Anwesen wurde so viel Geld investiert und unten im Dorf lebten die Menschen ohne Strom und Wasser in ihren Lehmhütten wie vor tausend Jahren.

Mitch bemerkte eine leichte Berührung auf seiner linken Schulter und folgte der Bewegung. Im Schein des Mondes standen vier weiße Geländewagen. Mitten auf dem Vorplatz, abgestellt wie Trophäen, ihre Motorräder.

Sie erreichten die äußerste Ecke der Pergola; noch fünf Meter trennten sie von dem prächtigen Säulenhaus. Die Wachen am Tor konnten sie an dieser Stelle nicht mehr erkennen, nur die verspiegelten Scheiben und die Wachposten auf dem Dach stellten ein stetiges, unkalkulierbares Risiko dar. Doch sie hatten keine andere Wahl. Mit vier schnellen Schritten überquerten sie den Vorplatz und verschwanden im Schatten der angrenzenden Mauer.

Im Gegensatz zu dem hell erleuchteten Hof war es hier stockfinster. Ihre Nachtsichtbrillen zeigten ihnen den schmalen Weg. Sie befanden sich in einem circa zwei Meter breiten Gang, der von der Mauer, die um das Anwesen führte, eingegrenzt wurde. Leise schlichen sie durch die dunkle Enge.

Mitch zählte die Schritte – genau vierzig bis zur nächsten Ecke. Vorsichtig sah er sich um. Direkt dahinter führte eine Treppe in den Keller. Vorne erhob sich das hell erleuchtete Haupttor mit den Wachen. Mitch streckte drei Finger in die Luft und machte eine schneidende Bewegung mit seiner Hand. Hier war ihr Weg zu Ende!

Sie steckten in einer Sackgasse. Minuten vergingen, jeder der beiden überlegte und suchte nach einer Lösung. Becks zeigte auf die beiden Kellerfenster, die dicht über dem Boden angebracht waren, und machte eine Faust. Wenn es eine Möglichkeit gab, in das Haus zu gelangen, dann mussten sie es hier versuchen. Diese Ecke war dunkel und wurde wahrscheinlich nur selten von den Wachen aufgesucht.

Becks drückte seinen Rucksack auf Höhe des Riegels fest gegen das Fenster und schlug mit dem Ellenbogen einmal kräftig zu. Die Scheibe knirschte und zerbrach.

Für die Wachmänner am Tor schien die Zeit heute nicht zu vergehen, die Stimmung unter ihnen war gereizt. Nach der Blamage im Dorf mussten sie nun auch noch zur Strafe die ganze Nacht Wache schieben, und drüben im Haus amüsierten sich Abdallahs Gefolgsleute. Dabei hatten seine Männer die Schießerei im Garten angefangen – und daraufhin waren die beiden ihnen erst entwischt. Das hatte Abdallah mit Absicht getan, um ihnen zu zeigen, wer das Sagen hatte, nachdem die Männer gegen ihn aufbegehrten.

Sie hörten ein kratzendes, dumpfes Geräusch, das von der Rückseite des Hauses kam. Die Gespräche verstummten augenblicklich und die Männer umfassten ihre Kalaschnikows fester. Eine Windböe trug die Fetzen eines Liebesliedes ans Tor. Sie zögerten, keiner von ihnen wollte freiwillig zu diesem dunklen Gang gehen. Omid spürte vier Augenpaare auf sich gerichtet. Das bedeutete, der Jüngste musste los, so einfach war das. Umständlich kletterte er von seinem Turm herunter, nahm eine zerkratzte Taschenlampe vom Boden und ging langsam zum dunklen Gang. Die anderen blieben im hellen Licht am Tor.

An der Ecke angelangt, blieb er noch sichtbar für die anderen stehen. Der Lichtkegel seiner Taschenlampe leuchtete den langen, dunklen Gang nur schwach aus. Vom Boden auf die Mauer, dann wieder auf das Haus – er spielte mit dem Licht. Nichts. Omid schaltete die Lampe aus und lauschte. Weiter traute er sich nicht hinein, nicht einmal bei Tage. Es gab zu viele unheimliche Geschichten darüber, die die Alten erzählten. Die Jungen hingen an ihren Lippen und fürchteten sich. Vor zwei Jahren soll die junge Frau des Khans vom Dach in diesen Gang gesprungen sein. Fast den ganzen Tag hörte man ihr Stöhnen ... bis der Khan befahl, sie aus seinen Augen zu schaffen. Die einen sagten, sie suchte die Freiheit, die anderen sprachen von Verzweiflung, weil sie ihm keinen Nachfolger schenken konnte ...

Bei dem Gedanken daran bekam Omid gleich eine Gänsehaut, sprach leise ein Gebet, leuchtete noch einmal die Wände ab und schlenderte wieder zurück zu seinem Wachturm. Unter ihm pressten sich Mitch und Becks fest an die kalte Wand des Kellergangs. Die Glassplitter waren glücklicherweise alle nach innen gefallen und ihre verräterische Spiegelung hatte sie nicht verraten. Nur eine kleine herausgebrochene Ecke im Fenster zeigte, dass die Fensterscheibe zerbrochen war. Langsam entfernten sich die Schritte der Wache über ihnen, begleitet von einem kurzen Wortwechsel. Vor ihnen lag der dunkle Kellereingang. Links davon gingen zwei Türen ab. Vorsichtig drückte Mitch die Türklinke der ersten Tür hinunter und öffnete sie einen Spalt. Dahinter verbarg sich ein kleiner Waschraum. Sachte verschloss er die Tür wieder und zeigte auf die andere.

Diese Tür war breiter und schwerer. Sogar in der Dunkelheit glänzten ihre blank polierten Messingverschläge.

Becks drückte die Türklinke sanft hinunter und die Tür schwang leicht nach innen auf. Ein kurzer Blick und sie glitten lautlos in den dunklen Raum. Sie fanden sich in einem großen Zimmer wieder, an dessen Decke ein riesiger goldener Kronleuchter baumelte. Die Fenster der gegenüberliegenden Seite führten alle auf den Vorplatz. Ihre Schritte verschluckte ein weicher, teurer Teppich. Längs an den Wänden standen Stühle mit vergoldeten Beinen in einer Reihe. Ein einzelner goldener Stuhl stach dabei besonders heraus. Er sah aus wie ein Thron, mit leuchtend rotem Stoff bezogen und der Rest in Gold getaucht. Der Raum wirkte wie die Empfangshalle eines Königs.

Zahlreiche Bilder an den Wänden in goldenen Rahmen zeigten einen groß gewachsenen, dynamisch wirkenden Mann mit lichtem Haar und einem kurz geschnittenen Bart. Im Anzug beim Gespräch, dann wieder in traditioneller Kleidung im Kreis greiser Würdenträger. Dann als einfacher Pilger bei der Haddsch, der heiligen Pilgerreise. Auf einem der Bilder war er zusammen mit dem Präsidenten zu sehen, auf anderen mit dem Gouverneur. Mitch betrachtete das Bild des Präsidenten und dessen breites, unschuldiges Lächeln lange und nachdenklich. Irgendwo tief in seinem Inneren pochte noch der

Schmerz der Wunde, als sein Bus von einer Mine zerrissen wurde. Er hatte als Einziger diesen Anschlag damals überlebt. Dieses Treffen war wohl eine Falle. Ihm fehlten noch die entscheidenden Beweise, dass hinter dem Anschlag der Cousin des Präsidenten steckte. Aber das Ausmaß dieser Verschwörung wurde immer deutlicher, je näher er der Wahrheit kam.

Einmal sagte sein afghanischer Freund Ajmal, der ihm damals das Leben gerettet hatte, zu ihm: »Ich weiß ganz genau, was mein Bruder in Jalalabad treibt und er weiß ganz genau, was ich hier in Kabul mache. Wir sind eine Familie. Jeder ist mit dem anderen auf ewig verbunden ...«

Zuerst war es nur ein Verdacht, doch ihre Spurensuche führte sie zu Brunner, einem Schweizer, der als Mittelsmann damals dieses Treffen organisiert hatte. Seine Andeutungen führten sie zu Hasam Nangasi, dem Sicherheitsberater des Gouverneurs von Kandahar, der mit ihm »zufällig« zur selben Zeit am selben Ort war. Der Gouverneur von Kandahar war wiederum zufällig der Cousin des Präsidenten und zufällig auch sein Wahlkampfmanager. Zufällig – zu viele Zufälle.

Doch seitdem traten sie auf der Stelle. Zeugen widerriefen ihre Aussagen und wurden in die entferntesten Ecken des Landes wegbefördert. Andere verschwanden spurlos oder verloren ihr Leben bei »Unfällen«. Immerhin hatten sie es geschafft, das gestohlene Geld, das der Gouverneur Melai von den Hilfsprojekten auf sein eigenes Konto abgezweigt hatte, komplett seiner eigentlichen Verwendung zuzuführen. Zu gerne wäre Mitch beim großen Familienrat dabei gewesen, als Melai erklären musste, woher er das ganze Geld hatte und warum er es so großzügig an die Hilfsorganisationen verteilte. Vor sich sah Mitch die Einzahlungen; Gelder verschiedener Hilfsprojekte und Organisationen, alles auf einem Privatkonto. Sie machten diesem Diebstahl ein Ende und zwangen den Bankdirektor, die Gelder wieder an Bedürftige auszuzahlen.

Das war das Einzige, was sie bislang in diesem schwer durchschaubaren Geflecht aus Familie, Amt und Geld erreicht hatten. Ausgerechnet in diesem Moment musste er grinsen. Den wahren Schuldigen für den Anschlag auf die Delegation zu finden, diesen Gedanken hatten sie noch nicht aufgegeben. Doch wie die Anfrage aus dem afghanischen Präsidialamt zeigte, schlief auch die Gegenseite nicht und manchmal ließ sie ihre Maske fallen. Sie mussten sehr vorsichtig sein ...

Die aufgehängten Bilder zeigten vermutlich den Hausherrn und erzählten viel über sein Leben und seine Wünsche. Das letzte Porträt in der Reihe passte jedoch nicht zu diesem selbstherrlichen Personenkult. Ein Mann stand einsam auf einem Berg, hinter ihm erstreckte sich eine weite, atemberaubende Landschaft.

»Was ist mit dem los? Sind ihm seine Freunde ausgegangen?«, fragte Becks leise.

»Dieses Bild hat für ihn bestimmt eine besondere Bedeutung, sonst hätte er es hier nicht aufgehängt.«

Becks sah sich suchend in dem Raum um.

Es gab nur einen einzigen separaten Eingang. Das brachte sie nicht wirklich weiter, sie mussten in das Gebäude hinein, andernfalls saßen sie hier fest. Mitch bemerkte die Unruhe seines Freundes und zog die Schultern unentschlossen hoch. Dann versuchte er logisch vorzugehen – die Tür war bisher der einzige Eingang zu diesem Raum. Wenn einer so viel Wert auf seine Sicherheit legte, wie sein Anwesen bewies, brauchte er für den Notfall noch einen anderen Ausgang. Sonst saß der Hausherr selbst in einer Falle.

Die Zeit verstrich unbarmherzig und sie begannen, den Raum akribisch zu untersuchen. Unter dem grünen Licht ihrer Nachtsichtbrillen verloren sie jegliches Zeitgefühl und immer noch standen sie am Anfang ihrer Suche. Sie nahmen sich den Boden vor und rollten den dicken Teppich auf, danach untersuchten sie die Wände. Zunächst entdeckte Becks hinter einem der Wandteppiche eine versteckte Kamera und dann – fast hätten sie sie übersehen – eine geheime Tür. Es gab sie also tatsächlich! Sie war direkt hinter dem Königsstuhl in die Wand eingelassen. Durch diese Tür gelangten sie in einen kleineren Raum, der komplett mit Technik, Kabeln und Schaltkästen ausgestattet war. Hier saß vermutlich derjenige, der die Kamera, das Licht und wer weiß was sonst noch bediente. Doch im Augenblick hatten sie keine Zeit, alles genau zu untersuchen, denn erneut standen sie vor einer schweren, verschlossenen Tür.

»Geht nie in einen Raum hinein, wenn ihr nicht wisst, was oder wer sich dahinter verbirgt. Nutzt die Technik! Hier ist die kleinste Schwenkkopfkamera, die es auf dem Markt gibt. Ihr könnt sie direkt durch das Schlüsselloch oder unter der Tür durchschieben. Sie verfügt über eine Fischaugenlinse, die uns einen Einhundertachtzig-Grad-Blickwinkel erlaubt.« Dies hatte ihnen ihr Ausbilder erklärt, als sie einmal vor einer verschlossenen Tür standen. »Ihr beiden geht als Erste rein. Ready? Go!«

Damals, während der Ausbildung, hatten sie wochenlang in einer alten, verlassenen Wohnsiedlung alle erdenklichen taktischen Varianten und das Vorgehen in geschlossenen Räumen geübt.

Doch zwischen Theorie und Praxis klafft manchmal eine große Lücke und sie standen gerade davor: Keiner von ihnen wusste, wer sich hinter dieser Tür verbarg. Sie hatten keine technischen Hilfsmittel dabei und sie wussten nicht einmal genau, ob der Professor wirklich auf diesem Anwesen festgehalten wurde. Ihr einziges Indiz war die Uhr des Professors und der ängstliche Blick des jungen Afghanen, der sie hierher geführt hatte. Aber konnten sie ihm trauen? In seiner Angst hätte er ihnen wahrscheinlich auch die nächste *McDonalds-Filiale* in den Bergen verraten. Doch irgendwie hatte Mitch das Gefühl, dass der Junge die Wahrheit sagte. Jetzt standen sie also vor einem weiteren Problem: Für eine saubere Geiselbefreiung, so wie sie in jedem taktischen Konzept festgelegt war, hätten sie bei der Größe dieses Anwesens und der Anzahl der Wachen mindestens zwei Wochen zur Vorbereitung, Hubschrauber und zwei Teams gebraucht. Auf all dies mussten sie verzichten und nach einer anderen Lösung suchen.

Man muss eine Tür nicht immer aufsprengen oder aufschießen, manchmal reicht es aus, einfach die Türklinke zu drücken und angemessen auf die neue Situation zu reagieren.

Seit zehn Minuten beobachteten sie durch das Schlüsselloch den dahinter liegenden Raum. Soweit sie sehen konnten, war es ein langer, kahler Flur, der durch das Neonlicht an der Decke hell erleuchtet war – vermutlich ein unterirdischer Verbindungsgang zwischen den beiden Häusern. Wenn sie sich ganz dicht an die Tür pressten, konnten sie hohe, lang gezogene Töne, die aus dem Inneren des Anwesens kamen, hören. Doch in dem Raum, der vor ihnen lag, tat sich nichts, er wirkte wie ausgestorben. Ein langer, kahler Flur.

»Ich glaube, wir müssen da durch. Das Licht können wir nicht ausknipsen, das würde sofort die Wachen auf den Plan rufen«, meinte Becks nachdenklich.

»Eine andere Möglichkeit haben wir nicht und es ist der einzige Weg, um ungesehen in das andere Haus zu gelangen.

Wenn wir aus dieser Tür rausgehen, sind wir wie auf dem Präsentierteller, falls einer der Wachen Alarm schlägt. Im Rücken haben wir die Wachmänner vom Tor und da vorne sind bestimmt auch noch einige von denen.«

Mitch grübelte. Die Zeit lief ihnen davon, sie mussten hier weiter. Schließlich drückte er sanft die Türklinke und die Tür schwang lautlos auf.

Langsam, die Pistolen im Anschlag, schlichen sie an die Wand gepresst diesen langen, hellen Gang entlang. Bereit, bei dem geringsten Anzeichen von Gefahr sofort zu schießen. Sie stoppten an der ersten Deckenkuppel.

Mitch zeigte nach oben. Das Dach der Kuppel bestand aus dickem Glas und die Wachposten auf den Dächern konnten vermutlich jeden sehen, der diesen Gang entlangging. Sie steckten die Waffen weg, pressten sich enger an die Wand und überwanden die Stelle mit zwei schnellen Schritten. Die Hälfte hatten sie geschafft und etwa zwanzig Meter lagen vor ihnen. Es war immer noch alles verdächtig ruhig, anscheinend war ihr Eindringen bislang nicht entdeckt worden. Von dieser Stelle aus konnten sie noch umkehren, falls Alarm geschlagen wurde. Doch am Ende dieses Ganges war es zu spät für eine Rückkehr. Genauso schnell und leise passierten sie die nächsten beiden Kuppeln. Die Musik wurde lauter und der Geruch von Essen lag in der Luft. An der nächsten Tür war zu ihrer Erleichterung ein Drehgriff angebracht.

»Ach was soll's, jetzt sind wir schon so weit gekommen.« Mitch fasste beherzt den Griff.

»Sie haben bestimmt was Leckeres für uns gekocht und etwas Musik aufgelegt. Aber so kann ich nicht zu Tisch. Ich glaube, ich muss vorher noch duschen«, sagte Becks hinter ihm.

»Na, dann lass uns mal nachsehen, was heute auf der Menükarte steht!« Trotz der Powerriegel, die sie zu sich genommen hatten, machten sich langsam Hunger und Schlafentzug bemerkbar.

Mitch drehte vorsichtig am Griff und öffnete die Tür einen Spalt. Zu ihrer Überraschung befand sich dahinter ein ausladender Vorraum. Rechts von ihnen entdeckten sie eine breite, offene Tür, die nach draußen auf den Hof führte. Sie blickten auf eine wuchtige Rampe, die an eine Tiefgaragenauffahrt erinnerte. Links daneben zwei weitere Türen. Eine davon war eine massive Doppeltür. Irgendwo aus der Tiefe war ein lang gezogener melancholischer Gesang zu hören.

Vorsichtig versuchten sie, zuerst die schwere Tür aufzustoßen, doch sie war fest verschlossen. Um sie zu öffnen, brauchten sie Sprengstoff. Jetzt blieb nur noch eine letzte Tür, hinter der sie die Musik hörten. Unentschlossen standen Mitch und Becks davor. Ihnen wurde die Entscheidung abgenommen, indem sich die Tür langsam öffnete. Sie hatten Glück, dass sie nach außen aufschwang, und so pressten sie sich links und rechts von der Tür an die Wand und hielten den Atem an.

Ein gebeugter Rücken erschien und drückte die Tür von innen auf. Eine grüne Tarnjacke kam zum Vorschein. Ein Wachmann, der sich über ein Tablett mit vollen Teegläsern beugte, schälte sich vorsichtig aus dem Raum. Er summte ein Lied. Lautes Stimmengewirr und metallisches Klappern drangen aus dem Raum.

Umständlich drehte sich der Wachmann mit dem Tablett um und steuerte vorsichtig auf die schwere Tür zu. Doch mitten in seiner Bewegung, als ahnte er, dass irgendetwas in seinem Rücken nicht stimmte, verharrte er plötzlich. Noch bevor er sich umdrehen oder eine andere Bewegung machen konnte, drückte Mitch ihm den Lauf seiner Waffe an den Hinterkopf. Das Summen verstummte augenblicklich und eine bedrohliche Stille breitete sich aus.

XI

Das goldene Haus

Mitch drückte ihm die Pistole fest in den Nacken. Der Bärtige verstand diese Geste sofort und steuerte langsam auf die verschlossene Tür zu. Die Teegläser klapperten leise bei jedem seiner Schritte.

Farhad befand sich jetzt direkt vor der schweren Tür zum Wachraum und spürte den kalten Lauf einer Waffe am Hinterkopf. Schnell hatte er sich von dieser Überraschung erholt und die Gedanken rasten in seinem Kopf. Wer waren diese Eindringlinge? Den Gedanken, dass sich einer seiner Männer einen Scherz erlaubte, hatte er bereits verworfen. Das würden sie nicht wagen, dafür hatten sie alle zu viel Respekt vor ihm. Vorhin hatte er einen Schatten neben der Tür bemerkt, er roch diesen Gestank, und seine Sinne registrierten die Gefahr im Rücken. Wenn er nach der Länge der Schatten und deren Umrisse ging, waren es genau die beiden, die ihnen heute im Dorf entwischt sind. Er hatte sie auf ihren Motorrädern auf dem Dorfplatz mit dem Fernglas beobachtet. Doch wie konnten sie auf das Anwesen des Khans gelangen?

Und dieser dämliche Abdallah erwartete die beiden mit all seinen Männern unten im Dorf! Das war einfach lächerlich! Plötzlich wusste er, was zu tun war. Er würde sie gleich hier mit seinen Männern festnehmen. Der Khan würde ihn dafür ehren und sein Ansehen bei seinen Männern stiege erneut. Für Abdallah wäre es das Ende und er bekäme vielleicht sogar seinen Posten.

Seine anfängliche Furcht wich Zuversicht.

Er, Farhad – ganz allein gegen diese beiden!

Mitch fühlte förmlich, wie der Afghane vor ihm seine Angst ablegte und unverzagt auf die verschlossene Tür zusteuerte. Was führte er im Schilde? Hinter dieser Tür wartete offenbar eine Falle auf sie! Doch sie hatten den ersten Moment der Überraschung auf ihrer Seite und den mussten sie jetzt ausnutzen. Er deutete auf die Tür und Becks verstand sofort sein Zeichen. Vermutlich spürte auch er die Gefahr.

Farhad stand mit dem Tablett vor der verschlossenen Tür und freute sich über seinen listigen Plan. Kräftig schlug er drei Mal mit dem Fuß dagegen, begleitet von lautem Gläserklappern. Er hörte die dumpfen Stimmen seiner Männer dahinter und das Geräusch eines sich öffnenden Schlosses.

Sabour, der Jüngste, öffnete ihm die Tür. Damals, im Kampf gegen die Russen, erinnerte sich Sabour, hatte Farhad sein rechtes Auge verloren. Dies ließ jedoch seinen Kampfwillen nur noch stärker werden. Später trat er der Nordallianz bei und kämpfte in ihren Reihen gegen die Taliban, jetzt verdiente er sein Geld in der Miliz des Khans, verteidigte dessen Besitztümer und hoffte auf neue Eroberungen. Das fehlende Auge, mit der schwarzen Klappe überdeckt, verlieh ihm ein wildes Aussehen. Mit dem anderen Auge schien er in das Innerste einer jeden Seele blicken zu können. Die Männer achteten ihn sehr, suchten seinen Rat und fügten sich seinen Anweisungen. Heute im Garten hatte Sabour ihn zum ersten Mal hilflos wie ein kleines Kind erlebt. Farhads Auge war von dem beißenden Nebel stark angeschwollen, er musste ihn stützen wie einen gebrechlichen Greis. Womöglich hätte Farhad ohne ihn an den Ästen der Bäume auch noch sein verbliebenes Auge verletzt. Doch trotz dieser Hilflosigkeit erkannte Sabour, dass in ihm Zorn und Wut lichterloh brannten, denn er stritt sich mit Abdallah vor all den Männern und beschuldigte ihn, allein durch sein Zögern alles vermasselt zu haben. Zur Strafe musste selbst Farhad heute das Anwesen bewachen, doch seine Worte blieben nicht ohne Wirkung. Zu wertvoll war der Professor für den Khan und Abdallah haftete persönlich mit seinem Leben für den Gefangenen. Sabour öffnete die Tür und sah den alten Kämpfer vor sich mit einem Tablett in der Hand. Sein Auge funkelte dunkel, er zögerte einen Augenblick und machte schließlich einen großen Schritt in den Raum hinein. Farhad lächelte nicht, er blieb einfach stehen, die Teegläser klapperten laut auf dem Tablett und erst jetzt sahen seine Männer zu ihm auf. Doch bevor die anderen überhaupt etwas begriffen, tat Farhad plötzlich einen gewaltigen Satz nach vorne. Dabei stieß er mit Sabour zusammen und riss ihn im Fallen zu Boden. Die Gläser mit dem heißen Tee flogen im hohen Bogen in den Raum. Das alles geschah in Bruchteilen von Sekunden. Sabour bemerkte in der Tür noch zwei merkwürdige Gestalten, die etwas Seltsames auf ihren Köpfen trugen. Das waren doch … Dieser Gedanke erlosch jedoch zusammen mit dem Licht in seinem Kopf, als er hart auf dem Boden aufschlug. Als die Männer in dem Raum die Eindringlinge bemerkten, sprangen sie überrascht von ihren Plätzen auf und griffen nach ihren Waffen. Doch in der plötzlichen Dunkelheit verloren sie für einen entscheidenden Moment die Orientierung.

Mitch duckte sich, als er dem Wachmann in den Raum folgte. Hinter sich spürte er seinen Partner. Ein junger Afghane öffnete ihnen die Tür. Trotz der eingeschränkten Sicht erkannte er rechts an der Wand eine lange Reihe eiserner Doppelstockbetten. Er roch die verbrauchte Luft, den Zigarettenqualm und den Schweiß der Männer. Derjenige, der den Tee brachte, hatte sie direkt in den Wachraum geführt. Plötzlich blieb dieser mitten in der Tür stehen – doch bevor er irgendetwas unternehmen konnte, trat Mitch ihm fest in den Rücken. Der überraschte Wachmann machte einen gewaltigen Satz nach vorn und prallte, begleitet vom lauten Scheppern der Teegläser, mit dem jungen Afghanen zusammen. Die Sicht war frei und vor ihm sprangen die Wachmänner von ihren Plätzen auf.

Becks bemerkte vor sich nur das Öffnen der Tür, er blieb dicht hinter Mitch, als sie den Raum betraten. Jeder Muskel in seinem Körper spannte sich, er wartete auf seinen Einsatz. Als es vor ihnen krachte, sprang er in die Ecke. Mit der linken Hand schlug er auf den Lichtschalter. Die Pistole hielt er in der rechten Hand, und er zielte auf die Wachleute.

Die beiden Häuser wirkten neu und sehr aufgeräumt. Auf scheinbar unwichtige Kleinigkeiten zu achten, gehörte zu ihrer Ausbildung. Alle Türen, Schlösser, Schalter und Steckdosen, die sie in den Räumen gesehen hatten, mussten erst vor Kurzem eingebaut worden sein. Besonders die neuen, breiten Lichtschalter hatten es Becks angetan. Er fand den Schalter genau da, wo er ihn vermutete. Der hell erleuchtete Wachraum wurde schlagartig dunkel und sein Nachtsichtgerät tauchte alles in ein grünes, fluoreszierendes Licht.

Die aufgeregten Schreie der Männer übertönten das Geräusch des Schalldämpfers und der helle, gleichmäßige Klang der Messinghülsen, die auf den Betonboden fielen, mischte sich mit dem Chaos im Raum. Becks schoss sehr schnell. Durch seine Nachtsichtbrille sah er jede ihrer Bewegungen. Als das Licht erlosch, verharrten sie erst wie benommen, um dann nach ihren Waffen zu tasten. Doch diese letzten Regungen waren zu langsam; die tödlichen Kugeln holten sie alle ein.

Der Bärtige, der sie in diesen Raum gebracht hatte, trug auf seinem Tablett sechs volle Teegläser. Vier Wachleute lagen jetzt tot auf dem Boden. Becks suchte mit seiner Waffe nach einer Bewegung.

Farhad erholte sich rasch von dem Sturz, rollte sich geschmeidig zur Seite, sah das Aufblitzen des Mündungsfeuers in der Ecke und griff instinktiv nach seiner Kalaschnikow. Er riss die Waffe herum und drückte gleichzeitig den langen Sicherungshebel. Seine zitternden Finger fanden schnell den Abzug.

Becks verschoss Spezialmunition. Jede Kugel war mit einer Plastikkappe an der Spitze versehen, die nach dem Schuss vom Geschoss abfiel und einen dahinter liegenden Hohlraum freigab. Bei einem Treffer pilzte sich das Geschoss auf. Diese Deformation der Kugel führte zu einem vergrößerten Durchmesser in der Wunde und zu einer erhöhten Energieabgabe des Geschosses im Ziel.

Farhad hielt seinen Kopf schräg, um besser mit dem gesunden Auge auf die Eindringlinge zielen zu können. Die erste Kugel traf ihn oberhalb des Auges, zerriss das Gehirn und verhinderte, dass seine Hände den letzten Befehl ausführen konnten: die Waffe abfeuern. Sein Kopf wurde durch die Wucht der Kugel nach hinten gerissen und die Waffe rutschte langsam aus seinen leblosen Händen.

Da, wo noch vor wenigen Augenblicken Schreie zu hören waren, herrschte nun Stille und Dunkelheit, vermischt mit dem beißenden Geruch von Schießpulver.

Mitch schloss die Tür hinter sich und sicherte den Raum. Durch seine Nachtsichtbrille sah er, wie Becks die toten Wachleute untersuchte.

Er fühlte bei dem Jungen, der ihnen die Tür geöffnet hatte, den Puls. Dieser war nur etwas benommen von dem Aufprall. Sie fesselten ihn und verbanden ihm die Augen. Dann stopften sie ihm eine Socke in den Mund. Erst jetzt schalteten sie das Licht wieder ein und begannen, den Raum zu durchsuchen. Alles, was sie in den Taschen der Wachmänner fanden, legten sie auf eine ausgebreitete Decke auf dem Boden. Es war nicht viel: etwas Geld, ein dicker Schlüsselbund, Funkgeräte, ein paar persönliche Sachen. Sie brauchten dringend eine Verbindung nach draußen – ein Telefon ... Doch sie fanden nichts. Jemand wollte unbedingt verhindern, dass die eigenen Leute mit der Außenwelt kommunizierten und dabei womöglich abgehört wurden.

Wieder ein neues Rätsel.

»Das gefällt mir überhaupt nicht«, bemerkte Becks leise mit einem Blick auf die Decke.

»Sehr ungewöhnlich. Gerade in der heutigen Zeit, wo fast jeder Afghane ein Handy besitzt. Ausgerechnet hier müssen wir auf die treffen, die keins haben. Lass uns noch einmal alles gründlich durchsuchen. Danach nehmen wir uns diese Tür vor.« Mitch schielte auf die breite Tür vor ihnen.

»Bisher hat uns hinter jeder Tür eine Überraschung erwartet. Aber irgendwann ist unser Glück verbraucht.«

Dieser letzte, fensterlose Wachraum, in dem sie sich aufhielten, wirkte irgendwie zweckentfremdet. Die Betten und die breiten Türen im Raum passten nicht hierher. Was hatte diese breite Rampe im Flur zu bedeuten? Selbst die Klimaanlage über der Tür mutete wie ein Fremdkörper an.

»Hey, ein Treffer!« Becks hielt triumphierend ein blaues, zerkratztes Handy in der Hand. »Ich hab's unterm Kopfkissen gefunden.«

Doch ihre Freude währte nicht lange.

»Der Akku ist bald alle, es zeigt nur noch einen Balken und wir haben hier oben kein Netz.«

»Vielleicht haben wir draußen mehr Glück. Schalte es bloß nicht aus, denn die PIN bekommen wir nicht mehr. Los! Weiter!«

Mitch drängte zur Eile und griff nach dem dicken Schlüsselbund.

XII

Die Flucht

Sie verzichteten auf die Nachtsichtbrillen und darauf, sich zu verkleiden, denn wer auch immer sich hinter dieser Tür befand, rechnete auf keinen Fall mit ihrem Erscheinen.

Leise öffnete Becks die schwere Tür und sie glitten schnell in den dunklen Raum. Hier war es erheblich kälter als in den übrigen Räumen und es roch muffig. Bis zur Decke türmten sich hohe Regale. Sie alle waren vollgestellt mit Kisten. Es war ein riesiger Lagerraum. Vor sich erkannten sie einen schmalen Lichtstreifen. Sie folgten dem verwinkelten Gang.

Die Pistolen hielten sie in den Händen, ihre Gewehre hingen an der Seite, um die Waffe sofort wieder wechseln zu können, falls sie auf größeren Widerstand stoßen sollten.

Doch dieser Raum war gespenstisch ruhig, vielleicht zu ruhig. Die Lichtquelle kam immer näher.

Als die lange Reihe der Regale endete, standen sie plötzlich direkt vor einem Schreibtisch, auf dem eine einzelne Lampe leuchtete. In der Ecke befand sich ein ordentlich bezogenes Bett, davor ein Tablett mit Obst und eine Wasserflasche. Die Wand über dem Bett war mit verschiedenen Zeichnungen beklebt. Wegen des spärlichen Lichts sahen sie nur die Umrisse eines Mannes am Tisch, der sie immer noch nicht wahrnahm, so vertieft war er in seine Arbeit.

Mitch näherte sich vorsichtig dem Tisch.

»Professor Werner?«

Der Mann dahinter hob den Kopf, als er die Stimme hörte, und drehte die Tischlampe so, dass sie in den Raum hinein leuchtete.

»Mitch? Sind Sie das? So früh habe ich Sie hier nicht erwartet.«

Professor Werners Stimme klang freundlich, angenehm und genauso geschäftig, wie er sie vom Empfang im Pergamonmuseum in Erinnerung hatte. Er erhob sich vom Schreibtisch und breitete die Hände aus.

»Willkommen in meinem bescheidenen Gefängnis.«

Dass sie sich hier, tausende Kilometer von zu Hause entfernt unter solchen Umständen wieder trafen, schien den Professor in keiner Weise zu überraschen. Erst jetzt bemerkte er, dass Mitch nicht allein war.

»Ach, wie ich sehe, haben Sie auch noch einen Freund mitgebracht.«

»Ja, genau. Zusammen reist es sich immer am besten. Darf ich vorstellen: Das ist Becks, mein Freund und Partner. Wir sind hier, um Sie wieder nach Hause zu bringen.«

Sein Händedruck war warm und freundlich. Becks winkte von Weitem einen Gruß zu und verschwand sofort wieder in der Dunkelheit, um die Eingangstür zu bewachen.

Seine innere Uhr mahnte Mitch zur Eile, sie hatten nicht viel Zeit und ab jetzt zählte jede Sekunde, wenn sie von diesem Anwesen unerkannt verschwinden wollten. Doch der Professor brauchte anscheinend eine Weile, um sich auf die neue Situation einzustellen.

In den letzten Tagen hatten sie sich alles, was sie über ihn finden konnten, eingeprägt. Seinen Lebenslauf, seine Gewohnheiten, Vorlieben und Hobbys. Alles, was sie von seinen Freunden erfuhren, wurde erfasst und zusammengetragen. Jede Kleinigkeit konnte eine entscheidende Rolle bei einer Geiselbefreiung spielen. Sie wussten nicht, was der Professor während seiner Entführung erlebt hatte und wie seine eigene Wahrnehmung in diesem Fall war. Der Entführer kann sich seinem Opfer gegenüber wohlwollend verhalten, wenn es für ihn einen besonderen Wert darstellt. Daraus kann eine emotionale Bindung und so etwas wie Dankbarkeit entstehen, die jeder für sich anders einordnet. Es entsteht ein persönliches, manchmal sehr enges Verhältnis zwischen den beiden Parteien, das als *Stockholm-Syndrom* bezeichnet wird. Dieses emotionale Verhältnis zwischen Opfer und Entführer kann sogar zu Sympathie und Kooperation führen. Sie mussten auf alles gefasst sein und extrem vorsichtig vorgehen. Daher waren alle Kleinigkeiten aus dem Leben des Professors so wichtig; jede Veränderung seiner Gewohnheiten deutete auf eine Veränderung von außen hin.

Bevor Mitch etwas sagen konnte, fiel sein Blick auf den Tisch. Tontafeln, Zeichnungen und beschriebene Blätter lagen ordentlich gestapelt darauf.

»Wie Sie sehen, sind meine Mittel sehr begrenzt«, sagte Professor Werner etwas hilflos, als er seinen Blick bemerkte.

Bei diesen Worten lösten sich einige Rätsel und Mitch begriff das Ausmaß dieser Geiselnahme. Es war keine Entführung mit einer Lösegeldforderung; die Entführer brauchten einfach einen Experten für ihre Funde. Diese Regale waren voll mit Artefakten. Die Bilder an der Wand zeigten schwungvoll gezeichnete Krüge, Figuren und Schmuckgegenstände. Mitch legte dem Professor, der sich hilflos in seinem Verlies umsah, seine Hand auf die Schulter.

»Wir müssen jetzt gehen ...«

»Ja, ja, Sie haben recht. Es ist so weit. Ich muss wohl das alles hier lassen. Wissen Sie, ich fühle mich als ein Handlanger dieser Grabräuber. Hier liegen Kunstschätze, die nie in ein

Museum gelangen werden. Zeugnisse der Geschichte dieses Landes ... Ist Ihnen übrigens aufgefallen, dass der Buddha auf den Darstellungen mit offenen Augen abgebildet ist? Äußerst außergewöhnlich. Ich behaupte sogar, einmalig! Chinesisches Porzellan, vermutlich von der Seidenstraße, die einst dieses Land kreuzte. Eine unglaubliche Vielfalt ... Sie baggern diese Sachen ohne Rücksicht aus dem Boden heraus und wollen es nur zu Geld machen. Dabei zerstören sie ihre eigene Geschichte, ihre Identität, ihre Kultur. Ganze drei Tage habe ich allein gebraucht, die Gegenstände überhaupt richtig zuzuordnen.«

Er ließ seine Schultern traurig hängen und sah sich in dem Raum um. Ganz so, als ob er abschätzte, was er alles mitnehmen könnte.

Mehrfach war Becks mit besorgtem Gesicht zwischen den Regalen erschienen. Ihm war nicht entgangen, dass – nach anfänglicher Freude über das Wiedersehen – die Stimmung kippte. Professor Werner sah nicht mehr so frisch und dynamisch wie auf den Bildern aus. Unrasiert, mit dunklen Augenringen, in diesem Keller um Jahre gealtert. Sie waren jetzt in einer sehr kritischen Phase, und Mitch beschlich eine Ahnung, dass der Professor sich von diesem Raum gar nicht trennen wollte. Egal, wie der Umstand seiner Entführung war, in erster Linie war er Wissenschaftler. Seine Neugier und der Drang nach Entdeckungen konnten unvorhergesehene Reaktionen auslösen.

Die Zeit verstrich.

»Nehmen Sie nur das Notwendigste mit«, sagte Mitch scharf.

Der Professor folgte wie ein Roboter seiner Anweisung und begann zu packen. Er nahm seine Aufzeichnungen vom Tisch, riss hektisch einige Bilder von der Wand ab, und zum Schluss wickelte er behutsam einige Tontafeln in sein Hemd ein. Das alles verstaute er sorgfältig in seinem Rucksack. Es verstrichen weitere fünf Minuten, doch für Mitch dauerten sie eine Ewigkeit. Um die Zeit zu überbrücken und den Professor etwas abzulenken, stellte er ihm ein paar Fragen zu den Umständen seiner Entführung.

Seine Geschichte war schnell erzählt. Nachdem er mit den beiden Afghanen die usbekische Grenze passiert hatte, nahm der, den sie alle nur Abdallah nannten, ihm sein Telefon ab. Danach verbanden sie ihm die Augen und fesselten seine Hände. Zu seiner Sicherheit, wie sie sagten. Mehrere Stunden fuhren sie über die Berge, bis sie ihn schließlich in diesen Raum brachten. Sie behandelten ihn höflich und nannten ihn stets ihren Gast. Seinen Gastgeber, der sich ihm als Sardar Ayub Khan vorstellte, hatte er bisher nur zweimal getroffen. Das erste Mal gleich am Tag der Entführung, als Sardar Ayub Khan ihm seine neue Aufgabe erläuterte. An dieser Stelle unterbrach Mitch den Professor und beschrieb ihm den Mann von den zahlreichen Bildern im Keller.

»Vortrefflich! Ich hätte ihn nicht besser beschreiben können. Ein gebildeter, ehrgeiziger junger Mann ...« Professor Werner kniff ein Auge zu, starrte einen Augenblick in die Luft. »... der augenscheinlich psychopathische Züge in sich trägt.«

Er hielt inne. Seine Stimme bebte, als er weitersprach. »Vorgestern brachte er mir einen großen, steinernen Sarkophag und ich durfte ihn öffnen. Es war unvorstellbar, so etwas zu erleben, es war, als ob sie mir mein Herz herausrissen ...« In Gedanken schien ihn dieser Fund immer noch zu beschäftigen. »Aber diese Frau! Selbst in ihrem Tod wirkte sie so anmutig. Das erste Mal in meiner langjährigen Laufbahn haben meine Hände versagt, gezittert, als ich sie berührte. Wissen Sie, um so etwas richtig bewerten zu können, reicht ein Tag nicht, dafür braucht man Jahre. Von außen war der Sarkophag sehr schlicht gestaltet. Grob bearbeitet. Auf seinem Deckel war eine große Sonne eingearbeitet. Die Leiche war mit Beigaben überhäuft: goldene Armbänder, Beinringe, kunstvolle Gürtel aus Gold. Ja, Sie haben richtig gehört«, beeilte er sich zu sagen, als er den ungeduldigen Blick bemerkte. »Der ganze Schmuck der Toten und die Grabbeigaben waren allesamt aus Gold. Äußerst bemerkenswert fand ich die aufwendig gestaltete goldene Krone und die großen Ohrringe. Sie stellten einen Mann und eine Frau dar. Gerade diese Darstellung halte ich für sehr ungewöhnlich, da alle bisherigen Funde aus dieser frühen Zeit die Geschlechter streng trennten. Seltsam, außergewöhnlich, einzigartig der silberne Spiegel ... Einiges davon konnte ich aufzeichnen, bevor sie gestern alles ganz hektisch wegschafften ...«

Mitch erinnerte sich an den schwer beladenen Wagen in Begleitung der Jeeps. Der Khan brachte vermutlich die wertvollsten Gegenstände von hier weg. Hatte das alles mit ihrer Suche zu tun? Jetzt blieb Professor Werner als einziger Zeuge übrig sowie sie beide. Sie wussten zu viel und ihre Entführer würden sich auf keine Verhandlungen einlassen. Sie schwebten alle drei in Lebensgefahr!

Der Professor führte weiter seine Selbstgespräche. »Wie viel? Immer wieder die gleiche Frage. Ihnen geht es allein um den Wert der Gegenstände, doch mir schien, als ob sie nach irgendetwas Bestimmtem suchten und als sie es im Sarkophag nicht fanden, brachten sie ihn wieder weg. So etwas Großartiges kann man nicht mit Geld bewerten, es gibt höhere Werte ...«

Mitch vermutete, dass die Zeichnungen, die der Professor immer noch einpackte, die Gegenstände aus dem eben beschriebenen Sarkophag abbildeten. Die analytische Beschreibung und die Aufzählung des Professors hörte sich wie ein archäologischer Bericht an.

»Wir müssen jetzt!« Mitch mahnte den Professor erneut zur Eile. Dieser stand unschlüssig vor dem Regal.

»Ja, Sie haben recht, wir müssen. Ich habe es zuerst übersehen. Der Deckel war mit seltsamen …«

Becks tauchte aus der Dunkelheit auf, er war besorgt. »Wenn wir nicht sofort gehen, sitzen wir im dicksten Schlamassel der Welt. Die Musik im Nebenraum ist leiser geworden und das laute Klappern hat aufgehört. Mir gefällt das nicht!«

Mitch reichte dem Professor einen Eiweißriegel.

»Essen Sie was davon, wir haben einen anstrengenden Weg vor uns. Wir müssen leider zu Fuß über die Berge. Unsere Motorräder sind …«

Professor Werner unterbrach ihn sogleich. »Wissen Sie, ich hatte noch nicht die Gelegenheit, es zu erwähnen. Ich bin ein passionierter Bergsteiger. Die Alpen zittern, wenn sie meinen Namen hören.«

»Umso besser, dann kommen wir schneller voran. Sie bleiben immer ganz dicht hinter mir, egal, was passiert. Wenn es dunkel wird und Sie nichts mehr sehen, legen Sie einfach Ihre Hände auf meine Schultern und folgen meinen Bewegungen.«

Tief im Inneren ahnte Mitch bereits, dass ihre Flucht noch einige Überraschungen für sie bereithielt. Der erste Schock erwartete den Professor im Nebenraum beim Anblick der toten Wachleute. Mitch bemerkte, wie sich dessen Hände auf seiner Schulter verkrampften. Er durchquerte den Raum zügig, gefolgt von Professor Werner, Becks bildete die Nachhut. Der Professor folgte ihnen, ohne zu zögern, den schmalen, dunklen Gang entlang. Einzig im Flur verharrte er kurz beim eigenartigen Klang der Musik.

Vorsichtig schlüpften sie in den langen, beleuchteten Verbindungsflur zwischen den beiden Häusern. Ihre Flucht wurde anscheinend immer noch nicht bemerkt und so versuchten sie, so schnell wie möglich von diesem Anwesen zu verschwinden. Flur, Empfangsraum, leise hinausklettern aus dem Keller. Vor ihnen lag jetzt der lange, dunkle Gang zur Pergola, dann bis zum Generator und als Letztes mussten sie die Mauer unbemerkt überqueren. Immer wieder verharrten sie, um auf Umgebungsgeräusche zu achten. Die Wachen auf den Dächern konnten sie jederzeit bei ihrer Flucht entdecken. Doch weder von oben, noch aus dem Inneren der Häuser war bislang ein Geräusch zu hören.

Lautlos folgte ihnen der Professor. Beim letzten Hindernis überraschte er sie sogar mit seiner Beweglichkeit. Erst hinter der Mauer, am Abflusskanal, nahmen sie sich Zeit, um ein wenig zu verschnaufen, da ihnen der schwierigste Teil ihrer Flucht noch bevorstand. Mitch war erleichtert, den ersten Abschnitt hatten sie geschafft. Entweder war es Glück oder die Wachen beschäftigten sich heute mit etwas anderem.

»Sagen Sie mal, riechen Sie das auch? Ich glaube, dieser widerwärtige Gestank verfolgt uns schon die ganze Zeit«, sagte der Professor leise. Wegen der Dunkelheit entging ihm das Grinsen auf ihren Gesichtern.

»Wir sind es, die so stinken, und keine Angst, Sie nehmen diese Duftnote auch gleich an.«

Diese kurze Erklärung reichte dem Professor vorerst.

»Übrigens, haben Sie die seltsame Musik in dem kleinen Vorraum vernommen?«, fragte er.

»Sie nennen dieses Kreischen und Klappern doch nicht etwa Musik?« Becks wunderte sich.

»Ich habe erst vorhin den Zusammenhang begriffen. Die Wachen waren heute den ganzen Tag so aufgekratzt. Schließlich verstand ich ein Wort aus ihrer Unterhaltung, nämlich Baccha. Jetzt, wo ich diese Musik und das metallische Klappern höre, bin ich mir ziemlich sicher, dass es sich um den sogenannten Baccha Baazi Tanz handeln muss – den Knaben-tanz. Dieser Tanz geht auf eine uralte Tradition dieser Völker zurück. Erste Erwähnungen finden sich bei islamischen Dichtern aus dem 8. Jahrhundert. Ich dagegen bin mir ganz sicher, dass der Ursprung dieser Tänze noch viel früher zu suchen ist. Denken Sie doch nur an die Liebesknaben der Perser, in der hellenischen Zeit, im alten Rom. Die Lieder han-deln oft von Begierde und unerwiderter Liebe …«

Sie hörten ihm erstaunt zu. Der Professor, der noch nicht einmal vor einer Viertelstunde gefangen in einem Keller geses-sen hatte, referierte hier in der dunkelsten Ecke in Afghanistan in einem Abflusskanal wie vor seinen Studenten in einer Vorlesung.

Unbeeindruckt von der Örtlichkeit und dem Gestank fuhr er fort: »… bei der ein als Frau verkleideter Junge, meistens in einem Alter zwischen acht und vierzehn Jahren, mit Glöck-chen an den Handgelenken und Füßen vor den Männern tanzt und diese dann auch sexuell zu befriedigen hat. Daher dieses rhythmische Klappern …«

Mitch hielt es nicht mehr aus.

»Wollen Sie uns damit sagen, dass die Jungen dort hinten im Haus sexuell missbraucht werden?«

»Nein. Das können wir nicht so aus dem Zusammenhang heraus betrachten. Diese Jungen stammen meistens aus sehr armen Verhältnissen. Sie werden an reiche, mächtige Männer verkauft oder von der Straße weg entführt. Für diese Männer sind die Knaben Statussymbole. Manche von ihnen besitzen gleich mehrere solcher Tänzer, die sie in gesellige Männer-runden begleiten.«

Becks schüttelte fassungslos mit dem Kopf. Er umfasste seine Waffe fester, als suche er einen Halt.

»Wir müssen weiter …«

153

Doch der Professor war mit seinem Vortrag noch nicht fertig.

»Der Besitzer dieser Knaben, auch *bobacaboz* genannt, findet in diesem Umgang einen gewissen Ersatz für eine familiäre Bindung, die die Ehe und das Familienleben ihm nicht bieten können. Die Ursache liegt vermutlich im afghanischen Rollenverständnis begründet, nach dem die Frauen in der Gesellschaft nicht für die Sexualität, sondern nur zum Gebären gebraucht werden. Tanzjungen hingegen werden zum sexuellen Vergnügen gehalten. Ja, ich weiß, Sie wollen mich bestimmt auf den Widerspruch zur Ablehnung der Homosexualität aufmerksam machen.«

Der Professor hob beschwichtigend die Hände. Doch sie hatten genug gehört. Mitch stand entschlossen auf. Am liebsten würde er wieder über die Mauer klettern und diese Jungen dort befreien.

»Aber der Sex mit den Jungen wird nicht als Homosexualität betrachtet, sondern mehr als Vergnügen oder Spaß. Die Taliban haben diesen Tanz verboten, aber hier im Norden in den Gebieten der Nordallianz war der Knabentanz weit verbreitet, und wie wir es gerade gehört haben, wird er wohl immer noch gepflegt.«

Der Professor beendete seinen Vortrag und Mitch war übel, was nicht nur am widerwärtigen Gestank, sondern auch an dem Gesagten lag. Er sah zu Becks hinüber, dem es auch nicht besser erging.

»Ich weiß, Sie finden das alles sehr befremdlich und abstoßend, aber die Menschen hier leben in einer anderen Welt. Es ist eine Stammesgesellschaft, die von mächtigen Clanführern beherrscht wird, so wie wir es aus dem frühen Mittelalter in Europa kennen.«

Schweigend begannen sie den Abstieg. Dieser gestaltete sich weitaus schwieriger als ihr Aufstieg vorhin. Der Boden des

Abflusskanals war rutschig und sie mussten sich mit den Händen an der Mauer abstützen, um Halt zu finden. Als sie endlich den angehäuften Steinhaufen unterhalb des Abwasserkanals erreichten und wieder festen Bergboden spürten, stanken sie alle drei gleich. Der Professor war außer Atem vor Anstrengung, doch während einer kurzen Pause erholte er sich erstaunlich schnell. Sie mussten Rücksicht auf ihn nehmen, und solange ihre Flucht nicht bemerkt worden war, konnten sie sich kleine Unterbrechungen leisten. An das, was sie noch erwarten könnte, dachte in diesem Moment niemand. Improvisieren und überleben – so lautete jetzt ihr Motto.

»Der Deckel des Sarkophags erinnerte mich …«, begann der Professor leise hinter ihnen und richtete sich auf, um die letzten verschwindenden Sterne am Himmel sehen zu können. Becks unterbrach ihn hektisch: »Wir haben Funknetz! Ein Balken nur, aber besser als nichts.«

»Versuch sofort, Fisch zu erreichen. Wir brauchen jetzt jede Unterstützung, die wir kriegen können.«

Die letzten Stunden in Mazar-i-Sharif hatten sie in der Einsatzzentrale verbracht. Sie alle warteten gespannt auf eine Nachricht oder ein Lebenszeichen von Mitch oder Becks. Doch nach ihrem Verschwinden in den Bergen war jeglicher Kontakt zu ihnen abgebrochen. Weder die Peilsender an den Motorrädern, noch ihre Handys konnten in diesem schwierigen Gelände lokalisiert werden. Sie hatten bereits zwei Meldefenster verpasst und jetzt war es Zeit für eine Rettungsaktion, so lauten die Vorschriften. Im Stillen machte sich Fisch keine Hoffnungen mehr, dass sie überhaupt eine Spur von Professor Werner fanden. Dieser Fall musste wahrscheinlich komplett neu aufgerollt werden. Damit würden sich einige im Einsatzstab wochenlang beschäftigt müssen.

Er war müde und kurz im Stuhl eingeschlafen, als sein Handy klingelte. Unbekannter Teilnehmer las er auf dem Display und nahm zögernd den Anruf entgegen, denn nur wenige kannten seine Dienstnummer. Zunächst war nur ein lautes Rauschen zu hören; die Verbindung war schlecht. Doch kurz bevor er auflegen wollte, hörte er die Stimme von Becks.

»Fisch! Kannst du mich hören?«

»Becks!« Fisch sprang von seinem Platz auf. »Wo seid ihr …«

Die Leitung brach ab.

»… auf dem Weg zum dritten …« Es knisterte. »Fisch? Hörst du mich?«

»Ja!«

Plötzlich hörte er Becks' Stimme so deutlich an seinem Ohr, als ob er neben ihm stünde.

»Wir haben das Päckchen.«

Das war das verabredete Kennwort für die Befreiung von Professor Werner.

Fisch sah auf die Uhr: vier Uhr sechsunddreißig.

»Becks! Hallo! Hallo!«

»… dringend …« Dies waren die letzten Fetzen, die ihn unter Pfeifen und Knarzen erreichten. Die Verbindung war erneut unterbrochen. Er wartete noch einen Augenblick und blickte stumm auf sein Handy. Die Müdigkeit der vergangenen Stunden war verflogen, sie durften jetzt keine Zeit mehr verlieren.

Der Himmel über Mazar-i-Sharif zeigte die erste Morgenröte, als die Männer über den leeren Platz zwischen den Containern in die Einsatzzentrale rannten.

Eine halbe Stunde später waren alle in einem kleinen Raum versammelt. Zwei Einsatzteams, Analysten und Techniker. Es roch nach frischem Kaffee, Rasierwasser und Zigarettenrauch.

Trotz der frühen Stunde waren alle hellwach, da die Nachricht von dem Anruf bereits die Runde gemacht hatte.

Fisch betrachtete nachdenklich die Bilder der Satellitenüberwachung, die den gesamten Streckenverlauf bis zum letzten Signal der beiden in den Bergen zeigten. Die drei Ortschaften waren mit einem roten Kreis umrandet.

Nach der knappen Schilderung seines Gesprächs mit Becks brach in der Runde Jubel aus. Fisch wartete kurz, bis es etwas ruhiger wurde.

»Erstens: Sie haben ihn. Zweitens: Wie finden wir sie? Und wie bekommen wir alle drei unversehrt aus dieser Gegend raus? Irgendetwas ist schiefgelaufen bei diesem Auftrag, und wie ich die beiden kenne, wird es keine normale Evakuierung.« Er breitete seine Arme aus. »Drittens haben wir keinen genauen Standort von unseren Leuten. Ich habe euch hier versammelt, denn wir müssen alle unsere zur Verfügung stehenden Kräfte bündeln. Es ist eine verfahrene Situation, es wird nicht einfach und ich bin für jeden Vorschlag offen.« Er beendete seine kurze Ansprache.

Tom unterbrach als Erster die Stille.

»Das Gebiet ist einfach zu groß für eine kurz angelegte Suchaktion. Sie könnten überall stecken, wir wissen noch nicht einmal, welche der drei Ortschaften sie überhaupt erreicht haben. Selbst, wenn wir mit den Hubschraubern ihre Wege verfolgen, benötigen wir mindestens zwei Tage. Dazu zwei Teams, eins auf dem Boden und eins in der Luft. Das Wort dringend ist im Gespräch gefallen, das heißt für mich, die Jungs brauchen sofort unsere Hilfe. Vielleicht können wir die Amerikaner fragen, ob sie uns dabei unterstützen, aber das erfordert das Okay von ganz oben. Da hege ich meine Zweifel. Der Direktor hat sie allein hierher geschickt, also soll in diesem Fall kein weiteres Aufsehen erregt werden. In Anbetracht unserer bevorstehenden Operation dürfen wir selbst jetzt keine unnötige Aufmerksamkeit in dieser Gegend erregen und schon gar nicht im Stab der Koalitionstruppen. Dann könnten wir gleich zu einer Zeitung gehen und die Story verkaufen. Wir müssen versuchen, unseren Jungs mit eigenen Möglichkeiten zu helfen.«

Da sich keiner dazu äußerte, setzte Fisch an diesem Punkt an.

»Ich habe mit Absicht den Direktor noch nicht über den aktuellen Stand informiert, weil ich mich zuerst mit euch beraten wollte. Die Frage muss geklärt werden: Was können wir hier unternehmen? Sicherlich kann er auf der politischen Ebene einen gewissen Druck ausüben, wenn wir weitere Unterstützung brauchen, aber dazu muss ich ihm konkrete Ergebnisse liefern. Wir wissen alle, wie lange es dauert, bis die politische Ebene zu einer Entscheidung kommt. Und das Einzige, was wir gerade nicht haben, ist Zeit.«

Mit dem Blick auf die Satellitenbilder, die ausgelegten Karten und die Informationen vor ihnen versuchten sie, ihre Möglichkeiten und Wege abzuschätzen. Jeder im Raum kannte das Risiko, das die beiden eingegangen waren, als sie sich allein in die Berge begaben. Das ständig wechselnde Wetter, das schwierige Terrain und die versprengten, bewaffneten Gruppen in der Gegend machten dieses Unternehmen fast unkalkulierbar.

Fisch schaute ratlos auf sein Telefon, als erwartete er daraus eine Lösung auf all die Fragen.

Barney, einer der Techniker, der das Bewegungsbild der Drogentransporte von Afghanistan nach Usbekistan erstellt hatte, räusperte sich.

»Also, es ist zwar verrückt, aber ihr habt bestimmt diese drei Typen mit den orangefarbenen Shirts hier im Lager gesehen. Die drei sehen aus, als ob sie den ganzen Tag vorm Computer sitzen und zocken. Ich habe gestern mit einem von ihnen zufällig in der Planet Mazar Bar ein Bier getrunken. Zuerst wollte er mit der Sprache nicht raus, aber seine Andeutungen haben mich neugierig gemacht. Ich habe ihm ein paar Bier ausgegeben, dann hat er geredet ...«

Barney sah triumphierend in die Runde.

»Ja, und ...?«

»Die Typen sind gerade dabei, hier eine neuartige Drohne zu erproben.« Er hatte die Aufmerksamkeit aller, doch er sah in fragende Gesichter, also beeilte er sich mit der Erklärung.

»Ihre interne Bezeichnung ist Shark. Sie heftet sich an jede Spur, die man ihr eingibt, bis sie das Ziel lokalisiert und erledigt.«

Fisch unterbrach ihn ungeduldig.

»An eine Drohne habe ich auch schon gedacht, aber sie liefert uns nur Bilder und diese bekommen wir selbst innerhalb von wenigen Minuten über den Satelliten. Die Drohnen sind ferngesteuert und das Problem bleibt das gleiche, wir brauchen Leute vor Ort, um unsere Jungs zu lokalisieren. Sonst endet das alles in einer endlosen Suchaktion.«

Barney gab sich nicht so leicht geschlagen, er lehnte sich zurück, trank in aller Ruhe einen Schluck Kaffee, bevor er die Katze aus dem Sack ließ.

»Ihr habt mich nicht verstanden, als ich sagte neuartige. Das Ding ist so neu und so geheim, dass nur wir hier am Tisch, die drei Typen vom Erprobungsteam und so ziemlich alle in der Bar nun davon wissen. Doch die richtigen Features gab es erst nach einer Flasche Whiskey.«

Barney war jetzt in seinem Element.

»Passt auf, das Ding agiert selbstständig, kann aber auch ferngesteuert werden. Die Drohne ist unsichtbar für jede Art von Luftüberwachung, doch der eigentliche Clou ist die Technik in ihrem Inneren. Damit können wir nicht nur die Kommunikation auf dem Boden abhören, die Drohne kann obendrein ihre Ziele mithilfe ihrer Datenbank lokalisieren.« Er ließ sich Zeit, damit die Wirkung seiner Worte alle erreichte. Doch entweder war es noch zu früh am Morgen oder keiner verstand, worauf er hinaus wollte. Langsam wurde er ärgerlich.

»Versteht ihr das nicht? Wenn ich diesem Baby ein Bild oder ein Objekt in die Datenbank eingebe und die Drohne dann in diese Gegend schicke, wird sie so lange danach suchen, bis sie Übereinstimmungen zwischen dem Objekt auf dem Boden und dem, was in ihrer Datenbank vorliegt, findet. Sie vergleicht die Übereinstimmungen mit den gesammelten Daten am Boden und sendet diese Ergebnisse an die Leitstelle. Deswegen heißt die Drohne Shark, weil ein Hai einen Tropfen Blut in einer Million Wassertropfen riechen kann und er so seine Beute immer findet.«

Fisch brauchte nicht lange für seine Entscheidung.

»Stellt sofort eine abhörsichere Verbindung zum Direktor her. Das Einsatzteam macht sich bereit. Du, Barney, bleibst bei mir und probierst gleich dein neues Spielzeug aus. Ich brauche Bilder der beiden, eins von Professor Werner und am besten auch zwei Aufnahmen von unseren Motorrädern.«

In Deutschland war es zwei Uhr morgens, er würde den Direktor aus dem Bett holen müssen. Das Leben der Drei hing am seidenen Faden und dafür war er bereit, selbst den Papst um seinen wohlverdienten Schlaf zu bringen.

Mitch, Becks und der Professor legten eine kurze Rast ein und teilten ihr letztes Essen und das restliche Wasser.

»Wir gehen bis zum Checkpoint, dann über die Straße und versuchen, auf dem Wasserweg das Tal zu verlassen. Unterhalb des Dorfes wird der Fluss etwas breiter und fließt viel schneller, somit schaffen wir genug Abstand zu unseren Verfolgern«, erklärte Mitch dem Professor seinen Plan.

»Ich dachte, wir gehen über die Berge.« Die Vorstellung, gleich in das kalte Wasser zu steigen, gefiel ihm überhaupt nicht.

»In Afghanistan liegen schätzungsweise zehn Millionen Minen im ganzen Land verstreut, ein Überbleibsel der langen Kriegsjahre. Wir haben im Dorf alte Panzerwagen gesehen, also müssen wir davon ausgehen, dass auch hier gekämpft wurde und wir mit Minen und alter Munition in den Bergen rechnen müssen. Betrachten Sie das von der praktischen Seite – wir kommen wieder sauber aus dem Wasser heraus und stinken nicht mehr«, flüsterte Becks von hinten. Dennoch schien der Professor von ihrem Plan nicht überzeugt zu sein.

Der dunkle Nachthimmel hellte sich nur langsam auf und Mitch hoffte, dass sie es noch in der Morgendämmerung bis zum Fluss schafften, ohne entdeckt zu werden. Sie befanden sich jetzt direkt unterhalb des Checkpoints auf der Zufahrtsstraße zum Anwesen. Nur noch die Straße trennte sie von den schützenden Gräben, die sie bis zu dem Fluss führten. Doch die Wachen konnten die gesamte Straße einsehen. Ein lautes Schnarchen verriet, dass zumindest einer der drei Wachleute fest schlief.

Ihre Glückssträhne endete dort, wo sie begonnen hatte. Zuerst breitete sich irgendwo über ihnen ein dumpfes Geräusch aus, als ob ein Luftballon unter der Decke zerplatzte.

»Handgranate«, flüsterte Becks.

Er hatte sie in der Tür im langen Gang befestigt, um Verwirrung zu stiften, falls sie auf dem Anwesen früher entdeckt wurden. Sie verharrten auf der Stelle. Immer noch herrschte trügerische Ruhe im Tal, doch als sie ihren Weg fortsetzen wollten, zerriss eine lange Gewehrsalve plötzlich die Stille der Berge. Das Funkgerät über ihnen im Wachhäuschen erwachte zum Leben und beendete ihre bisher unentdeckte Flucht.

Sie warfen sich auf den Boden, der übersät war mit Unrat, und warteten. Motorlärm strömte nun aus allen Richtungen. Drei voll besetzte Pick-ups tauchten auf der Straße auf. Hinter der Fahrerkabine schwenkte einer ein schweres Maschinengewehr auf einem Gestell; der Patronengurt leuchtete gelb … und tödlich. Dahinter standen bewaffnete Männer. Kommandos wurden gebrüllt, die Schranke am Wachhäuschen schnellte hoch und die Fahrzeuge rasten zum Anwesen. Das komplette Tal schien zu erwachen, von allen Seiten hörten sie jetzt Rufe und Motorengeräusche.

Der Professor rüttelte an Mitchs Hose.

»Die Stimme kenne ich!«

»Welche Stimme?« Mitch verstand zuerst nicht, was der Professor ihm sagen wollte.

»Das ist er! Er hat mich hierher gebracht.«

»Abdallah?«

»Genau der! Woher kennen Sie seinen Namen?«

»Ach, wir hatten bereits das Vergnügen, seine Stimme zu hören. Also ist vermutlich der große Herrscher, den wir gestern hier gesehen haben, mit diesem mysteriösen Konvoi unterwegs«, sagte Becks.

»Wir müssen dringend etwas unternehmen, hier können wir nicht ewig bleiben. Bald wird es hell und dann hängen wir hier fest. Irgendwann finden sie auch unseren Fluchtweg«, sagte Mitch. »Über die Straße kommen wir nicht rüber, die Drei da oben schlagen sofort Alarm.«

Vom Anwesen her hörten sie vereinzelte Schüsse. Vermutlich trauten sich die Wachen nach der Explosion der Handgranate nicht weiter und schossen wahllos in den Gang.

Mitch zeigte zum Wachhäuschen. »Wir müssen die da oben ausschalten. Ich nehme die linke Seite und du die rechte.«

Sie legten die Rucksäcke zwischen dem Müll ab und zogen ihre langen Kampfmesser. Als Mitch die linke Ecke des Wachhäuschens erreichte, traf er mit einem der Wachmänner zusammen, der auf dem Boden hockte und pinkelte. Ohne zu zögern, in einer schnellen, fließenden Bewegung, griff er von hinten an. Mit der linken Hand riss er dabei den Kopf des Mannes nach hinten, überstreckte seinen Hals und stieß ihm das Messer genau in die Schlagader.

Wenn die Schlagader durchtrennt wird, dauert es fünf Sekunden, bis ein Mensch das Bewusstsein verliert. Mitch hielt den Mund des Wachmanns fest, damit er nicht schreien konnte. Die beiden anderen standen auf der Straße neben der Schranke und blickten angespannt zum Anwesen hinauf, ihre Waffen im Anschlag. Mit zwei schnellen Schritten war Mitch bei dem linken Wachmann, trat ihm in die Kniekehle und riss den Oberkörper nach hinten. Seine Armbeuge legte sich um seinen Hals und drückte die Halsschlagader ab. Der Mann, noch überrascht durch den Angriff, versuchte verzweifelt mit beiden Händen, den Griff um seinen Hals zu lösen und schnappte keuchend nach Luft. Dabei ließ er seine Waffe fallen. Aus dem Augenwinkel sah Mitch, wie der rechte Wachmann von Becks mit einem Schlag niedergestreckt wurde. Gemeinsam schleppten sie die ohnmächtigen Wachmänner in ihre Hütte und fesselten sie. Anschließend öffneten sie die Schranke, damit ihre Abwesenheit nicht gleich bemerkt wurde. Der Weg über die Straße war jetzt frei.

XIII

Der Khan

Sardar Ayub Khan verbrachte die Nacht im Haus seines Schwiegervaters, des Generals des 101. ANA Korps, der hier im Nordwesten des Landes das Kommando führte. Auf seinem Weg zur iranischen Grenze übernachtete Sardar Ayub immer in diesem geräumigen, schönen Haus, das bald ihm gehören würde ...

Der alte General verwöhnte seinen Schwiegersohn mit seiner Gastfreundschaft und half ihm stets, seine Transporte sicher durch das Gebiet der Aufständischen zu begleiten. Seit der Heirat des Khans mit seiner Tochter liebte der General seinen Schwiegersohn wie einen eigenen Sohn. Und Sardar wusste dieses familiäre Verhältnis geschickt für seine Geschäfte zu nutzen. Besonders nach dem plötzlichen Tod seiner Tochter war der alte General ganz verrückt nach ihm – war er doch jetzt das Einzige und Liebste, was er hatte. Sardar Khan sorgte dafür, dass die Umstände des Todes seiner Frau im Dunklen blieben. Der Alte vertraute ihm und war dankbar dafür, dass sein Schwiegersohn diese große Schande von der Familie fernhielt.

Das schrille Klingeln des Telefons unterbrach Sardars Träume von Reichtum und Macht, die in den letzten Tagen besonders häufig aufgetreten waren. Übel gelaunt über die Störung nahm er den Anruf entgegen. Die Stimme von Abdallah am anderen Ende und die Neuigkeiten, die er ihm mitteilte, verbesserten seine Laune an diesem frühen Morgen nicht.

Ein Lächeln verbarg die Dunkelheit in Sardars Seele, als er sich zum Frühstück begab. Der Alte erwartete ihn bereits frisch rasiert in seiner grünen Uniform. Auf den roten Kragenspiegeln leuchteten große goldene Sterne eines Generals. Leichtfüßig erhob er sich, als Sardar den Raum betrat und umarmte ihn herzlich.

»Bitte, mein Lieber, setz dich zu mir.«

Umständlich hockte sich Sardar Ayub Khan auf den Boden, denn er wollte seinen teuren grauen Anzug nicht gleich beschmutzen. Gegenüber seinen Geschäftspartnern aus dem Iran trat er immer wie ein westlicher Geschäftsmann auf, daher bevorzugte er bei diesen Treffen entsprechende Kleidung.

»Ich hoffe, du hast dich heute Nacht unter meinem Dach gut erholt von der langen Reise«, begann der General die Unterhaltung.

»In deinem Haus fühle ich mich immer wie zu Hause.« Sardar log und hoffte, dieses Gespräch schnell zu beenden.

»Ich sehe, dich beschäftigt irgendetwas. Vor mir sitzt nicht der fröhliche Sardar, den ich sonst kenne. Hast du etwa Schwierigkeiten mit den Iranern?« Ihre Blicke trafen sich.

Sardar hatte in letzter Zeit verstärkt das Gefühl, dass der Alte vermutlich mehr über ihn wusste, als er dachte. In dessen langem väterlichen Blick lag Misstrauen. Hatte er ihn durchschaut? Sardar musste auf der Hut sein, denn er durfte bei seinem Schwiegervater nicht in Ungnade fallen. Noch brauchte er dessen Hilfe für seine Geschäfte, doch schon bald würde er nicht mehr um diese Unterstützung betteln.

Bald würde das alles ihm gehören!

»Ja, mein Vater. Wie ich sehe, bleibt dir nichts verborgen«, erwiderte Sardar Khan bescheiden. Er wusste, er brauchte für das, was er von dem General wollte, all seine Überzeugungskraft und Ausdauer.

General Wardak begriff sofort, was er von ihm forderte und schlug zum ersten Mal seinen Wunsch aus. Erst die sanfte Erinnerung an den Tod seiner Tochter und die Umstände ihres Todes, die den alten Mann immer noch sehr schmerzten, sowie der Bericht über Bewaffnete, die auf sein Anwesen eingedrungen waren, konnten ihn überzeugen.

Zwei Stunden später saß Sardar in einer betagten MI-8 der afghanischen Armee. Neben der Besatzung begleiteten ihn vier seiner besten Männer nach Surkh Kotal. Der alte Armeehubschrauber donnerte schwerfällig über die zerklüfteten Schluchten und Täler. Seine übrigen Männer ließ er auf dem Anwesen des Generals zurück, um seine kostbare Fracht zu bewachen.

Es war ein erster unerwarteter Rückschlag. Denn durch diese unerwartete Wendung war sein Geschäft mit den Iranern vorerst geplatzt. Doch er war fest entschlossen, sich dieses Geld zu holen. Das Gesicht des Professors, als sie ihm den Sarkophag zeigten, würde er nie in seinem Leben vergessen. Sein kindliches Erstaunen, seine Begeisterung, seine zitternden Hände zeigten Sardar den wahren Wert der Fundstücke. Das, was er jetzt besaß, war vermutlich mehrere Millionen wert. Und wenn er den Geschichten Abdallahs Glauben schenkte, lag in seinen Bergen noch viel mehr davon. Das verschwundene Gold der sagenumwobenen Herrscher von Baktrien, das bisher keiner gefunden hatte, war hier versteckt.

Zuerst lachte er über all diese haarsträubenden Geschichten, diese alten Sachen, die seine Bauern ihm brachten. Doch nachdem er im Internet recherchiert hatte, schlug das Lachen in das eines Gewinners um. Sein Jagdinstinkt erwachte – die Legenden der goldenen Berge waren wohl doch wahr. Er wusste bereits, wie viel Geld verrückte westliche Sammler bei Kunstauktionen dafür ausgaben. Die Termini *antik, frühere*

Epoche oder *aus der Zeit von* ... übersetzte er ins Englische und sie avancierten kurzerhand zu seinen Lieblingswörtern. Schnell fand er Geschäftspartner im Iran, die ihm mittlerweile alles abnahmen, was er auch lieferte. Seine Fundstücke fanden ihren Weg über die Türkei nach London und New York. Privatsammler aus Europa und Amerika zahlten für alte Buddha-Skulpturen jeden Preis. Sie sollten nur alt und einzigartig sein. Sein Land war voll von ehemaligen buddhistischen Klöstern, zerfallenen Festungen und versteckten Grabstätten. Für ihn begannen seine goldenen Zeiten und die Gewinne aus dem Handel überstiegen sogar seine Einnahmen aus der Mohnernte. Um diese Funde noch schneller und effektiver aus dem Boden zu holen, ließ er neuerdings schwere Maschinen einsetzen. Das, was die Taliban nicht zerstört hatten, holte er aus dem Boden heraus. In letzter Zeit hatten sie auch einige Artefakte aus der Zeit des großen persischen Reiches gefunden.

Im jetzigen Norden Afghanistans lag einst das sagenumwobene Baktrien, die östlichste Provinz des persischen Reiches. Händler brachten ihre Waren über die Seidenstraße bis nach Indien und China. Das Land war reich an Gold und Edelsteinen, seine Reiter waren berüchtigt und kämpften in gewaltigen Schlachten gegen Alexander den Großen. So erklärte es ihm der Professor. Dieser rief Jahreszahlen aus, jenseits aller Vorstellung, aber für ihn zählten nur die Zahlen bei seiner Bank in Herat. Aber dies alles bedeutete nur eins: je älter, desto wertvoller und teurer! Ein lukratives Geschäft!

Das andere, was Sardar sein Leben lang verfolgte, war das zerklüftete Land unter ihm, das einst seiner Familie gehörte. Seine Vorfahren herrschten über die Stadt Herat, bis die rebellischen Einwohner sie vertrieben. Auf der Flucht nach Norden verloren sie alles. Der Schmerz dieses Verlustes nagte an jedem männlichen Nachfolger seiner Sippe. Die Sehnsucht und der Traum von der einstigen Macht und ihrem Wohlstand blieben bestehen, bis sie diese wieder zurückerobert haben. Herat war ihre Heimat, der Schlüssel zur Macht und Herrschaft über alle Wege von Ost nach West. Doch er, Sardar Ayub Khan, würde diesen Traum endlich verwirklichen und dem Fluch über seiner Familie ein Ende setzen. Die Zeichen standen gut, denn die Ausländer wollten Afghanistan 2014 endgültig verlassen. Die Regierung in Kabul galt als schwach und war nicht einmal in der Lage, ihre eigenen Truppen zu bezahlen, sollten die Gelder aus dem Westen ausbleiben. Die Regierungstruppen, bestehend aus verschiedenen Volksgruppen, würden schon bald auseinanderfallen und sich ihren Kriegsfürsten anschließen. Überall im Land stellten mächtige Kriegsherren bereits eigene Truppen auf, um ihre Macht und ihre Einflussgebiete zu sichern. Einige mächtige Stammesführer im Norden, die damals mit seinem Vater gegen die Taliban kämpften, vertrauten auf Sardar Ayub Khan und dessen Männer. Um diese Erwartung an die Ehre seiner Familie zu erfüllen, benötigte er dringend Geld, viel Geld. Dafür war er bereit, ohne Kompromisse jeden und alles zu opfern.

Zunächst musste jedoch dieses Problem vor seiner eigenen Haustür gelöst werden – es war vielleicht ein Fehler, diesen Professor gleich zu entführen. Denn er redete viel und sagte am Ende doch nichts. Aber er brauchten jemanden, der ihm den Wert seiner Ware nennen konnte. Den Iranern traute er nicht. Denn eines hatte ihm diese Entführung bestätigt: Die letzten Funde waren äußerst wertvoll und vielleicht sollte er selbst das Geschäft mit den Türken suchen. Die Welt stand ihm offen nach diesem letzten Handel, der genug Geld einbringen würde, um andere Abnehmer für seine Ware zu finden.

Zunächst mussten allerdings sämtliche Spuren und alle Zeugen dieser Entführung beseitigt werden. Es durfte keine Verbindung zu seinen Geschäften und seinem Namen geben! Er galt als ehrbarer Mann und musste diesen Ruf verteidigen.

Doch vor seinem inneren Auge sah er in diesem Augenblick drei Männer unbehelligt in seinem Tal herumlaufen, die alles zerstören konnten, was er sich über Jahre aufgebaut hatte. Nicht einer von ihnen durfte lebend aus den Bergen entkommen! Je mehr er darüber nachdachte, umso wütender wurde er.

Seine Männer sahen ihn friedlich im Hubschrauber schlafen, doch unter dieser Maske loderte ein Feuer, das alles zerstörte, was sich ihm in den Weg stellte.

Der Hubschrauber verlor spürbar an Höhe und der Khan sah aus dem Fenster. Sattgrüne Täler zogen sich entlang der kahlen Berge. In der Mitte stachen rote Felder heraus. Er sah Bauern, die dem Armeehubschrauber erstaunt hinterherblickten. Die zweite Mohnernte wurde eingebracht und jeder von Groß bis Klein arbeitete auf den Feldern. Hierher, in diese versteckten Täler, trauten sich schon seit Jahren keine Regierungsvertreter mehr. Neugierige oder jene, die versuchten, sein Eigentum zu rauben, verschwanden spurlos in den Bergen und kehrten nicht zurück. Und genauso würde es denen ergehen, die es wagten, in sein Haus einzudringen.

Abdallah holte den Khan persönlich vom Hubschrauber ab. Schweigend und gefasst hörte sich jener den Bericht über die Ereignisse der letzten Stunden an. Abdallah berichtete von seinem ersten Telefonat mit Major Laeq bis zum Verschwinden der drei Männer in den Gräben bis ins kleinste Detail. Sardar Khan war einen Kopf größer als Abdallah und beim Zuhören neigte er diesen zur Seite, was Abdallah einschüchterte. Er hatte schon seinem Vater, dem alten Khan, gedient und jetzt lebte und kämpfte er für dessen Sohn. Doch während der eine im Alter milder und weiser wurde, zeigte der andere eine komplett andere Seite. Sardar Khan war unberechenbar, brutal, gierig nach Macht und neuen Geldquellen.

Immer wieder blickte Sardar Ayub Khan während des Gesprächs zum Hubschrauber hinüber. Die Piloten begannen mit ihren Startvorbereitungen für den Rückflug.

»Gebt ihnen Geld. Sie sollen noch eine Stunde warten«, raunte der Khan übel gelaunt. »Bring mich zum Haus!«

Sardar Khan war bereits mit schnellen Schritten zum Wagen geeilt, dann blieb er plötzlich stehen, sodass Abdallah gegen seinen Rücken prallte.

»Wir fahren hinunter ins Dorf. Ich will mir das selbst alles ansehen. Und schaff mir diesen Major dorthin! Ich will mit ihm reden. Mit allen! Hast du mich verstanden? Bring mir alle dorthin!«, sagte der Khan schroff, ohne ihn weiter zu beachten.

Abdallah brüllte seine Befehle an die Männer und sprang in den wartenden Jeep.

Der Garten, wo einige Stunden zuvor alles begonnen hatte, wirkte unberührt und schön. Eine Oase der Ruhe und der Entspannung. Der Nebel der Tränen war verflogen. Der Teppich mit den Kissen lag immer noch ausgebreitet im Schatten der Bäume.

Der Khan sprach zuerst mit Major Laeq, den Abdallah im Dorf versteckte. Anschließend saß der Khan lange mit den beiden Dorfältesten zusammen. Großzügig versprach er, die Eindringlinge zu fassen und für ihre Taten zu bestrafen. Er besuchte sogar das kleine Lehmhaus in der Ecke. Roch an den weißen, geschmolzenen Nebelgranaten. Folgte den ausgetretenen Spuren zum Bach hinunter, um anschließend lange und schweigend die Berge vor sich zu betrachten.

»Schick die Männer entlang des Wassers. Sie sollen nach Spuren der beiden Eindringlinge suchen.«

»Aber Herr, wir haben doch schon …«

Abdallah biss sich sofort auf die Zunge, der Blick des Khans duldete keine Widerrede, seine dunklen Augen glänzten wie im Fieber und er verschluckte seine letzten Worte.

»… wie Ihr wünscht. Ich schicke meine besten Männer.«

»Nimm die beiden Brüder des alten Mohamads. Sie sind Jäger und werden ihre Spuren finden. Eins noch, diesen Major will ich nie wieder in meinem Leben sehen. Er muss verschwinden. Für immer!«, sagte er mit einer Stimme, die Abdallah das Blut gefrieren ließ.

»Ja, Herr. Ich erledige das selbst«, stammelte er fröstelnd.

XIV

Die Spuren der Nacht

Mit unbewegter Miene ließ sich Sardar Ayub Khan auch alle anderen Spuren dieser Nacht auf seinem Anwesen zeigen. Er sprach mit den Wachleuten, die vor Angst stotterten und kaum einen vernünftigen Satz herausbrachten, kletterte in seinem teuren Anzug auf die Mauer, ging in den Generatorraum, folgte dem langen Flur, vorbei an den Toten, in den Raum, wo vor einigen Stunden noch sein wertvoller Gefangener geweilt hatte.

Abdallah wich nicht von seiner Seite und vermied die ganze Zeit, dem Khan direkt in die Augen zu blicken. Denn die Schuld, die auf ihm lag, wog schwer. Dieser dämliche Major hatte die beiden Fremden auf ihre Spur gebracht, das stand für ihn fest. Die Wachmänner hatten allesamt in dieser Nacht versagt und der Khan würde schon bald von ihm einen hohen Preis für diese Verfehlungen verlangen. Doch einige Fragen blieben für Abdallah immer noch unbeantwortet und nagten an ihm. Wie waren die beiden überhaupt in dieses Tal gelangt? Wer führte sie zum Anwesen des Khans? Woher wussten sie, dass der Professor hier oben festgehalten wurde? Abdallah beobachtete, wie akribisch der Khan den Spuren nachging. Das bedeutete, dass ihn die gleichen Fragen beschäftigten.

Der Khan hatte genug gesehen und begab sich in sein herrschaftliches Haus, das nach seinen Vorstellungen mit hohen Säulen erbaut worden war – in Erinnerung an den prächtigen Palast seiner Vorfahren in Herat. Das goldene Haus nutzte er ausschließlich für geschäftliche Zwecke oder er quartierte Gäste dort ein, um sie mit dem Gold der Moderne zu beeindrucken. Doch es diente auch einem anderen Zweck: Sie sollten zu ihm aufschauen, zu seinem Palast. Sie sollten von seiner Macht und seinem Reichtum eingeschüchtert werden.

Der Khan wirkte äußerlich ruhig und in sich gekehrt, der Tee vor ihm war bereits erkaltet und Abdallah wagte es nicht, ihn zu stören.

»Lass mich jetzt allein, ich muss nachdenken«, brach Sardar Khan endlich sein Schweigen. »Samir soll mir frischen Tee bringen.«

Abdallah verbeugte sich tief und verließ das Zimmer. Denn das Schweigen des Khans war unheimlich und es belastete ihn mehr als dessen unbeherrschte Wutausbrüche.

Der Khan wechselte seinen Anzug gegen eine traditionelle, bequeme, weiße Pluderhose und ein langes, weißes Hemd. Nachdenklich thronte er zwischen den weichen Kissen auf dem Teppich. Für ihn war es nur eine Frage der Zeit, bis seine Männer die Flüchtigen fassten. Das waren seine Berge und seine Täler und die Bewohner waren ihm alle treu ergeben. Es gab für sie kein Entrinnen, das beruhigte ihn. Denn die Jagd war bereits eröffnet.

Vielmehr beschäftigten ihn die ungelösten Fragen: Wer und was waren die beiden Eindringlinge? Und wie schafften sie es, unbemerkt in sein bewachtes Haus einzudringen und mit dem Professor noch zu entkommen? Allein bei diesem Gedanken fühlte er sich hier nicht mehr sicher. Zwei Fremde zeigten ihm, wie verwundbar er trotz all seiner Männer war und machten ihn zum Gespött.

Die Wut darüber kroch durch seinen Körper, und in Gedanken sehnte er sich nach Rache. Doch er musste jetzt einen kühlen Kopf bewahren und durfte nach allem, was er gehört und selbst gesehen hatte, die Flüchtigen nicht mehr unterschätzen. Sie hatten es geschafft, dreißig seiner Männer zu entwischen, lautlos seine Wachen zu überwältigen und zu töten. Sie waren wie Geister, keiner sah sie kommen, keiner hörte sie und keiner sah sie verschwinden. Die Überlebenden faselten von dunklen Schatten, die ihnen die Dunkelheit brachten, und danach konnten sie sich an nichts mehr erinnern. Sie waren wie zwei Reisende gekleidet und trugen nur Rucksäcke, keine Waffen bei sich. Die toten Wachen hatten alle eine Kugel im Kopf, doch fanden sich keine Patronenhülsen im Raum. Sie waren beide sehr groß gewachsen, kräftig und kannten die Bräuche des Landes. Operierten hier Spezialkräfte? Nein! Das würde er von seinem Schwiegervater, dem alten General, sofort erfahren, denn die Alliierten mussten all ihre Operationen beim Regionalkommando anmelden. Der General wurde selbstverständlich über diese Operationen als Erster unterrichtet und danach erfuhr er davon.

Samir betrat zögernd den Raum, denn er wusste, dass der Khan in schlechter Stimmung war, und räumte die alten Teegläser vorsichtig weg. Der Khan beobachtete ihn dabei gedankenverloren. Er mochte den Jungen mit den großen Augen und dem zarten Körper.

Seine Gedanken kehrten wieder zum Anfang dieser Geschichte zurück. Eins passte nicht ins Bild: das plötzliche Auftauchen der beiden bei Major Laeq und dann nur Stunden später hier im Tal. Abdallah war bislang immer zuverlässig und er hörte auf seinen Rat. Doch dieses Mal hatte er versagt. Die Ereignisse begannen, außer Kontrolle zu geraten. Wo war der Fehler? Warum erschienen sie so schnell in seinem Tal? Ihre Motorräder waren äußerst bemerkenswert; eins davon war mit sonderbarer Technik ausgestattet. Er könnte sie vielleicht den

Iranern anbieten, sie zahlten gutes Geld für amerikanische Technik. Doch, wenn die Unbekannten nicht für das Militär arbeiteten, für wen dann? Und warum waren sie nur zu zweit in dieser Gegend unterwegs? Steckte eine Organisation dahinter oder waren sie so naiv, allein hierherzukommen, um den Professor zu suchen? Umso einfacher würde es sein, alle verräterischen Spuren zu beseitigen. Wer vermutete schon die Vermissten hier in den Bergen? Der alte General erwähnte in ihrem Gespräch eine offizielle Anfrage der Regierung zum Aufenthalt von Professor Werner. Sie tappten also im Dunkeln und wähnten ihn weiter im Osten … Es stand vielleicht doch nicht so schlecht in dieser Sache. Ein verträumtes Lächeln erschien auf seinen Lippen und seine Stimmung besserte sich.

Samir brachte eine Kanne Tee und frischer Duft erfüllte den Raum. Sardar zog den köstlichen Duft durch die Nase ein, schloss die Augen und seine Gedanken flossen jetzt wieder in geordneteren Bahnen. Mit der Hand bedeutete er Samir, ihm den Tee einzugießen, und griff eine letzte Frage auf, die ihn immer noch beschäftigte. Woher wussten die, dass der Professor in seinem Haus war? Hatte ihnen jemand geholfen? Wurde er, der Khan, gar von seinen eigenen Männern verraten?

Besorgt sprang er auf und ging zum großflächigen Fenster, das einen atemberaubenden Blick über das Tal und die Berge bot. Das komplette Dorf verlor sich im saftigen Grün und nur der Rauch der Öfen verriet, dass dort unten Menschen lebten. Abdallah hatte im Garten versagt, dachte er bitter …

»Herr, der Tee.«

Samir räusperte sich.

Er verwarf diesen Gedanken, als er sich umdrehte und tief in die Augen von Samir blickte. Sein Ärger und die Anspannung des heutigen Tages verschwanden. Samir reichte ihm eine Tasse mit duftendem Tee. Die glänzende, goldene Uhr des Professors am Handgelenk des Jungen, sein Geschenk an ihn. Er trug sie voller Stolz …

Sardars zaghaftes erstes Lächeln an diesem Tag gefror zu einer Grimasse und in seinem Inneren zerbrach etwas. Ruhig und gefasst nahm der Khan einen Schluck, sein Blick war dieses Mal leer, als er aus dem Fenster sah.

»Samir, komm her zu mir. Wie findest du diesen Anblick? Ist es nicht das, was man sich als Allerletztes in seinem Leben zu sehen wünscht?« Sardar Khan zog den Jungen sanft zu sich.

»Es ist sehr schön. Ich stehe gern hier oben und blicke hinunter.« Samir stand vor dem Fenster und sah hinaus. Ihm entging nicht der plötzliche Stimmungswechsel des Khans.

Sardar Ayub schlang den linken Arm um Hüfte des Jungen. Den rechten Arm legte er um den Hals des Jungen, und er begann, ihn langsam zu würgen. Die Tasse mit dem Tee fiel lautlos auf den dicken Teppich.

»Genauso wie du liebe ich diesen Anblick der Berge.«

Der Khan keuchte, verstärkte seinen Griff und fühlte, wie sich der Körper des Jungen unter dem Druck versteifte, doch er wehrte sich nicht. »Ich weiß, dass ich einen Fehler begangen habe. Und ich weiß auch, dass du mich nie im Leben verraten würdest …«, flüsterte Sardar Ayub Khan.

Im Spiegelbild des Fensters sah er die großen, traurigen Augen Samirs. Immer stärker und unbarmherziger wurde sein Griff. Ein leichtes Zittern, und dann erschlaffte der Körper des Jungen in seinen Armen. Eine Weile stand er vor dem Fenster und hielt den leblosen Körper in seinen Händen, bevor er ihn vorsichtig auf dem Teppich ablegte. Er verspürte eine innere Erregung, eine Befriedigung, sein Gehirn arbeitete auf Hochtouren und er fühlte sich, als schwebe er über dem Boden. Genauso, wie damals bei seiner Frau …

Sardar Ayub Khan saß mit einer Tasse Tee in der Hand nachdenklich auf dem Teppich und rief nach Abdallah. Dieser stürzte augenblicklich in das Zimmer hinein und erblickte den toten Samir.

»Ich will, dass der Junge ordentlich bestattet wird. Richte der Familie meine tiefe Trauer über diesen Verlust aus und beschenke sie angemessen.«

»… und was soll ich …«, setzte Abdallah an.

»Er ist die Treppe unglücklich hinuntergefallen«, sagte der Khan leise, dabei wirkte er sehr entspannt. »Gibt es Neuigkeiten von den beiden Jägern?«, fragte er nebenbei.

»Sie haben die Spuren der Flüchtigen in den Feldern gefunden, sie führen zum Fluss. Anscheinend wollen sie uns über das Wasser entwischen. Oberhalb des Flusslaufs ist die Strömung schwach, sie werden nicht weit kommen …«

Der Khan unterbrach ihn schroff. »Du hast dich schon zweimal in den beiden getäuscht. Halte dich jetzt mit deinem Urteil zurück. Du übernimmst sofort die Verfolgung, und zwar mit allen Männern, die gestern hier Wache hielten. Alle anderen sollen sich bereithalten. Sie gehen mit mir auf die Jagd.«

Abdallah verstand die Anspielung. Das war seine letzte Chance. Sardar Khan bestrafte seine eigenen Männer heute nicht, sondern benutzte sie als Köder für seine Jagd. Er konnte es sich aussuchen, ob eine Bestrafung nicht doch die bessere Wahl in diesem Fall war. Denn seit dem letzten Anruf von Major Laeq hatte Abdallah kein gutes Gefühl mehr in dieser Sache. Er jagte Geister und jedes Mal, wenn er glaubte, sie fassen zu können, entwischten sie ihm wieder. Geschickt umgingen sie alle Fallen, die er ihnen stellte. Keiner hörte ihr Kommen, keiner bemerkte ihr Verschwinden. Jeder ihrer

Schüsse war ein Treffer und seine Männer hatten nicht einmal Zeit, nach den Waffen zu greifen. Vielleicht sollte er seinen Platz einem Jüngeren überlassen, um mit dem, was er besaß, in Ruhe leben zu können. Doch zuerst musste er diese Geister erledigen oder der Khan würde das Gleiche mit ihm machen wie mit Samir.

XV

Der lange Pfad

Professor Werner saß im Schatten eines Gebüschs am Ufer des schmalen Baches und beobachtete, wie Mitch und Becks mit ihren langen Kampfmessern dicke Äste aus den Sträuchern schnitten und sie zu großen Bündeln zusammenbanden.

Sie sprachen wenig, doch beide schienen genau zu wissen, was zu tun war. Mitch hatte ihm zuvor erklärt, dass diese Bündel ihnen Halt im Wasser geben und sie sich damit gleichzeitig am Ufer tarnen können. Eigentlich hasste er Wasser und besonders kaltes. Mit zunehmendem Unbehagen folgten seine Blicke dem grünen Fluss, der sich langsam durch das Tal schlängelte.

Wenn sie aus dieser Geschichte lebend herauskämen, würde er sich mit dem Erlebtem noch einmal auseinandersetzen müssen. Zu tief hatten sich die Eindrücke der letzten Tage in sein Inneres eingebrannt. Zum einen quälten ihn seine Macht- und Hilfosigkeit angesichts des Verlustes der Schätze in diesem Land. Zum anderen setzten diese Zwei ihr eigenes Leben aufs Spiel, nur um ihn zu retten. War er denn wirklich so viel wert im Vergleich zu den Hinterlassenschaften der Menschen?

Becks stieg langsam in das kalte Wasser und testete vorsichtig seine Konstruktion. Er platzierte den Rucksack mit der Waffe oben auf die Büsche, dann legte er sich komplett in das Wasser. Das Bündel gab zwar unter seinem Gewicht nach, doch die Blätter verdeckten sofort seinen Körper. Von Weitem sah man nur eine Anhäufung grüner Zweige im Fluss treiben.

Was waren die beiden eigentlich? Als Wissenschaftler arbeitete Professor Werner zwar analytisch, dennoch stellte er sich erst jetzt diese Frage. Bisher kannte er nur den Namen der Behörde, die sein alter Freund Erik Schmidt leitete. Erik redete nicht viel über seine Arbeit, doch einiges hatte er ihren Gesprächen entnehmen können. Seit ihrer gemeinsamen Studienzeit an der Universität in Heidelberg waren sie befreundet, hatten sich danach jeder auf seine Weise in die Arbeit gestürzt und einander aus den Augen verloren. Zufällig begegneten sie sich vor sechs Jahren bei einer Vortragsreihe in Berlin wieder. Wenn ihre Zeit es ihnen erlaubte, dann trafen sie sich auf ein Glas Rotwein. Oft ging es bei ihren Gesprächen um internationale Politik und deren Verwicklungen, die seltsamerweise ihrer beider Arbeit betrafen. Er wusste, dass Erik eine Behörde leitete und ständig in der Welt unterwegs war. Doch nie im Leben hätte er sich vorstellen können, dass er einmal auf seine Hilfe angewiesen sein würde. Mitch kannte er von der Ausstellungseröffnung in Berlin, als Erik sie einander vorgestellt hatte. Allerdings wäre er nie auf den Gedanken gekommen, dass Erik solche Mitarbeiter beschäftigte.

Becks' Worte fielen ihm wieder ein: »… von den Entführern haben wir keine Gnade zu erwarten. Wir wissen jetzt zu viel über ihre Geschäfte, und gerade Sie, als international anerkannter Wissenschaftler, könnten später in dieser Angelegenheit für viel Wirbel sorgen. Wenn das nicht sogar eine internationale Ermittlung wird.«

Darüber hatte er bisher nicht nachgedacht und empfand zunächst die Arbeit in diesem schrecklichen, unaufgeräumten Raum als sehr einzigartig. Auf engstem Raum war ein Teil der untergegangenen Geschichte dieses Landes versammelt – in überwältigender Vielfalt. Doch die Realität sah momentan anders aus: Sie waren auf der Flucht und es ging um Leben und Tod.

»Die Zeit für Verhandlungen ist abgelaufen. Es gibt nur noch schwarz oder weiß. Entweder sie erwischen uns oder wir sie«, hatte Mitch zu ihm gesagt.

Dabei erinnerte er sich an Filme, in denen eine ganze Schar Polizisten die Geiseln befreite. Sie verfügten über Fahrzeuge, Waffen, Hubschrauber und Schnellboote. Flugzeugträger zerpflügten die Meere und der Präsident persönlich gab den Befehl zum Einsatz.

Wenn er an die letzten Stunden seiner Flucht dachte, so waren sie durch Abwasserkanäle, durch Müll und über lehmige Felder gekrochen. Sie besaßen nur ein Telefon, das nur ein Mal für einen Anruf reichte. Jeder von ihnen trug nur einen Rucksack und eine Waffe bei sich. Trotz ihrer ausweglosen Lage ließen die beiden sich ständig irgendetwas Neues einfallen und hatten eine ansteckend gute Laune. Komischerweise fühlte er sich sicher in ihrer Nähe. Das Ganze erinnerte ihn an seine Jugend, als er mit seiner Frau mit dem Rucksack Island erkundete. Doch er wusste, das hier war kein Abenteuer. Er hatte die toten Wachen gesehen und spürte, dass es noch nicht zu Ende war.

Die beiden waren ein erstaunlich eingespieltes Team, sie hatten ihn mitten in Afghanistan in den einsamsten Bergen gefunden. Er war sich irgendwie sicher, dass sie alle zusammen heil nach Hause kämen.

Mitch setzte sich neben den Professor auf den Boden und teilte einen Schokoriegel mit ihm.

»Wir sind so weit. Legen Sie sich mit Ihrem ganzen Oberkörper auf die Äste, die werden Sie über dem Wasser halten. Paddeln Sie kräftig mit den Beinen, wenn es Ihnen zu kalt wird, das fördert die Durchblutung. Versuchen Sie, sich im Wasser warmzuhalten. An den Stromschnellen wird es meistens sehr flach, drücken Sie dann Ihre Knie nach oben, damit Sie sich nicht an den Steinen stoßen. Alles klar?«

Mitch blickte ihn einen Moment lang aus seinen blauen Augen an, als suchte er Antworten. Erst jetzt bemerkte der Professor eine Narbe über Mitchs rechtem Auge.

»Ich habe vollstes Vertrauen in Ihr Können und in das, was Sie hier für mich tun. Ich bin bereit.«

Entschlossen folgte er Mitch in das kalte Wasser ...

»Sardar Khan! Wir haben ihre Spuren gefunden. Sie haben weiter unten am Ufer einige Äste abgeholzt, wahrscheinlich versuchen sie, den Fluss abwärts zu entkommen.«

»Wie viel Vorsprung haben sie?«

»Die Männer sagen, die Schnitte sind noch frisch ...«

»Wie viel?«, brüllte der Khan am Telefon.

»Nicht mehr als eine Stunde, Herr.«

»Sie dürfen unter keinen Umständen Baja el Ghazi erreichen. Dort ist eine Polizeistation, das müssen wir verhindern. Nimm die Straße am Fluss entlang und ich fliege mit dem Hubschrauber zu der zerstörten Brücke, um ihnen den Weg abzuschneiden. Wir treiben sie zusammen wie Schafe. Hast du mich verstanden?«

Trotz der schneidenden Worte am Telefon grinste Abdallah. 'Ach, daher weht der Wind', dachte er.

Der Khan hatte zweifellos Angst, dass die Hazara in Baja el Ghazi – als eingefleischte Feinde der Usbeken – den Flüchtlingen helfen würden. Der Stammesfürst der Hazara war ein alter Erzfeind des Khans, der dessen wachsende Machtambitionen in dieser Gegend argwöhnisch beobachtete. Sollte der Professor ihnen entwischen, könnte es zu einer offiziellen Untersuchung kommen und die ganze Welt würde in die hinterste Ecke des Landes schauen. Sie hatten gerade ihn ausgewählt, weil er auf dem Gebiet der Archäologie ein anerkannter Fachmann war, doch mittlerweile stellte sich das als Nachteil heraus. Der Professor war zu berühmt, um ihn wie all die anderen einfach verschwinden zu lassen. Und ausgerechnet er, Abdallah, trug an allem die Schuld; er hatte diese ganze Sache eingefädelt.

Der Professor versuchte, sich an die Anweisungen von Mitch zu halten, und bewegte seine Beine und Arme im eisigen Wasser. Doch dieser Kälte konnte er trotz aller Bemühungen nicht entrinnen, sie breitete sich bis in den letzten Winkel seines Körpers aus und lähmte sogar seine Fingerspitzen. Vor ihm, versteckt unter einem dichten grünen Kranz, schwamm Mitch. Becks war direkt hinter ihm und zog ihn am Fuß, wenn die Strömung ihn abtrieb. In der Mitte hatte der kleine Fluss seine tiefste Stelle und die Strömung war hier am stärksten. In einer Sache behielten die beiden recht: Der unerträgliche Geruch verschwand. Zuerst hatte der Lehm seinen Körper verklebt, doch nun spülte das kalte Bergwasser alles ab und vertrieb den Gestank. Um die düsteren Gedanken zu verscheuchen, hob er den Kopf, sah aber nur kahle Berge um sich. Mal standen sie direkt über ihnen, dann traten sie wieder auseinander. Ihre Farbe wechselte von Schwarz ins Grau oder in ein tiefes Rot. Das Gefühl für die Zeit war mit der Kälte völlig verschwunden.

Da ihm seine Uhr während der Geiselhaft abgenommen wurde, versuchte er sich an der Sonne zu orientieren. Sie schien seitlich auf seinen Kopf und nach seinen Berechnungen musste es bereits später Vormittag sein. Seine Gedanken kehrten urplötzlich zu dem mysteriösen Fund zurück. Es war ein außergewöhnlicher Sarkophag – allein die wertvollen Beigaben suchten ihresgleichen in der ganzen Welt. Über die geheimnisvollen Zeichen auf der Innenseite des Deckels zerbrach er sich die ganze Zeit den Kopf. Sie kamen ihm vertraut vor, irgendwo hatte er sie schon einmal gesehen …

Der ursprüngliche Fundort könnte viel über Herkunft und die Menschen, die dort begraben wurden, verraten, doch wen sollte er befragen? Wenn es sich tatsächlich um eines der Fürstengräber handelte – wo war dann der Fürst? Üblicherweise wurden nach dem Tod des Herrschers auch seine Frauen getötet und anschließend alle gemeinsam bestattet. Vielleicht hatten die Grabräuber die anderen Ruhestätten noch nicht entdeckt und dort verbarg sich die Sensation. Doch dann erinnerte er sich an die Worte von Sardar Khan: »Die Männer waren auf der Suche nach einer entlaufenen Ziege, als sie die eingestürzte Felsspalte fanden und dahinter einen Raum mit diesem Sarkophag.« In der Tat ein äußerst ungewöhnlicher Fundort, allein die Art der Bestattung. Sie war im alten Ägypten nur den Pharaonen vorbehalten. Konnte er den Worten eines Verbrechers glauben? Musste er seine These überdenken und bis zur Zeit des mächtigen persischen Reiches zurückgehen, als dessen Ausdehnung bis nach Ägypten reichte? Dann war dieser Fund wahrhaft eine Sensation!

Verloren in Gedanken, die ihm halfen, die Kälte zu vergessen, nahm er nur ein entferntes Dröhnen wahr, das von dem rauschenden Wasser übertönt wurde. Doch das Dröhnen wurde lauter und verwandelte sich in das donnernde Geräusch eines Helikopters.

»Hubschrauber!«, brüllte Becks von hinten.

»Schnell zum Ufer!« Mitch steuerte auf einen kleinen Felsen am Ufer zu.

Sie schafften es eben noch, sich im Schatten zu verstecken, als die schwere MI-8 tief über sie hinweg donnerte. Der Hubschrauber folgte wie ein Bluthund dem Flussverlauf.

»Sie suchen nach uns«, bemerkte Becks trocken.

»Aber das war doch ein Militärhubschrauber. Vielleicht sind das die Guten!«

In Professor Werner keimte sogleich Hoffnung auf baldige Rettung auf.

Mitch folgte dem Hubschrauber misstrauisch mit den Augen. »Glaube ich nicht. Von unseren Leuten weiß keiner, dass wir hier sind.«

Professor Werner bemerkte ihre stummen Blicke. Schlagartig wurde ihm warm, ihre Flucht neigte sich dem Ende zu.

»Wir bleiben so lange wie möglich im Fluss. Früher oder später muss eine Ortschaft im Flussverlauf auftauchen. Falls es nicht mehr weiter geht, versuchen wir, in die Berge zu entkommen«, entschied Mitch.

»Na, sehen Sie, Herr Professor, so kommen Sie doch noch zu Ihrem ersten Berg in Afghanistan.« Becks versuchte, ihn aufzumuntern.

Es passierte alles rasend schnell. Kaum befanden sie sich wieder im Wasser, tauchte der Hubschrauber wie aus dem Nichts auf. Er schwebte direkt über ihnen, wirbelte das Wasser und kleine Steine am Ufer auf, bevor er langsam an Höhe gewann, um zurück in das Tal zu fliegen.

»Der hat keinen Treibstoff mehr. Sonst würde er uns hier festsetzen«, schrie Becks über den Lärm der Rotoren.

Mitch steuerte bereits dem Ufer entgegen. Der Fluss wurde flacher und breiter, die Strömung erlahmte.

Professor Werner stieß in der Hektik hart gegen einen Stein, der ihm die Luft aus der Lunge presste, und tauchte benommen unter. Er bemerkte, wie zwei kräftige Arme ihn aus dem grünen Wasser in die Höhe rissen. Becks klemmte ihn wie einen kleinen Jungen unter den Arm und schleppte ihn mitsamt seiner Ausrüstung ans Land.

Auf den warmen Steinen erholte er sich rasch und kam schwer atmend wieder zu sich. Staunend beobachtete er, wie die beiden aus ihren Rucksäcken Gürtel mit Reservemagazinen und Plattenträger herausholten. Weitere zwei Minuten später war jeder von ihnen damit ausgerüstet. Anschließend machten sie ihre Gewehre für den Kampf bereit.

Nachdem sie mit den Vorbereitungen fertig waren, kniete sich Mitch neben ihn.

»Zeigen Sie mal Ihre Rippen.« Er untersuchte die gerötete Stelle und drückte vorsichtig darauf. »Es ist nichts Schlimmes. Nichts gebrochen, nur eine Prellung. Wir haben gleich einen kleinen Aufstieg vor uns. Sie müssen dabei Ihre Kräfte einteilen und genau unseren Anweisungen folgen. Denn unsere Verfolger werden versuchen, uns den Weg in die Berge abzuschneiden.«

Mitchs letzter Satz ließ ihn seinen Schmerz sofort vergessen. »Welche Verfolger?«

»Da sind sie.« Mit den Augen folgte er Becks' ausgestrecktem Arm. Die Sonne blendete und er musste sich anstrengen, um die winzigen Gestalten unten am Flussufer zu erkennen. Vier Fahrzeuge, umringt von bewaffneten Männern, versuchten, den Fluss vom anderen Ufer aus zu überqueren.

»Wie viel Zeit haben wir noch?«

»Ich schätze fünfzehn bis zwanzig Minuten. Sie werden ihre Männer zuerst über den Fluss schicken, um uns auf dem Berg festzunageln. Die Fahrzeuge stecken zum Glück fest.«

Als sie zu dem gekrümmten Bergrücken vor sich aufbrachen, sah der Professor eine große Gruppe, die sich von den anderen Verfolgern löste. Mitch schritt voraus und sie folgten seinem Tempo. Ihre Gegner hatten es in der Zwischenzeit geschafft, den Fluss zu Fuß zu überqueren, doch sie besaßen einen beträchtlichen Vorsprung.

»Sie werden versuchen, schnell zu uns aufzuschließen, denn der Aufstieg ist an der Stelle des Bergrückens extrem steil und sie vermuten, dass wir dort langsamer werden.«

»Nehmen Sie auf mich keine Rücksicht, ich kenne die Berge.« Der Professor hechelte und bereute gleich darauf diesen Satz, denn Mitch schlug ein unbarmherziges Tempo ein. Seine Kleidung war zwar in der Sonne getrocknet, doch er fühlte, wie sie nun vor Schweiß klebte. Den beiden schien die Anstrengung nichts auszumachen, trotz der Ausrüstung, die sie am Körper trugen.

Becks beobachtete die Verfolger aufmerksam und korrigierte die Abstände.

»Wir behalten das Tempo, bis wir den ersten flachen Bergrücken erreichen. Dort sind wir aus ihren Augen verschwunden und können es etwas ruhiger angehen«, sagte Mitch. »Es ist jetzt dreizehn Uhr. Bis zur Dunkelheit müssen wir sie auf Abstand halten, dann haben wir eine reelle Chance, ihnen in den Bergen zu entwischen.«

»Und wann wird es hier dunkel?«, fragte der Professor schwer atmend.

»Gegen achtzehn Uhr.« Mitch grinste.

Nicht ein einziger Schweißtropfen war in seinem Gesicht zu erkennen.

Das war demotivierend, und das Einzige, was der Professor herausbrachte, war ein gequältes: »Oh …«

XVI

Das letzte Gefecht

Abdallah trieb seine Männer zu der Stelle, an der sie die drei Flüchtigen das letzte Mal gesehen hatten. Die schweren Waffen behinderten sie, und ihr metallisches Klappern mischte sich rhythmisch in die Schritte der Kämpfer. Ihm war das alles gleichgültig, er wollte so schnell wie möglich von der Stelle weg, an der ihre Fahrzeuge im Flussbett feststeckten. Der Khan schäumte vor Wut. Er brüllte und wartete, bis seine Männer die Fahrzeuge wieder freibekamen. Beinahe dankte er dem Khan, dass er ihn in die ersten Kugeln schickte. Es war wie bei einer Treibjagd, er sollte die Beute nur aufstöbern, dann würde der Khan persönlich – als der große Rächer – auftreten und sich die drei schnappen. Später werden seine Männer erzählen, der Khan habe die Fremden ganz allein gefasst.

Abdallah ermahnte seine Leute zur Eile. Er hatte einen eigenen Plan und dazu mussten sie den Bergrücken vor dem Khan erreichen. Die drei Fremden würden in diesen Bergen nicht weit kommen. Er war hier aufgewachsen; er kannte sein Land und seine Berge. Er wusste, wie man sich hier zu bewegen hatte. Trotz der Anstrengung erschien auf Abdallahs Gesicht ein zögerndes Lächeln in Vorfreude auf das, was eintreten sollte. Laut feuerte er seine Männer an, die wie Jagdhunde hechelten. Doch ungeachtet der Eile näherten sie sich den Bergen nur schleppend. Von den dreißig Mann, die mit ihm gemeinsam zur Verfolgung aufgebrochen waren, befanden sich nur noch fünfzehn bei ihm. Der Rest verteilte sich wie auf einer Schnur aufgereiht dahinter. Vor sich sah er nur die drei winzigen Gestalten, die soeben den Bergkamm erreichten. Er führte seine Männer zur linken Seite des Bergrückens, um ihren Abstand zu verkürzen, doch die steilen Wände des Berges waren mit losen Steinen übersät. Hier gab es kein Durchkommen. Ihnen blieb keine andere Möglichkeit, als die Richtung zu ändern und sich erneut an die Spur ihrer Beute zu heften. Sie brauchten weitere zehn Minuten, bis auch sie die Stelle zum Aufstieg erreichten.

Abdallah atmete schwer, er spürte sein nasses Hemd auf dem Rücken. Der Berg begann ihm früher seine Kräfte zu rauben, als er dachte. Seinen Männern erging es nicht besser, keuchend standen sie um ihn herum, einige von ihnen legten sich entkräftet auf den Boden. Zufrieden stellte er fest, dass zwei seiner Leute Maschinengewehre bei sich trugen. Wenn sie diesen steilen Aufstieg erklommen hätten, sollten die beiden mit ihren schweren Waffen die Flüchtigen unter Beschuss nehmen und deren Flucht endlich beenden. Das war sein Plan und in wenigen Augenblicken würde er den Ruhm dafür ernten. Er gewährte seinen Männern eine kurze Verschnaufpause, bevor sie mit dem Aufstieg begannen.

Professor Werner staunte immer wieder, wie leichtfüßig Mitch sie den steilen Hang hinaufführte. Er war inzwischen fest davon überzeugt, dass die beiden ohne ihn diesen mörderischen Aufstieg hinauflaufen könnten. Mit jedem Schritt, den er auf den Berg setzte, wurde er langsamer. Seine Oberschenkel schwollen an, bald würde die Muskulatur übersäuern, sein Herz hämmerte in der Brust und drohte sie zu sprengen. Die Sauerstoffsättigung des Körpers nahm mit jedem Höhenmeter ab, es fehlte nur noch das laute Pochen hinter den Augen –

eindeutige Anzeichen dafür, dass er mit seinen Kräften bald am Ende war. Komischerweise wünschte er sich jetzt das kalte Wasser zurück. Seine langjährigen Erfahrungen in den Bergen nützten ihm hier überhaupt nicht, sie liefen einfach um ihr Leben diesen Berg hinauf. Er unterdrückte in seinem Körper alles, was schmerzte, und biss die Zähne zusammen. Stumpf, Schritt für Schritt, schwer atmend stapfte er Mitch hinterher.

»Habt ihr das gehört?«, fragte Becks plötzlich von hinten.

Mitch blieb abrupt stehen und drehte sich um.

Ein dumpfes, trockenes Geräusch hallte von den umgebenden Bergen.

Sie sahen weit unter sich vier weiße Fahrzeuge, die sich am Flussufer zwischen den Steinen und Büschen hindurchschlängelten. Einige ihrer Verfolger aus der ersten Gruppe schleppten sich immer noch zu Fuß zum Bergrücken. Einer der Männer fiel hin, als die Fahrzeuge ihn erreichten, und blieb am Boden liegen. Die Wagen rasten an ihm vorbei, ohne anzuhalten. Das dumpfe Geräusch rollte erneut über die Berge. Wieder blieb einer der Letzten auf der Strecke.

Die übrigen Verfolger am Fluss begannen plötzlich, in alle Richtungen zu laufen.

»Da unten ist offensichtlich jemand sauer und erschießt seine eigenen Männer. Wir dürfen keine Zeit mehr verlieren. Ich schätze, uns verfolgen an die achtzig Männer.« Mitch drehte sich um und nahm das Tempo wieder auf.

Das Brennen in den Beinen, die Stiche in der Seite, alles war plötzlich weg – laufen und am Leben bleiben, hieß die Devise.

»Abdallah! Sieh, der Khan schießt auf unsere Leute!« Seine Männer wurden unruhig. Drei Tote am Ufer zeigten die blutige Spur des Khans.

»Lauft schon los, sonst mache ich das Gleiche mit euch. Und

stellt endlich die Maschinengewehre auf!«

Mehr brauchte er nicht zu sagen, die Angst vor dem Khan trieb sie an.

Fassungslos blickte Abdallah zum Ufer. Das war die Strafe des Khans für die, die es nicht rechtzeitig geschafft hatten, den Berg vor ihm zu erreichen und eine Mahnung an alle anderen. Der Khan war entschlossen, die Drei zur Strecke zu bringen, und nahm auf niemanden mehr Rücksicht. Schlagartig bangte Abdallah um sein eigenes Leben. Was, wenn der Khan auch ihn auf dem Berg einholte …

Der Abstand zu den Dreien vor ihnen schien sich ständig zu vergrößern. Wie schafften sie es nur, stets zu entwischen? Er rief die beiden Jüngsten zu sich heran. »Ihr seid noch frisch und kräftig. Lasst alles außer den Waffen hier. Lauft zur Kuppe vor uns und eröffnet das Feuer auf die Flüchtigen. Wir müssen sie auf diesem langen, flachen Stück festnageln. Los, was steht ihr noch hier rum? Lauft!«

Einer der beiden Männer nahm das schwere Maschinengewehr, während der andere sich die Patronengurte um den Körper band. Dann eilten sie den Berg hinauf.

»Wir warten, bis das Maschinengewehr denen da oben den Weg abschneidet. Dann knöpfen wir sie uns vor!« Er hatte jetzt alle Zeit der Welt. Vor sich sah er müde und verängstigte Gesichter, doch seine Männer fassten bei diesen letzten Worten neuen Mut.

»Allah Akbar!«, schrie Abdallah.

»Allah Akbar!« Der Schlachtruf seiner Gefolgsleute hallte von den Bergen. Die Spannung stieg, sie hockten auf dem Boden und warteten. Abdallah warf noch einen letzten Blick nach unten und sah, wie der Khan persönlich seine Männer zum Aufstieg führte. In diesem Moment hatte er das Gefühl, dass sein Schicksal sich heute auf diesem Berg entscheiden wird. Das lange, heisere Bellen des Maschinengewehrs riss ihn aus seinen Gedanken. Entschlossen sprang er auf und führte seine Männer in den Kampf.

Der Gipfel schien so nah, vielleicht noch fünfhundert Meter, als die erste lange Maschinengewehrsalve über ihre Köpfe hinwegfegte. Weitere folgten ihr und schlugen hoch über ihnen ein.

‚Das ist das Ende‘, dachte Professor Werner und warf sich auf den Boden. Als er den Kopf hob, sah er vor sich Mitch sitzen. »Wir machen mal eine kurze Pause und überlegen, was wir jetzt tun können. Becks ist gerade runter und sieht sich die Sache aus der Nähe an«, sagte er wie beiläufig und bot ihm Wasser an.

»Trinken Sie, Herr Professor. Wir haben viel Flüssigkeit bei diesem Tempo verloren. Sonst dehydrieren Sie.«

In regelmäßigen Abständen schlugen weitere Salven über ihnen ein. Becks tauchte wie aus dem Nichts vor ihnen auf.

»Sie haben ein Maschinengewehr aufgestellt. Damit wollen sie uns den Weg nach oben abschneiden. Sie bringen auch weitere Männer in Stellung«, sagte er ruhig und nahm einen tiefen Schluck Wasser aus seiner Flasche.

»Wie viel Zeit haben wir noch?«, fragte Mitch.

»Ich schätze zwanzig Minuten, mehr nicht.«

Wieder bemerkte der Professor diesen seltsamen, langen Blick zwischen den beiden.

Mitch blickte auf seine Uhr und sagte zögernd: »Also gut. Jetzt haben wir fünfzehn Uhr vierzig. Gegen achtzehn Uhr beginnt in den Bergen die Dämmerung. Also bleiben uns noch gute zwei Stunden Zeit. Wir werden ihnen diesen Vorsprung verschaffen.«

Er fixierte den Professor mit seinen blauen Augen. Dieser verstand immer noch nicht die Anspielung und sah hilflos zu Becks hinüber. In dessen Gesicht lag der gleiche entschlossene Ausdruck. Doch wozu?

»Das verstehe ich nicht. Wollen wir hier so lange bleiben, bis es dunkel wird?«, fragte er unsicher nach.

»Genau – nur ohne Sie.« Becks grinste schief, als er das sagte.

Erst jetzt begriff er die Bedeutung ihrer Worte und was die beiden vorhatten.

»Das kommt überhaupt nicht infrage!«, stieß er heiser hervor.

Wie schon im Keller legte ihm Mitch seine Hand auf die Schulter.

»Einer von uns muss da draußen berichten, was hier vorgeht. Und wir werden Ihnen diese Zeit verschaffen. Verstehen Sie, einer muss es tun. Bitte, Herr Professor, enttäuschen Sie uns nicht.«

»Ich kann das nicht machen. Nach allem, was Sie für mich getan haben, kann ich Sie nicht mit diesen Verbrechern alleine lassen.«

Doch Mitch zog bereits ein Bündel Geldscheine aus seiner Tasche hervor.

»Hier sind zehntausend Afghani und eintausend US-Dollar, das reicht sogar für ein Taxi bis nach Berlin. Wir geben Ihnen Wasser für zwei Tage und etwas Verpflegung, gehen Sie damit sparsam um. Es sollte ausreichen, um über die Berge bis zur nächsten Ortschaft zu kommen.«

Er nahm seine schwarze Uhr, Marke *SUUNTO*, vom Handgelenk ab.

»Es ist zwar keine *Glashütte*, aber diese Uhr hat einen elektronischen Kompass, einen Höhenmesser und ein Barometer, wichtig für die Wetterumschwünge in den Bergen. Halten Sie sich immer westwärts, die nächste größere Ortschaft müsste

Kilaghai sein. Wenn Sie sich grob am Flussverlauf orientieren, werden Sie diese nicht verfehlen. Nicht umsonst haben sie uns gerade hier den Weg abgeschnitten. Bitten Sie in der Ortschaft die Dorfältesten um Schutz und vertrauen Sie auf Ihr Bauchgefühl. Hier ist eine Telefonnummer.«

Mitch gab ihm eine Karte.

»Sie können unter dieser Nummer Tag und Nacht jemanden erreichen. Sagen Sie, wo Sie sich befinden und dann wird alles getan, um Sie rauszuholen. Machen Sie sich um uns keine Sorgen, Herr Professor, wir kommen schon klar. Jetzt müssen Sie aber los, bevor die Verstärkung eintrifft. Unsere Zeit wird langsam knapp.«

Sie umarmten sich zum Abschied. Er verstaute das Wasser und den Proviant in seinem Rucksack und machte sich zum Gipfel auf. Es war alles gesagt worden und dennoch wusste er, wenn er sich jetzt noch einmal umdrehte, dann bliebe er hier bei den beiden. Schnell erreichte er die obere Grenze der Senke. Unaufhörlich schlugen die Geschosse oberhalb der steinigen Kante ein und machten ein Entrinnen unmöglich. An dieser Stelle sollte er auf ein Zeichen warten. Die beiden hatten irgendetwas vor, um ihm die Zeit zu verschaffen, aus dieser tödlichen Falle zu entkommen. Die Minuten verrannen und doch schien die Zeit nicht zu vergehen. Sie waren so nahe am Gipfel und trotzdem kamen sie nicht mehr weiter. Der Himmel begann sich bereits rot zu verfärben, ein Zeichen der anbrechenden Dämmerung. Nur noch eine halbe, vielleicht eine Stunde, dann würde sie die Dunkelheit retten …

Ein harter, dumpfer Schlag beendete das Bellen des Maschinengewehres. Trügerische Stille breitete sich aus. Das war das verabredete Zeichen. Er wartete keinen Augenblick länger, sprang auf die Beine und stürmte mit kleinen, schnellen Schritten zum Gipfel hinauf.

Breitbeinig positionierte sich Abdallah auf dem Berg und ordnete seine Männer. Direkt vor ihm stand das Maschinengewehr, umgeben von leeren Patronenhülsen. Ein erneuter Feuerstoß wirbelte Staub auf und warme Hülsen fielen klappernd auf den trockenen, steinigen Boden. Er befahl, das andere Maschinengewehr auf einem schmalen Vorsprung rechts neben dem Pfad aufzustellen. Noch während er seine Männer auf ihre Posten befehligte, bemerkte er aus dem Augenwinkel einen Stein, der vom Himmel fiel. Ihm folgte ein ohrenbetäubender Schlag und eine mächtige Druckwelle riss ihn von den Beinen.

Alles um ihn herum, sogar das Maschinengewehr, verstummte. Feuer tanzte vor seinen Augen, seine Ohren dröhnten. Irgendetwas verbiss sich in seinem Bein. Benommen versuchte Abdallah aufzustehen, er strauchelte und fiel wieder hin. Im Fallen registrierte er, wie seine Männer aus ihren Kalaschnikows um sich schossen. Er fand keinen Halt und rollte nach unten, bis sich sein Hemd an einem Stein verfing. Instinktiv griff er nach seinem Oberschenkel, der sich taub anfühlte, und als er sich die Hände vor die Augen hielt, erkannte er sein eigenes Blut.

‚Wieder hat sie keiner gesehen‘, war sein erster klarer Gedanke, der ihn in diesem Moment erheiterte.

Erneut versuchte er aufzustehen, doch auch dieses Mal versagten seine Beine und so kroch er langsam zu seinen Männern hinauf.

Schwer atmend erreichte Professor Werner den Gipfel, ihm war übel, der Schweiß nahm ihm die Sicht. Aber das war egal, die Dunkelheit ließ ihn die letzten Schritte sowieso nur noch stolpern. Er bemerkte einen Säuregeschmack im Mund und musste sich übergeben. Die Worte von Mitch verfolgten ihn und trieben ihn zur Eile, denn er wusste: Da unten waren sie bereit, für seine Rettung ihr Leben zu opfern. Ohne sich lange aufzuhalten, folgte er Mitchs Beschreibung. Hinter ihm auf dem Bergrücken brach in diesem Moment die Hölle aus.

Nach einer kurzen Feuerpause, in der das Rattern des Maschinengewehrs erstarb, flammte das Gefecht mit wachsender Intensität wieder auf. Das Geräusch des Kampfes wurde von den Bergen verstärkt, es schien, als kämpften die beiden gegen eine ganze Armee. Jetzt verstand er die Worte von Mitch: »Wir werden uns näher an sie heranschleichen müssen, unsere Waffen haben nicht die nötige Reichweite. Wir schalten zuerst ihr Maschinengewehr aus. Das ist Ihre Chance. Laufen Sie schnell und versuchen Sie, über den Gipfel zu entkommen, dann sind Sie in Sicherheit. Meiden Sie bewaffnete Männer und erkaufen Sie mit dem Geld einen Anruf. Sie brauchen nur diesen einen Anruf …«

Mit neuer Kraft, die ihn plötzlich durchströmte, begann er den Abstieg, mit jedem seiner Schritte wurde der Lärm des Gefechtes leiser. Bergab lief es sich viel leichter, er kam gut voran und wurde immer schneller und schneller. Sein Kopf war jetzt frei, er verließ den schmalen, kaum sichtbaren Pfad und sprang auf einen großen, hervorstehenden Stein …

Unvermittelt gab der Stein unter seinem Gewicht nach und riss mit einem lauten Rauschen alles mit sich in die Tiefe. Wie auf einer Wasserrutsche lag er auf dem steinigen Boden und die Steine unter und über ihm zogen ihn immer schneller mit in die Tiefe. Genauso plötzlich, wie seine Achterbahnfahrt begann, stoppte sie auch wieder. Durch den Schwung dieser Bewegung wurde er in die Luft geschleudert, bis die Erdanziehung erbarmungslos eingriff und ihn mit seinem gesamten Gewicht hart auf den steinigen Boden zurückbeförderte. Dabei hatte er vermutlich großes Glück gehabt; sein Rucksack hatte sich während der Rutschpartie über seinen Kopf geschoben und rettete ihm beim Aufprall so das Leben. Er lag auf dem Rücken, hustete Steine und schnappte wie ein Fisch nach Luft. Sein Körper war eine einzige pulsierende Wunde und er verlor das Bewusstsein. Als er die Augen wieder aufschlug, sah er die ersten Sterne am Himmel.

Sardar Khans Gesicht umspielte das Lächeln eines Siegers, als er den Spuren seiner Männer folgte. Das laute Trommeln der Maschinengewehre klang wie Musik in seinen Ohren. Umringt von seinen schwer bewaffneten Männern lauschte er dem Gesang der Kugeln.

Er hielt eine kurze Ansprache. »Wir lassen ihnen etwas Zeit, bis sie sich verausgaben und dann greifen wir an. Keiner dieser Ausländer darf uns entwischen, zeigt kein Erbarmen! Ich will sie alle drei noch heute tot vor mir sehen. Dem Ersten, der mir einen abgeschlagenen Kopf bringt, gebe ich fünftausend Dollar.«

Die Jüngeren lachten und freuten sich bereits auf das Geld. Einige der älteren Kämpfer blickten düster auf die umliegenden Berge und zeigten dabei keine Regung. Sie konnten nicht vergessen, was mit jenen geschehen war, die die Befehle des Khans nicht hatten ausführen können. Sie lagen leblos am Flussufer, erschossen vom eigenen Herrn.

Sardar Khan beobachtete die Reaktionen in ihren Gesichtern. Das brachte ihn zur Weißglut, denn sie zollten ihm keinen Respekt und waren nur bereit, gegen Geld für ihn zu kämpfen.

»Wir brechen sofort auf. Macht euch fertig!«, befahl er launisch. Langsamer als gewohnt befolgten die Männer seinen Befehl. Ein dunkler Schatten zog sich über die Berge.

Der Khan übernahm persönlich die Führung zu der Stelle, von der immer noch das heisere Bellen des Maschinengewehrs zu hören war.

Seine feierliche, weiße Pluderhose hatte er gegen eine schwarze getauscht. Über dem schwarzen Hemd trug er eine braune Weste, in der seine Pistole, Reservemagazine, ein Funkgerät und sein Telefon verstaut waren. Seine Kalaschnikow baumelte locker über der rechten Schulter. Das war das erste Mal, dass er persönlich seine Männer im Kampf anführte. Bisher hatte er alles Abdallah überlassen, um sich dann später mit dessen Erfolgen zu schmücken. Das musste ein Ende haben, jetzt wollte er den Respekt der Männer selbst erkämpfen. Doch zum Kampf gehörte auch das Geschäft. Diese Bauern verstanden nichts davon, sie wollten nur sein Geld. Und er musste dafür sorgen, dass seine Geschäfte liefen, damit er sie bezahlen konnte. Denn heute regierte Geld die Welt. Die Zeiten, als die Mudschaheddin in den Bergen saßen und von den Amerikanern mit finanziellen Mitteln und Waffen versorgt wurden, waren längst vorbei. Das Land würde bald neu unter den Kriegs- und Stammesfürsten aufgeteilt, und es galt, sich in Position zu bringen. Denn nur die Stärksten und die, die sich mit Geld alles kaufen konnten, würden diesen mörderischen Kampf überleben ...

Ein dumpfer, lauter Knall beendete abrupt seine Gedanken und unheimliche Stille breitete sich aus. Der Khan erstarrte. Er nahm das Funkgerät aus der Tasche.

»Abdallah! Abdallah! Hörst du mich? Was ist passiert?« Das Gerät blieb stumm. »Abdallah! Abdallah!« Wieder bekam er keine Antwort.

Er überlegte nicht lange.

»Schnell! Hinauf mit euch!«, brüllte er wie von Sinnen. Der Zug setzte sich langsam in Bewegung, bis die Vordersten dem Khan im Laufschritt folgten. Die Bilder ihrer toten Kameraden verfolgten sie und spornten sie zusätzlich an. Über ihnen hallten jetzt vereinzelte Schüsse und die Männer erhöhten abermals ihr Tempo.

Die letzte Granate fiel genau zwischen die zwei Maschinengewehre und brachte sie endgültig zum Schweigen. Durch diesen unerwarteten Angriff entstand völlige Verwirrung bei ihren Verfolgern, die sich in diesem Moment alle auf Höhe der beiden Schnellfeuerwaffen befanden und warteten. Geblendet und betäubt von dem Knall brauchten sie eine Weile, um sich von dieser Überraschung zu erholen, ehe sie zögernd das Feuer erwiderten. Doch sie wussten noch nicht einmal, woher der Angriff kam und so schossen sie wild durcheinander um sich.

Mitch lag versteckt in einer kleinen Mulde links vom schmalen Pfad. Auf dem Bergrücken rechts von ihm hatte sich Becks positioniert. Ihre Verfolger waren somit gezwungen, den einzigen und engen Weg zwischen ihnen zu nehmen, und sie konnten ihre Angreifer so ins Kreuzfeuer nehmen. Doch Mitch wusste es besser; mit den verbliebenen Ersatzmagazinen war es nur eine Frage der Zeit, bis sie hier auf dem Berg überrollt wurden. Dann musste jeder von ihnen versuchen, sich allein durchzuschlagen.

Bis dahin sollte der Professor genug Vorsprung vor den Verfolgern haben. Sie steckten oft in schier ausweglosen Situationen – irgendwie gelang es ihnen immer, daraus zu entkommen. Doch aus dieser Entführung war längst ein Kampf auf Leben und Tod entbrannt. Wie viel Zeit blieb ihnen noch, bis die restliche Verstärkung ihrer Verfolger eintraf? Man wird nicht sentimental, wenn man auf einen Angriff wartet, denkt nicht über sein Leben oder zukünftige Ziele nach. Man konzentriert sich nur auf das, was kommen wird und wartet und wartet ...

Becks bemerkte die ersten Angreifer, als diese tief gebeugt dicht vor ihm auftauchten. Er zielte in aller Ruhe, ließ sie noch näher an sich herankommen. Zwei gezielte Schüsse und die beiden vorderen Angreifer fielen zu Boden. Der Rest zog sich sofort zurück und eine lange Salve ergoss sich über seinem Kopf. Jetzt wussten sie, wo er sich befand.

‚Das wird noch ein heißer Tanz werden, die geben nicht so schnell auf‘, dachte er.

Mitch hörte rechts von sich Schüsse und machte sich bereit. Die Kämpfer des Khans würden versuchen, Becks über die linke Flanke zu erwischen. Einige Augenblicke später tauchten vier Männer vor ihm auf, sie warfen sich flach auf den Boden und begannen, auf die Stelle, an der sie Becks vermuteten, zu schießen. Ehe die Angreifer begriffen, woher der Tod sie ereilte, war es schon zu spät. Sofort versuchte eine größere Gruppe den Durchbruch durch die Mitte. Sie rückten in geschlossenen Reihen vor und schossen auf alles, was sich um sie herum bewegte. Doch der steile Aufstieg hatte sie langsam und verwundbar gemacht. Ihr Angriff brach zusammen, als sie ins Kreuzfeuer genommen wurden. Mitch nutzte die Feuerpause und wechselte das verschossene Magazin. Noch anderthalb Stunden bis Sonnenuntergang. Die Zeit wurde knapp, denn die Verstärkung aus den weißen Geländewagen musste jeden Augenblick zu den restlichen Verfolgern stoßen.

Die Männer des Khans, wie auf einer Kette aufgereiht, folgten schweigend ihrem Anführer. Lange, laute Schusswechsel drangen immer wieder zu ihnen herunter, der Kampf oben auf dem Berg war von Neuem aufgeflammt. Das bedeutete, Abdallah hatte die Flüchtlinge gestellt und lieferte sich jetzt mit ihnen ein Feuergefecht. Endlich! Allah hatte Sardars Gebete erhört und die Ungläubigen würden schon bald ihre gerechte Strafe bekommen.

Mitch erwog, die Angreifer mit einem erneuten Vorstoß zu überraschen. Deren Kampfwille erlahmte spürbar, nur noch vereinzelte Schüsse flogen über ihre Köpfe hinweg. Doch das bedeutete, seine sichere Stellung zu verlassen und ein unkalkulierbares Risiko einzugehen. Sie wussten nicht genau, wie viele von denen überhaupt übrig waren. Die erste Gruppe, die ihnen vom Fluss zu Fuß gefolgt war, bestand aus zwanzig bis dreißig Bewaffneten. Doch die andere Gruppe – wenn sie pro Fahrzeug mit zehn Mann rechneten – verfolgte sie mit weiteren vierzig Mann. Außerdem konnten ihre Verfolger versuchen, sie mit einer Finte aus ihren Stellungen zu locken. Denn auch sie wussten, dass die anbrechende Dunkelheit ihre Überlegenheit zunichtemachte und sie ihnen erneut entwischen könnten. Nein! Sie durften jetzt kein unnötiges Risiko eingehen, der Professor brauchte Zeit, und diese mussten sie ihm verschaffen.

Das Feuer der Kalaschnikows wurde plötzlich intensiver und ihr dumpfes Bellen hallte durch die umliegenden Berge. Mitch wunderte sich, dass die Gewehrsalven weit über seinem Kopf einschlugen. Sie sparten nicht mit ihrer Munition und feuerten fast ununterbrochen auf den Berggipfel.

Zwischen dem Kampflärm glaubte er, seinen Namen hinter sich zu hören.

»Verdammt. Ich habe bestimmt schon Halluzinationen in dieser dünnen Luft ...«

»Mitch, wo sind Sie?«

Dieses Mal vernahm er deutlich die Stimme von Professor Werner hinter sich.

»Bleiben Sie, wo Sie sind. Ich komme zu Ihnen!«

Das war ein Albtraum, alles umsonst, dachte er und kroch zu der Stelle, von der die Stimme kam.

Auch Becks wurde aufmerksam – lagen sie doch nur knapp fünf Meter voneinander entfernt, getrennt durch einen schmalen Bergpfad. Er sah hinüber zu Mitch, der ihm ein Zeichen gab. Anschließend kroch er vorsichtig nach hinten.

»Wenn unsere Verfolger alle nach oben rennen, kann uns nur noch eine Gatling-Kanone retten. Mit einer Feuerrate von zehntausend Schuss pro Minute.«

Becks beschlich eine böse Vorahnung.

XVII

Der Nordstern

Professor Werner, geleitet von den Sternen, rannte um sein Leben, fiel hin, kroch auf allen Vieren, als die Schüsse um ihn herum in den Boden einschlugen, sprang auf und lief so schnell er konnte weiter. Endlich erreichte er die Stelle, an der sie sich vor einiger Zeit verabschiedet hatten. Er wusste noch, dass die beiden ein Stück abwärtsgehen wollten, ihren Verfolgern entgegen. Jetzt kroch er nach unten, verfolgt von den Kugeln. Die spitzen Steine schnitten seine Haut auf, seine Knie bluteten. So sehr er sich auch anstrengte, er fand von ihnen keine Spur. Sie schienen wie vom Erdboden verschwunden. Dabei hatte er doch vorhin die Schusswechsel gehört. Sie mussten irgendwo hier sein! Er verschnaufte kurz und rief leise nach Mitch. Der Krach der Geschosssalven verschluckte seine Worte. Erneut versuchte er es, dieses Mal lauter: »Mitch, wo sind Sie?«

»Bleiben Sie, wo Sie sind. Ich komme zu Ihnen!«

Von irgendwoher kam diese Stimme und einige Augenblicke später tauchte Mitch vor ihm auf.

»Ach, Herr Professor. Wir dachten, Sie sitzen bereits in einer Bar und trinken entspannt ein kaltes Bier.«

Mitch sah ihn besorgt an.

»Was ist passiert?«

Ja, das wusste er selbst nicht mehr genau. Er zwang sich, seine Gedanken zu ordnen. Was um alles in der Welt hatte ihn an diesen Ort zurückgetrieben? Er blickte unentschlossen auf seine blutigen Hände. Seine Hose und sein Hemd waren zerrissen, sein Körper war eine einzige schmerzende Stelle und trotz allem war er hierher zurückgekommen.

Na klar! Da kam die Erinnerung wieder, dafür nahm er diese Strapazen auf sich! Sein Gesicht hellte sich auf und er vergaß sofort alles um sich herum.

»Wissen Sie Mitch, ich bin vorhin gestürzt, und als ich auf dem Rücken so dalag … Genau in diesem Augenblick konnte ich die Zeichnung deuten!«

»Von welcher Zeichnung sprechen Sie, Herr Professor?«

Mitch verstand die Welt nicht mehr. Er rechnete mit allem, nur nicht mit so einer Ausrede. Vielleicht lag es an der dünnen Luft oder der letzte Sturz war einer zu viel …

»Ich fand doch auf der Innenseite des Sarkophags eine seltsame Zeichnung, die ich nirgends zuordnen konnte. Diese Zeichnung schien eine besondere Bedeutung zu haben«, erklärte Professor Werner in aller Ruhe und Mitch hörte ihm dieses Mal interessiert zu. Es war, als ob die Welt um sie herum in diesem Augenblick erstarrte. Der Professor, voll in seinem Element, schien etwas Besonderes entdeckt zu haben, das ihn vermutlich schon die ganze Zeit beschäftigte. Seine Stimme klang dabei verschwörerisch und feierlich zugleich.

»Vor circa zweitausend Jahren, so etwa im Zeitalter der Antike – ich möchte mich nicht auf ein genaues Datum festlegen –, war Polaris, der Nordstern, weit weg vom heutigen Nordpol entfernt. Der unterste Stern im Kleinen Wagen war dem Nordpol damals viel näher und heute ist die Konstellation wiederum anders. Verstehen Sie mich? Dieses Phänomen entsteht durch die Taumelbewegung der Erde, deren Erdachse im Laufe der Jahrtausende einen Kreis am Himmel beschreibt.«

Mitch verstand überhaupt nichts mehr. Natürlich konnte er mit dem Nordstern etwas anfangen. Sie hatten in der Ausbildung gelernt, sich an diesem zu orientieren. War der Professor zurückgekommen, um ihm die Nordrichtung und den Polarstern zu erklären? Dafür war nicht die passende Zeit.

»Sind Sie zufällig mit meiner Uhr nicht klargekommen?«, fragte Mitch vorsichtig.

Professor Werner überhörte diese Bemerkung und zeichnete mit seinem Finger einen Kreis auf den Boden, den er durch Querstriche wie einen Kuchen teilte.

»Diese Querstriche bilden die Zeitabschnitte von jeweils zweitausend Jahren. Also, wie wir wissen, wandern die Sternbilder am Himmel um den Nordstern herum. Doch aufgrund der Rotation der Erdachse wird auch Polaris nicht ewig unser Nordstern bleiben. Als Nächstes wird der obere Stern des Sternbildes Kepheus unser Nordstern sein, und in etwa fünfundzwanzigtausend Jahren schließt sich der Kreis und der Kleine Bär ist wieder dran, den Nordpol zu markieren«, erklärte der Professor triumphierend und sah Mitch erwartungsvoll an.

Dessen Blick nach sah es so aus, als habe er soeben Amerika entdeckt.

»Sollen wir jetzt hier so lange auf den Kleinen Bären warten?«

Mitch ließ sich zu der Frage hinreißen, da er immer noch nicht begriff, worum es ging.

Der Professor überhörte großzügig auch diese Bemerkung und fuhr ungerührt mit seinem Vortrag fort: »Ach ja, das Wichtigste habe ich Ihnen natürlich unterschlagen. Als ich vorhin so auf dem Rücken lag und die bunten Sterne vor meinen Augen tanzten, da verstand ich plötzlich diese Zeichnung. Die habe ich doch bereits erwähnt, oder? Nun gut. Ich kann es nicht mit Gewissheit sagen, aber ich würde nach dem Stand der Sterne, die dort eingezeichnet waren, das Grabmal oder diesen Sarkophag auf fünfhundert bis dreihundert vor Christus datieren. Auf jeden Fall stammt der Fund aus der Zeit der Achämeniden, die übrigens seinerzeit das erste persische Großreich gründeten. Und wissen Sie, was das Außergewöhnlichste daran ist?«

Der Professor legte sich flach auf den Boden und blickte in den Himmel über ihnen. Dabei schien er alles um sich herum zu vergessen, in seinen Gedanken war er wieder bei den Sternen und suchte nach einem Zusammenhang.

»Die Konstellation der Sterne! Verstehen Sie? Wenn wir davon ausgehen, dass meine Theorie stimmt, dann zeigt uns diese wundersame Art der Bestattung mit dieser Konstellation der Sterne ...«

Mitch sah sich unruhig um. Es war zwar unhöflich, aber ihnen blieb etwa noch eine halbe Stunde, bis es endlich dunkel wurde. Sie hatten wenig Munition und der größte Teil ihrer Verfolger müsste jeden Moment hier oben eintreffen, dann würde ein heißer Tanz auf der Kante des Berges beginnen. Er hörte noch die letzten Fetzen »... direkt über den Nordpol. Denn der Polarstern gibt uns nicht nur die Nordrichtung an, sondern auch eine geografische Breite. Wenn wir uns im hohen Norden befinden und zu dem Polarstern aufblicken, ergibt das einen Winkel von etwa neunzig Grad und dies zeigt uns auch die Zeichnung im Sarkophag. Sie zeigt uns jemanden, der direkt unter dem Polarstern steht ...«

Mitch wusste nicht sicher, ob er die Bedeutung dieser Theorie korrekt begriffen hatte. Ungläubig fragte er erneut nach. Doch ein Feuerstoß verschluckte seine Worte.

»... aus dem hohen Norden?«

»Mitch! Sie haben es verstanden.«

Der Professor strahlte wie ein kleines Kind, das zu Weihnachten alle während des Jahres gewünschten Geschenke bekommen hatte. Stürmisch umarmte er ihn.

»Ich verfolge zwei Theorien. Erstens, die Bestattete war jemand, der sich in dieser Zeit gut mit den Sternen auskannte und sie beobachtete. Doch dafür kommen nur Seefahrer oder Priester infrage.«

Er breitete seine Arme aus.

»Wenn Sie sich aber in dieser Gegend umsehen, werden Sie kein Meer weit und breit entdecken. Bislang sind uns auch keine anderen Funde bekannt, die auf eine größere Tempelanlage hindeuten. Einzig in Babylon befand sich damals eine der größten uns bekannten Tempelanlagen. Aber eine Frau als Beobachterin der Sterne oder gar eine Priesterin? Halte ich für ausgeschlossen. Reine Männerdomäne. Aus dieser Zeit kenne ich persönlich bisher keinen einzigen Fund auf der ganzen Welt mit solch einer kraftvollen Aussage wie diese Zeichnung. Ein winziges Detail passt aber nicht ins Bild. Warum wurde gerade diese Sternenkonstellation aufgezeichnet? Warum blickt jemand aus dieser Gegend ausgerechnet auf die Sterne des hohen Nordens? Es muss dafür eine Erklärung geben. Denn der Tod galt damals auch als der Beginn eines neuen Lebens und dementsprechend wurden die Grabstätten hergerichtet. Also, warum will jemand diesen Stern wieder vor sich sehen? War er schon einmal dort und sehnte sich danach oder wollte derjenige in seinem neuen Leben dorthin? Das ist das Faszinierende an der Archäologie. Wir interessieren uns für die Hinterlassenschaften der Menschen, für ihre Kultur und Lebensweise. Es ist wie ein Puzzle, man muss die richtigen Teile finden, um das Gesamtbild zu verstehen. Aber um dieses Rätsel zu lösen, müssen wir unbedingt den Sarkophag wiederfinden«, sagte Professor Werner entschlossen.

Mitch merkte, wie sich in seinem Inneren alles verkrampfte. Der Professor unterschätzte ihre gegenwärtige Situation. Doch bevor er ihm darauf etwas erwidern konnte, sagte Professor

Werner entschieden: »Dafür werde ich nicht mehr von Ihrer Seite weichen. Denn wenn ich etwas will, bin ich wie eine Klette.«

Und das glaubte Mitch ihm aufs Wort. Er setzte erneut zu einer Antwort an, als er durch den Warnruf von Becks unterbrochen wurde.

»Verstärkung!«

Sardar Khan erreichte als Erster die Stelle, an der die Männer von Abdallah zusammengedrängt und ohne Ziel aus ihren Kalaschnikows schossen. Doch es sah alles anders aus, als er es sich vorgestellt hatte. Völlig ausgepumpt von dem langen Anstieg, schnappte er erst einmal nach Luft und bemerkte seine zitternden Knie. Den Männern, die ihm folgten, erging es nicht besser, nach und nach drängten immer mehr von ihnen zu dieser Stelle. Lautes Schnaufen von allen Seiten. Der Khan brauchte nicht lange, um zu verstehen, dass Abdallah mit seinem Vorstoß gescheitert war. Ihm war es vermutlich gelungen, die Flüchtigen auf dem Bergkamm festzusetzen, doch unter welchen Verlusten! Von den dreißig Männern, die mit ihm gestartet waren, lag bereits die Hälfte tot auf dem Bergrücken, die anderen waren verwundet und konnten nicht mehr kämpfen. Nur noch wenige seiner Männer schossen aus ihren Waffen auf die Ausländer. Gestern noch wähnte er sich am Ziel seiner Träume. Doch dieses Bild belehrte ihn eines Besseren – er war nicht weiter gekommen als seine Vorfahren. Achtzig Männer waren nicht in der Lage, drei Flüchtlinge zu stellen. Hier, auf diesem einsamen Bergrücken zerplatzten seine Träume wie eine Seifenblase.

Zum ersten Mal nach vielen Jahren meldete sich tief in seinem Inneren die warnende Stimme seines Vaters, der immer wieder versuchte, ihn vor sich selbst zu beschützen. Seit seinen

Kindertagen wurde er auf bedeutende Aufgaben und Herausforderungen vorbereitet. Seine Zukunft sollte besser werden und er sollte den Ruf der Familie wieder herstellen. Doch welche Aufgaben er auch übernahm, stets wurde er an seinem Vater gemessen. Was er auch machte, überall war sein Vater besser, weiser, stärker. Und jetzt hatten diese beiden Ausländer es geschafft, die Hälfte seiner Männer zu erledigen. Nur zu zweit! Er brauchte sich nicht mehr umzusehen, er spürte die bangenden Blicke seiner Männer im Rücken, die auf den nächsten Befehl warteten. Hinter ihren Augen konnte er ihre Gedanken lesen.

'Der junge Sardar war wohl zu weich. Er kann nur seinen Männern in den Rücken schießen. Er kann nur verkaufen und reden – wie eine Frau. Wenn er schon mit zwei Männern nicht fertig wird, dann sollte er lieber Händler bleiben und das Kämpfen denen überlassen, die davon etwas verstehen. Ja, sein Vater, der war ein großer Kämpfer …' Das werden sie sich beim Tee erzählen und an die glorreichen Zeiten unter dem alten Khan erinnern.

Irgendetwas fasste ihn am Fuß. Er erwachte aus der Starre und sah hinunter.

»Sardar, mein Khan. Die Ungläubigen liegen da oben. Ich habe sie gestellt. Ich habe …«

Abdallah lag vor ihm auf dem Boden, wie eine Kröte, die Hose blutverschmiert und zerrissen.

»Ich kann noch kämpfen, Herr … Ich habe sie gestellt. Ganz allein …« In Abdallahs Augen erkannte er nur noch Müdigkeit, der Glanz vergangener Tage war verschwunden. Keine Hinterlist und keine Verschlagenheit, die er so an ihm schätzte. Er wirkte ausgebrannt, wie eine leere Hülle.

Angewidert stieß Sardar Khan die Hand von seinem Fuß weg und zog die Pistole.

»Nichts hast du gemacht. Du hast mich vor meinen Männern bloßgestellt. Du alter Esel!«, zischte der Khan giftig. In den letzten Sekunden seines Lebens sah Abdallah eine Sonne, die vor seinen Augen explodierte.

Dieser Schuss befreite und beflügelte Sardar. Mit der Pistole in der Hand wies er seine Männer an, ihre Stellungen einzunehmen und das Feuer auf die Entlaufenen zu eröffnen. Die Männer mit den Granatwerfern und den Maschinengewehren waren bereits auf dem Weg hierher. Sie mühten sich mit schwerem Gerät den steilen Berg hinauf. Die Falle schnappte endlich zu. Bis dahin wollten sie keine Zeit mehr verlieren. Er musste jetzt wissen, wo sich die Ungläubigen versteckten.

»Bildet drei Gruppen!«, brüllte er seine Männer an.

»Die rücken in zwei Gruppen vor. Zehn Mann auf jeder Seite«, flüsterte Becks.

Mitch überlegte, viel Zeit blieb ihnen nicht. Das war sicherlich nur ein Scheinangriff, um ihre Stellungen zu erkunden.

»Nach dem Angriff ziehen wir uns langsam zur Spitze zurück.«

»Schade, gerade jetzt wird es spannend. Aber wenn du meinst ...«

Mitch sah Professor Werner lange an. Dessen Gesicht zeigte immer noch die Erregung angesichts der Entdeckung, und seine Augen glänzten. Mitch wusste, der Professor war zu allem entschlossen.

»Na gut. Sie haben es so gewollt. Wir werden nicht viel Zeit haben zum Reden. Sie müssen strikt unseren Anweisungen folgen. Die Verfolger werden versuchen, uns unter allen Umständen noch vor Einbruch der Dunkelheit zu erwischen. Vor uns liegt eine lange, harte Strecke bis zum Gipfel. Sind Sie bereit dazu?«

»Sie haben mich in den Bergen gefunden und jetzt bin ich zu Ihnen gekommen, um gemeinsam von hier zu verschwinden. Ich bin zu allem bereit!«, erwiderte Professor Werner entschlossen. Als er das aussprach, konnte er sich nicht im Geringsten vorstellen, was ihn in Kürze erwartete – möglicherweise hätte er seine Entscheidung dann bereut.

Sardar Khan beobachtete, wie seine vorrückenden Männer auf der linken Seite des Bergrückens einer nach dem anderen, von Kugeln getroffen, zu Boden fielen. Er schickte eine weitere Gruppe auf die rechte Seite. »Und ihr da greift sie in der Mitte an!«, befahl er.

Mitch verstaute sein verschossenes Magazin in der Tasche und ersetzte es durch ein neues. Rechts von ihnen knallte es kurz und trocken.

»Hier, die werden Sie jetzt brauchen.«

Auf seiner Hand lagen zwei gelbe Ohrstöpsel.

»Was soll ich damit machen?«

»Es wird gleich extrem laut, daher empfehle ich Ihnen, diese Dinger in die Ohren zu stecken.«

Becks übernahm augenblicklich das Feuer auf ihre Verfolger.

»Fertig? Los!«, schrie Mitch und versuchte, das immer lauter werdende Gewehrfeuer zu übertönen.

Sie stürmten gemeinsam den Berg hinauf. Noch einmal den gleichen Weg ... Professor Werner lief tief geduckt vor Mitch und spürte dessen Hand auf seiner Schulter. Somit schützte er ihn gleichzeitig mit seinem ganzen Körper.

Seine Entdeckung dieser unglaublichen Sternenkonstellation hatte in ihm neue Kräfte freigesetzt und so stürmte er den steilen Berg hinauf.

»Runter!« Professor Werner hörte den Befehl und hockte sich schwer atmend auf den Boden. Sie waren etwa zehn Meter gelaufen. Doch bereits nach den ersten Schritten forderte ihn Mitch auf, noch schneller zu laufen. Langsam begann er zu begreifen, worauf er sich eingelassen hatte.

Er spürte an den Stößen, die durch seinen Körper gingen, dass Mitch nun das Feuer eröffnete. Er gab zwei kurze, schnelle Schüsse ab, die nachfolgenden als Einzelfeuer. Die Pausen zwischen den abgegebenen Schüssen wurden länger. Mit dieser Schussabgabe gab er Becks das Zeichen, dass er in Position war und jetzt seinen Rückzug deckte. Der Professor begriff die Taktik der beiden. Einer schoss und gab auf diese Weise dem anderen sowie sich selbst die Möglichkeit, sich abzusetzen. Sie sparten dabei nicht nur Munition, sondern konnten die Verfolger so auf Abstand halten. Ihn schauderte bei dem Gedanken, wie schmal dieser Pfad war und wie eng sie aneinander vorbei schießen mussten, um sich diese Deckung zu geben. Plötzlich ergab alles einen Sinn. Trotz der wenigen Ausrüstung, die sie bei sich führten, war alles aufeinander abgestimmt. Von den leichten Bergstiefeln, den robusten, sandfarbenen Hosen mit den eingearbeiteten Knie-Pads bis hin zu den Funktionsjacken, die vermutlich ein Vermögen im Outdoorshop kosteten. Mitch hatte erwähnt, dass sie mit ihren Waffen und leichten Schutzwesten an die zwanzig Kilogramm Gepäck mit sich führten. Er musste mit seinem Freund Erik einmal ein ernsthaftes Wort reden, er hatte ihm wohl so einiges über seine Tätigkeit verschwiegen ...

Schnelle, schwere Schritte näherten sich.

»Los, kommen Sie! Rasch!«

Professor Werner spürte einen Schlag auf seiner Schulter und schon stürmte er gemeinsam mit Becks dem Gipfel entgegen. Becks machte es genauso wie Mitch, er ließ ihn vor sich herlaufen. Zehn Meter, die zur Ewigkeit wurden. Sein Körper begann, gegen diese Qual zu rebellieren. Seine Lunge schrie nach Luft und seine Beine fühlten sich an wie Pudding. Sie gehorchten ihm einfach nicht mehr und weigerten sich, weiterzulaufen. Genau in dem Moment, als er sich aufgeben wollte, brüllte Becks: »Los! Kommen Sie! Reißen Sie sich zusammen!« Mit seiner Hand schob er ihn unbarmherzig vor sich her.

»Hinlegen!« Er brach einfach auf der Stelle zusammen.

Jetzt übernahm Becks mit zwei schnellen Schüssen das Feuer, damit Mitch zu ihnen aufschließen konnte. Professor Werner lag wie ein Athlet nach einem harten Rennen auf dem Boden und japste noch nach Luft. Ehe er sich versah, spürte er einen auffordernden Schlag von Mitch. Er raufte sich zusammen und die Qual begann von Neuem. Aufstehen. Laufen. Hinfallen. Aufstehen. Laufen. Hinfallen. Dabei verlor er jegliches Zeitgefühl. Er nahm nicht mehr wahr, was um ihn herum geschah.

Er wusste nicht mehr, wie weit es noch war und wo sie sich überhaupt befanden. Laufen. Granateinschläge über ihnen. Schreie. Hinfallen. Laufen ... Doch eins registrierte sein Gehirn in diesem Durcheinander: Die Zeitabstände zwischen den Schüssen wurden immer länger.

Sie hatten keine Munition mehr. Was als Nächstes kommen würde, daran dachte er nicht mehr. Dunkelheit legte sich nur langsam über die Berge, er ließ seine Augen geschlossen und wartete auf die nächste Aufforderung. Sein Gehirn war nur noch mit Überleben und Laufen beschäftigt. Die beiden kannten kein Erbarmen und trieben ihn förmlich vor sich her. Laufen. Hinfallen. Laufen.

Doch plötzlich bemerkte er eine Veränderung um sie herum. Die Geräusche der Waffen bekamen einen anderen Klang. Sie ertönten nicht mehr dumpf und trocken wie vorhin, sondern kräftiger, lang gezogen und metallisch. Die Geschosse verströmten eine unheimliche, tödliche Kraft und ihre Druckwelle presste die Luft um sie herum zusammen.

»Sie haben das Maschinengewehr in Stellung gebracht. Laufen Sie! Schnell!«, schrie Becks ihm ins Ohr und sie rannten um ihr Leben.

Die schweren Salven überdeckten alle anderen Geräusche.

Sardar Khan vergaß alles um sich herum, der Kampf zog ihn magisch in seinen Bann. Sie trieben die drei Flüchtigen vor sich her und das mörderische Feuer der schweren Maschinengewehre schien endlich ihren Widerstand zu brechen. Nur noch schwach wehrten sich die Ausländer und rannten vor ihnen wie die Hasen. Hinter dem Khan zischte es, und das erste Raketengeschoss zog einen langen Feuerschweif hinter sich her. Im nächsten Augenblick detonierte das Geschoss unterhalb des Gipfels. Innerhalb von fünf Minuten folgten drei weitere Einschläge.

Ein Pfeifen verfolgte sie, das immer lauter wurde. »Rakete!« Mitch riss den Professor zu Boden und ein dumpfer Einschlag folgte.

»Auf! Weiter! Schnell!« Sie liefen wieder, bis das laute Pfeifen die nächste Rakete ankündigte. Sie warfen sich auf den Boden. Aufstehen und wieder laufen. Alles begann sich um ihn zu drehen, er schloss seine Augen, torkelte wie ein Betrunkener vor Mitch her und war kurz davor, ohnmächtig zu werden. Doch ein starker Arm riss ihn auf die Beine und schob ihn einfach vor sich her. Er machte sich nicht mehr die Mühe, die Augen zu öffnen, selbst das kostete ihn unglaublich viel Kraft. Nur noch laufen und überleben.

Wie aus der Tiefe hörte er Becks: »Mein letztes.«

Gleichzeitig schob er ihn jetzt vor sich her nach oben und hinter ihnen versuchte Mitch verzweifelt, ihre Verfolger auf Abstand zu halten. Zwei Stimmen kämpften in ihm: Leg dich auf den Boden und bleib einfach liegen. Dann ist es endlich vorbei – lieber ein Gefangener des Khans als tot auf dem Berg. Es war nicht alles schlecht gewesen in diesem Keller. Er könnte vielleicht wieder arbeiten. Doch die andere Stimme in ihm rief: Lauf, lauf! Du hast es gleich geschafft. Lauf!

Becks merkte an den torkelnden Bewegungen, dass der Professor kaum noch imstande war, sich auf den Beinen zu halten und kurz vor einem Zusammenbruch stand.

»Lauf! Verdammt noch mal«, schrie er ihn erneut an und schob ihn einfach vor sich her. Das genügte, um die Stimme, die aufgeben wollte, zu vertreiben. Ein Bein vor das andere, immer weiter hinauf. Dieses Mal war das Pfeifen gefährlich nah und die Druckwelle riss sie beide zu Boden. Weitere, schwere Einschläge prasselten auf sie ein. Jetzt war er am Ende, er rollte sich auf die Seite und übergab sich. In seinem Kopf klingelte es, die Dunkelheit erschien ihm plötzlich weiß und gelb. Sein Körper gab einfach den Kampf auf.

Langsam und feierlich schwebte er über dem Boden zum Gipfel hinauf. »Mach's gut, meine alte Welt … Auf zum Nordstern …« Dies war sein letzter Gedanke, bevor die Dunkelheit ihn endgültig verschluckte.

»Jetzt habe ich sie!« Sardar Khan stand auf dem Bergrücken zwischen den Toten und Verwundeten. Sein starrer Blick galt nur noch dem verzweifelten Kampf der drei Männer vor ihm. Sie wehrten sich mit allen Kräften, doch ihr Widerstand wurde von Minute zu Minute schwächer. Gleich würden seine Männer sie überrennen.

»Vorwärts! Vorrücken!« Beinahe feierlich gab er den Befehl und rückte vorsichtig mit seinen Männern zu der Stelle vor, von der nur noch vereinzelte Schüsse kamen.

Er merkte, wie sein Herz in der Brust raste und das Gefühl der Rache sich wie bittersüßes Gift in seinem Körper ausbreitete. Er schwitzte. Aufrecht, mit der Waffe in der Hand, stieg er den Berg hinauf und kostete jeden Schritt seines Triumphes aus. Seine Männer blieben vorsichtig, aus ihrer Deckung erwiderten sie das Feuer und rückten nur langsam voran. Er allein ging ihnen voraus. Er, Sardar Ayub Khan, kämpfte gegen die Ungläubigen – so würden, ja, so sollten sie es später erzählen.

Die Erde unter seinen Füßen erzitterte. Er ignorierte die Störung und eroberte Schritt für Schritt den Berg. Nichts konnte ihn mehr aufhalten. Erneut vibrierte der Berg, doch dieses Mal stärker. Irritiert blieb er stehen und drehte sich um. Hinter ihm tobte eine Welt aus Flammen und Rauch. Seine Männer rannten in Panik auseinander.

Ein lautes Zischen, dann schlug vor ihm etwas in den Boden ein, erfasste ihn mit heißem Atem und riss ihn wie einen Strohhalm um. Noch im Fallen sah er die Hölle unter sich aufgehen und seine Männer im Feuer sterben.

Mitch erwartete die letzte Angriffswelle ihrer Verfolger. Ein Mann lief ihnen im Rausch des Kampfes voraus. Doch er konnte sein Gesicht in der Dämmerung nicht genau erkennen. Er zielte genau auf seinen Kopf. Eine Salve schlug dicht vor ihm in den Boden ein und sein abgegebener Schuss verfehlte den Mann. Sein letztes Magazin, die letzten dreißig Schuss, danach blieb ihm nur noch die Pistole. Das schwere Maschinengewehr der Angreifer übertönte mit seinem lauten Nageln alles und die langen Feuerschweife der Raketengeschosse zogen unaufhörlich ihre Bahnen über ihren Köpfen. Zwei der Angreifer kamen jetzt auf ihn zu, schnell schoss er und sie fielen zu Boden.

In ihrer Ausbildung hatten sie gelernt, jeden Schuss, den sie abgaben, mitzuzählen. Das Magazin durfte nie leer geschossen werden. Sie lernten, immer die Kontrolle über ihre Waffe zu behalten. Es waren komplexe, taktische Übungen, die ständig von ihren Ausbildern unterbrochen wurden mit den Worten: »Wie viel Schuss haben Sie abgegeben? Was? Nachzählen!«

Jede falsche Antwort, jeder falsche Griff wurde mit fünfzig Liegestützen bestraft. Am Ende eines Ausbildungstages standen schnell zweihundert auf dem Zettel, doch das alles diente einem bestimmten Zweck. Die Bewegungsabläufe wurden so lange eingeübt, bis sie in einen Automatismus übergingen. Jeder von ihnen wusste in jeder Situation, unter Stress und Lebensgefahr, ganz genau, was er tat.

»Sechzehn, siebzehn.«

Mitch zählte die abgegebenen Schüsse. Den Abzug bis zum Druckpunkt und dann gleichmäßig durchdrücken, bis der Schuss bricht.

»Achtzehn, neunzehn.«

Es waren einfach zu viele, um sie überhaupt noch stoppen zu können. Ihre gesamte Verteidigung war bereits zusammengebrochen und sie rannten nur noch um ihr Leben. Jeden Augenblick konnten sie von den Verfolgern überrannt werden. Die Schüsse, die er abgab, waren nur noch Nadelstiche, aber sie zwangen ihre Verfolger immerhin zu Boden und das kostete sie Zeit und Kraft. Noch eine Viertelstunde, dann rettete sie vielleicht die Dunkelheit. Aber so viel Zeit blieb ihnen leider nicht mehr. Mit Glück noch etwa fünf Minuten …

Gelassen und ruhig wählte Mitch sein neues Ziel.

Durch das Fadenkreuz sah er plötzlich inmitten der Angreifer eine Feuersäule aufsteigen. Innerhalb weniger Sekunden verwandelte sich alles vor ihm in eine Feuerwand. Mitch spürte einen Schlag auf der Schulter. Mehrere Gestalten stürmten von hinten in vertrauten Bewegungen an ihm vorbei und nahmen den Kampf mit den heranstürmenden Angreifern auf.

Er senkte seine Waffe und sah sich um. Neben ihm hockte Fisch und grinste über das ganze Gesicht.

»Taxi bestellt?«

Müde, aber glücklich streckte Mitch den Daumen nach oben.

Nun ging alles rasend schnell. Sie liefen gemeinsam zum Gipfel und ihr Team sicherte den Rückzug. Auf dem Gipfel angelangt warf er einen letzten Blick nach unten. Über ihnen kreiste wie ein aufgeschreckter Vogel der Apache-Kampfhubschrauber und deckte den Bergrücken mit seinen Boden-Luft-Raketen ein. Erst hier oben nahm er den Lärm der Rotoren wahr, der bisher von den Explosionen überdeckt worden war. Zwei weiße Feuerschweife jagten durch den Himmel zum Apache hinauf. Die Abwehr des Hubschraubers löste Abwehrmaßnahmen aus, die im weiten Feuerbogen an den Seiten des Hubschraubers erschienen, um die Raketen, mit denen er beschossen wurde, abzulenken. Der Lärm des Kampfes näherte sich dem Berggipfel, ihre Angreifer gaben noch immer nicht auf.

Mitch folgte Fisch den Bergrücken hinab. Die Luft war erfüllt vom Lärm der mächtigen Rotoren, von aufgewirbeltem Staub und tausenden kleinen Steinen. Der schwere Chinook Hubschrauber schwebte in der Luft, seine Landeklappe weit dem Bergrücken entgegengestreckt. Fisch lief direkt in die

Staubwolke hinein. Mitch hielt seine Hand schützend vor die Augen, während ihn die herumfliegenden Steine wie Nadeln ins Gesicht stachen. Eine große, schwarze Öffnung tauchte vor ihm auf, die nach Kerosin roch ...

Mit einem Sprung befand er sich im warmen Bauch der Chinook. In der Maschine sah er Becks, der mit einem Sanitäter den Professor auf einer Rettungsliege anschnallte. Nach und nach tauchte das komplette Rettungsteam wieder auf. Fisch gab das Zeichen zum Start. Der Lärm im Hubschrauber schwoll an, die schwere Maschine machte einen Satz nach unten und drehte sich gleichzeitig zur Seite. Die Bordschützen deckten die Spitze des Berges, an der die ersten Verfolger auftauchten, mit einer langen Salve aus ihren Bordkanonen ein, und der Hubschrauber donnerte in die Tiefe des Tals hinab.

XVIII

Der Beginn einer neuen Geschichte

Vier Stunden später, nach endlosen freudigen Begrüßungen, geduscht und mit frischem Kaffee eingedeckt, saßen sie alle versammelt im Besprechungsraum. Die Strapazen der letzten Tage waren ihnen deutlich anzusehen, aber die Freude über ihre Rettung überstrahlte alles.

»Ich will das hier nicht unnötig in die Länge ziehen«, sagte Fisch. »Um zehn Uhr geht es für euch wieder nach Hause, ihr Glückspilze. Eure Maschine steht schon bereit. Wir müssen nur noch den Professor verarzten. Er ist noch völlig erschöpft und braucht eine Menge Ruhe. Doch unser Doc macht ihn bis dahin reisefertig und fliegt zur Sicherheit mit. Bis zum Abflug brauche ich noch einen kurzen Bericht. Leider mussten wir unsere Motorräder auf dem Anwesen zerstören. Die Überwachungstechnik darf nicht in die Hände von Aufständischen gelangen, wer weiß, wohin sie das sonst verkaufen. Zu diesen Tanzjungen kann ich euch nichts versprechen, aber so wie es aussieht, will kein Offizieller davon Kenntnis haben. Sie wollen es in absehbarer Zeit prüfen. Was das heißt, wissen wir alle. Es kommt dabei nichts heraus. Leider ... Dann bleibt für uns nur noch, diese Entführung aufzuarbeiten.«

Mitch sah zu seinem Partner.

»Die Sache ist nicht so einfach. Wir haben dem Professor versprochen, diesen Sarkophag wiederzubeschaffen. Er hat da irgendetwas entdeckt, was vermutlich einen bedeutenden wissenschaftlichen Wert darstellt. Dafür ist er extra zu uns auf den

Berg zurückgekehrt. Also würde ich sagen, es war wichtig.«

»Hör mal, Mitch. Ich verstehe das alles, aber unser Auftrag lautete, den Professor wiederzufinden und zu befreien. Mehr nicht. Das ist uns gelungen. Wir sollten ihn deshalb so schnell wie möglich aus dem Land schaffen, bevor irgendwelche Leute anfangen, Fragen zu stellen. Ihr kennt unser Motto – schnell rein und noch schneller wieder raus. Allein der Einsatz dieser Drohne, die überhaupt noch nicht existiert, war ein Risiko. Die Hubschrauber und der Kampf auf dem Berg haben schon für genug Aufregung im Hauptquartier gesorgt. Der Einsatz ist als streng geheim eingestuft – da sind wir sicher vor komischen Fragen. Dennoch wissen wir gar nichts über die Leute, die euch verfolgt haben. Waren es Aufständische oder ein durchgedrehter Warlord, der in schmutzige Geschäfte verwickelt ist? Mit wem ist er verwandt, welche Verbündete hat er? Ihr kennt doch dieses Land. Aus einem Viehdiebstahl kann schnell eine Blutfehde werden. Wer weiß, was sich aus dieser Geschichte noch entwickelt.«

Fisch blickte streng in die Runde. Innerlich war er erleichtert, dass sie alle unversehrt zurückgekehrt waren. Doch waren wirklich sämtliche Probleme damit gelöst? Außerdem stand der Schlag gegen den Drogenhandel bevor, bei dem sie äußerst vorsichtig vorgehen mussten, und weder diesen Einsatz noch Unbeteiligte gefährden durften.

Mitch gab nicht so leicht auf und änderte seine Taktik.

»Der Professor ist ein guter Freund unseres Direktors und der wiederum ist ein Freund der Kanzlerin.«

Die Wirkung dieser Worte saß. Das Gespräch nahm eine unerwartete Wendung.

Becks mischte sich plötzlich ein.

»Wenn er wirklich eine bedeutsame Entdeckung gemacht hat und wir nicht in der Lage sind, das Ding wiederzubeschaffen, kann dies – erwähnt gegenüber der Presse oder einem anderen Wissenschaftler – die Sprengkraft einer Atombombe haben. Dann stehen wir zum Schluss blöd da – trotz erfolgreicher Befreiung.«

Fisch wirkte nachdenklich.

»Ich kann das alles verstehen, aber ich darf die Sicherheit von fünftausend Frauen und Männern hier im Camp nicht für eine verweste Leiche aufs Spiel setzen. Egal, wie wertvoll sie ist. Versteht ihr mich? Wenn die aus Vergeltung das Lager angreifen, ist hier der Teufel los. Dann werden die Schuldigen gesucht und Fragen gestellt. Und wir drei hier am Tisch gehören zu den Ersten, die dran sind. Außerdem hattet ihr verdammt viel Glück! Seht euch doch mal an. Eure Helme wurden an fünf verschiedenen Stellen getroffen, Becks hat einen glatten Durchschuss im Oberschenkel und im Arm und Mitch zwei Streifschüsse abbekommen. Soll ich weiter aufzählen?«

Becks überhörte diese Bemerkung.

»Na, hör mal. Wir wissen doch ganz genau, wer den Professor entführt hat.«

»Ich kann euch verstehen. Aber versetzt euch auch in meine Lage. Wir führen hier in zwei Tagen eine große Operation durch. Das erste Mal unternehmen Russen gemeinsam mit den Amerikanern und Afghanen etwas gegen den Drogenhandel hier im Land. Wir liefern ihnen alle Informationen, die wir in zwei Jahren gesammelt haben. Transportwege, Lager, das komplette Vertriebsnetz und die Hintermänner. Dieser Einsatz ist auf höchster Ebene abgesegnet. Es darf nichts schiefgehen, und glaub es mir, nicht nur der Direktor sitzt mir deswegen im Nacken. Und diese Geschichte ist gerade dabei, uns um die Ohren zu fliegen, wenn wir nicht aufpassen.«

Mitch hatte schon einiges über den aktuellen Einsatz gegen den Drogenhandel gehört, aber ihm waren die weitreichenden

Ausmaße nicht bewusst. Eigentlich war ihr Auftrag mit der Befreiung des Professors erledigt und sie könnten heute wieder nach Hause fliegen. Doch Werners leuchtende Augen auf dem Berg sowie die Tatsache, dass er sein Leben für diese Entdeckung riskiert hatte, ließen Mitch nicht mehr los.

Becks sah seinen Freund nachdenklich an und wusste, dass der irgendetwas vorhatte.

»Bevor du es aussprichst. Ich bin auf jeden Fall dabei!«

Zufrieden blickte er in die überraschten Gesichter.

»Also, ich kenne ja schon viele Geschichten über euch, aber dass ihr mit Gedankenübertragung arbeitet, das ist mir neu«, sagte Fisch resigniert und ahnte bereits, was jetzt kam ...

»Ich habe nur nachgedacht und in mich hineingehört. Doch vor Becks kann ich einfach nichts geheim halten«, antwortete Mitch entspannt.

»Und was habt ihr euch jetzt wieder überlegt?«

»Könnten wir diese neuartige Drohne noch einmal einsetzen ...«, begann Mitch zögernd, doch Fisch unterbrach ihn.

»Bevor wir lange herumfragen und alle auf uns aufmerksam werden, nehmt sie von mir aus noch einmal. Die Ingenieure sind ganz wild darauf, ihr Baby im praktischen Einsatz zu testen. Das Ding hat euch immerhin gefunden und ihr verdankt dieser Drohne euer Leben. Sie ist eure komplette Fahrstrecke in den Bergen abgeflogen. Dann haben wir das Suchgebiet erweitert und sie in die Täler geschickt. Ihre Speicher wurden mit allem gefüttert, was wir an Namen, Bildern, Wortfetzen und Orten in den letzten Tagen gesammelt haben. Die Suche verlief visuell und über Hörfunk. Die erste Spur, die die Drohne lieferte, waren eure Motorräder auf diesem Anwesen. Sie verglich die Bilder in ihrer Datei mit den beiden Maschinen und fand sofort die Übereinstimmungen. Bingo! Wir waren bereits in der Luft, als die Drohne einen Funkspruch abfing. Der Name Abdallah befand sich auch in ihrer Datei und kam uns sehr bekannt vor. Als uns die ersten Livebilder vom Berg erreichten, wussten wir endlich, wo wir euch finden konnten. Leider kann dieser Prototyp noch nicht bewaffnet werden. Sonst hättet ihr schon viel früher Unterstützung bekommen. Die Drohne blieb die ganze Zeit in der Luft und so konnten wir unsere Rettungsmission koordinieren. Also, für einen Prototyp war diese erste Mission ein voller Erfolg. Der Hersteller nennt sie übrigens Shark. Sie findet jeden. Sogar euch.«

Becks hakte nach. »Noch einmal zu der Verfolgung. Mich interessiert dieser Hubschrauber. Als wir im Fluss steckten, haben die uns mit einem Armeehubschrauber gefunden und Bewaffnete abgesetzt. Wie gelangen Zivilisten an Bord einer Militärmaschine? Gibt es davon irgendwelche Bilder?«

Mitch schaltete sich ein.

»Becks hat recht. Es war eindeutig ein Militärhubschrauber mit grünem Tarnanstrich. Schwarz, rot, grün – die afghanischen Nationalfarben. Wenn das stimmt, dann ist die Angelegenheit noch längst nicht ausgestanden. Zu tief ist die Verflechtung zwischen persönlichem und offiziellem Interesse. So sehe ich das. Wir müssen wissen, wer die Unterstützer sind und sie aus dem Verkehr ziehen. Denn eins ist klar – über kurz oder lang werden sie versuchen, sich für diese Sache zu rächen.«

Fisch hob die Hände und gab seinen letzten Widerstand auf.

»Na gut. Aber ich kann euch keinen einzigen Mann zur Unterstützung geben. Wir stecken gerade selbst in den letzten Vorbereitungen.«

Mitch stellte seinen Kaffeebecher auf den Tisch und sagte nachdenklich: »Wir brauchen nur die Aufnahmen von diesem Hubschrauber.«

»Das ist einfach, gib mir etwas Zeit und ihr bekommt zusätzlich seinen Flugplatz.« Die Anspannung löste sich langsam.

Keine Stunde später überreichte Tom ihnen eine dünne Mappe.

»Fisch lässt sich entschuldigen. Er ist zu einer Besprechung nach Usbekistan unterwegs.«

»Oh. Der feine Herr, der kommt ja herum in der Welt.«

Doch Tom ließ sich von Becks' Bemerkung nicht aus dem Konzept bringen.

»Hier sind die Bilder vom Hubschrauber. Wir konnten ihn anhand seiner Nummer identifizieren. Er gehört zu einer Staffel, die kürzlich von Kabul nach Herat verlegt wurde. Dort sind die vier Mi-8 Maschinen auf dem Flughafen stationiert.«

Mitch hielt die Spannung nicht mehr aus. »Und was macht dann dieser einzelne Hubschrauber so weit im Norden?«

»Tja, damit kommen wir zum vermutlich spannenden Teil der Geschichte. Zwei dieser Maschinen wurden letzte Woche zum Hauptquartier des 101. ANA Korps aus Herat abgezogen. Im Nordosten versucht gerade die Regierung, das Einflussgebiet von Hekmatyar, der sich offen gegen den Präsidenten gestellt hat, einzugrenzen. Kommandiert wird das 101. ANA Korps von General Wardak, einem der fähigsten Generäle, die hier im Norden das Kommando führen.« Tom legte eine kurze Pause ein. »Sardar Ayub Khan ist übrigens sein Schwiegersohn. Daher erklärt sich vielleicht auch der gestrige Gratisflug …«

Becks pfiff leise durch die Zähne. »Na bitte, ist doch nett, wenn man so hilfsbereite Verwandtschaft hat. Oder hat er den Flug über seine Prämienmeilen abgerechnet?«

Mitch nahm das Foto aus der Mappe. Es zeigte einen kleinen, stämmigen Mann mit einem dunklen Schnauzbart, der mit seinen dunkelbraunen Augen herausfordernd in die

Kamera blickte. Sein Lebenslauf las sich wie ein Teil der Geschichte dieses Landes. Seine Laufbahn begann als junger Rekrut in der königlichen Garde. Nach dem Sturz der Monarchie und der Machtübernahme der Kommunisten machte er Karriere in der neuen Volksarmee, es folgte ein Abschluss an der Militärakademie in Moskau. Nach der Machtergreifung der Taliban wechselte er erneut die Seiten und schloss sich der Nordallianz an. Fortan kämpfte er gemeinsam mit Shah Massud gegen die Gotteskrieger. Nach ihrer Vertreibung beförderte ihn der neue Präsident zum General. Als Drei-Sterne-General führte er das Kommando im Norden des Landes – als Gegenpol zum widerspenstigen Gouverneur und dem erstarkenden Einfluss der Warlords.

Becks überflog den Lebenslauf.

»Nun sag mir doch mal, was führt so einen Kerl mit dem schmierigen Sardar Khan zusammen? Ich weiß, er ist sein Schwiegersohn – gehört quasi zur Familie. Aber mal ehrlich – wie passt das alles zusammen? Weiß er wirklich alles über ihn?«

Becks unterbrach seinen Redefluss, als er bemerkte, wie ihn die anderen beiden anstarrten.

»Waasn? Hab ich etwas vergessen?«

»Ich glaube, wir müssen dringend mit dem Direktor reden«, sagte Mitch entschlossen.

XIX

General Wardak

Eine Stunde später donnerte ein Black Hawk Hubschrauber in Richtung Herat. Von einem einsamen italienischen Stützpunkt, mitten im staubigen Niemandsland, ging es weiter mit einem Jeep zum Stab des 101. ANA Korps, wo General Wardak sie bereits erwartete. Diesem Treiben waren hektische Anrufe zwischen Berlin und Kabul vorausgegangen, bis sich schließlich der einflussreiche Chef des Inlandsgeheimdienstes einschaltete und dieses Treffen ermöglichte. Der General empfing sie in seinem geräumigen Dienstzimmer mit Tee und süßen Nüssen, so wie es Tradition und Gastfreundschaft verlangten. Eine Stunde später verließ die kleine Delegation sein Zimmer wieder Richtung Mazar-i-Sharif.

Als sich die Tür hinter seinen Gästen schloss, warf sich General Wardak in seinen großen, bequemen Ledersessel und sein aufgesetztes Lächeln verschwand augenblicklich aus seinem Gesicht. Lange sah er aus dem Fenster auf den Platz, wo seine Soldaten den ganzen Tag in der sengenden Sonne exerzierten. Sein Blick war leer und seine Gedanken führten ihn zu dem Tag, als der alte Khan für seinen Sohn Sardar Ayub um die Hand seiner Tochter bat. Vom ersten Augenblick an mochte er diesen groß gewachsenen, schlaksigen Jungen, der nun mittlerweile zu einem Mann gereift war. Lange verfolgte und begleitete er seinen Weg, nachdem der ehrwürdige Khan verstorben war. Er wurde sein Berater und väterlicher Freund. Sardar Ayub war halbwüchsig, ehrgeizig und forsch. Er strebte nach Macht und Erfolg und wollte unbedingt beweisen, dass er ein würdiger Nachfolger für seinen Vater war. Daher nahm Wardak ihm seine Fehler nie übel, sondern unterstützte ihn und half ihm, wo er konnte. Nach dem tragischen Tod seiner Tochter wurde ihr Verhältnis in der gemeinsamen Trauer noch enger. Sardar Ayub wurde für ihn der Sohn, den er niemals hatte – bis zum heutigen Tage. Denn heute zerbrach etwas in seinem Herzen. Er fragte sich, ob er wirklich alles über Sardar Khan und dessen Geschäfte wusste. Oft hatte er ihn gewarnt – ihm eindringlich zu verstehen gegeben – er müsse sich zuerst den Respekt und die Anerkennung der Menschen verdienen, bevor er nach Höherem griff. Hinter dem Rücken des jungen Khans ebnete er die Wege und wies ihm den Pfad, den er gehen sollte. Doch innerlich hatte er schon seit Längerem das Gefühl, dass seine Worte Sardar nicht mehr erreichten. Sein Lächeln wirkte wie eine Maske und Wardak hatte Sorge, dass sich dahinter etwas entwickelte, wovor er selbst Angst hatte. Hatte er an diesem Tag die Wahrheit gehört, vor der er selbst die ganze Zeit die Augen verschlossen hatte oder hatte Sardar nur einen Fehler begangen? Seltsamerweise zweifelte der General nicht an den Schilderungen dieser beiden Männer, die ihn heute in seinem Büro aufgesucht hatten. Er war vierzig Jahre lang ein Soldat und sah es in ihren Augen. Sie wussten, wovon sie sprachen. Ihre Körper trugen Spuren vieler Kämpfe. Ihre Worte wirkten zuweilen hart, aber sie blieben respektvoll und höflich ihm gegenüber. Sie zeigten ihm Bilder, beschrieben Sachverhalte und Gegenstände, die nur Eingeweihte wissen konnten. Vieles davon kannte er bereits und vieles passte zu dem, was er selbst beobachtet hatte. Doch was sollte er machen? Er liebte diesen Jungen wie einen eigenen Sohn. Sardar Ayub war, nach dem Tode seiner Frau und seiner Tochter, seine Familie.

Mitten in diesen Überlegungen fiel ihm die Begegnung mit seiner Tochter ein. Sie wirkte so schön und zerbrechlich, aber ihre großen, dunklen Augen waren leer.

»Vater! Bitte lass mich nicht allein ...«, flüsterte sie ihm damals ins Ohr und klammerte sich an ihn, als suchte sie Schutz und Geborgenheit.

Verzweiflung und Zorn stiegen in ihm auf. Seine Augen füllten sich mit Tränen. War er denn wirklich so blind oder weigerte er sich, einzugestehen, dass Sardar den falschen Weg wählte? Lange stand er vor dem Fenster, ehe er eine Entscheidung traf.

Die Soldaten zerrten ein Schaf in den Garten und nach dem gemeinsamen Gebet in der Moschee wurde es geschlachtet. General Wardak wusch sich die Hände und trat in den Schatten der Bäume. Er trug das traditionelle, feierliche weiße Hemd. In einer Ecke seines Gartens schnitten zwei Männer das blutige Fleisch in grobe Stücke und zogen es auf lange Eisenspieße auf. Neben ihnen loderte das Feuer unter großen, geschwärzten Töpfen. Alles wurde für das festliche Essen vorbereitet. Reis mit Rosinen, frisch gegrillte Fleischspieße und Gemüse.

Die Männer des Khans, die zur Bewachung seiner wertvollen Fracht abgestellt wurden, saßen auf dem Teppich im Garten und erhoben sich, um den General zu begrüßen. Die Stimmung war feierlich, denn die Männer bereiteten sich auf die Rückkehr des Khans vor. Die Warterei war kaum noch zu ertragen und sie freuten sich ungeduldig auf ihre großzügige Belohnung. Der General setzte sich zu ihnen auf die weichen Kissen. Den Gästen wurde Tee gereicht. Die Stimmung war gelöst, denn schließlich gab es so ein Mahl nur zu besonderen Anlässen.

Aufmerksam musterte Wardak die vor ihm sitzenden Männer, bevor er die Unterhaltung begann.

»Wie lange seid ihr schon im Dienste von Sardar Ayub Khan?«, fragte er.

Der Älteste, der das Kommando führte, antwortete für die anderen. »Herr General! Wir dienten schon seinem Vater und jetzt gehört unser Leben seinem Sohn«, sagte er stolz.

Die Männer tranken den heißen Tee, kraulten ihre Bärte und nickten zur Bestätigung seiner Worte.

Der General nahm einen tiefen Schluck, sah zum Himmel, als lese er dort oben eine Frage ab.

»Wer von euch kann mir sagen, wie meine Tochter verstorben ist?«

Er wählte die Worte mit Bedacht, obwohl sie ihm schwerfielen. Die Männer verstummten und blickten überrascht auf. Aus der gelösten Stimmung erwuchs augenblicklich eine greifbare Spannung, ihre Blicke wanderten zu Boden. Die Gespräche erstarben.

»Ich wiederhole die Frage noch einmal. Wie starb meine Tochter?«

Doch keiner der Männer wagte, ein Wort herauszubringen. Damit hatte er gerechnet; Sardar Khans Gefolgsleute waren handverlesen. Sie würden ihren Herrn nie verraten.

Er wusste, wie man die härtesten Männer in die Knie zwang, bis sie wie kleine Kinder weinten und wie Greise zitterten. Zunächst wollte er die Wahrheit wissen, mochte sie noch so schmerzlich für ihn sein. Denn diese Ungewissheit nagte an ihm und ließ ihm keine Ruhe. Das war die Ursache seiner schlaflosen Nächte. Auf seinen Wink hin betraten bewaffnete Soldaten den Garten. Alle Fluchtwege waren abgeschnitten.

Überrascht sahen sich die Männer um, doch keiner von ihnen wagte auch nur einen Versuch, zu fliehen.

Mit ihren langen, blutigen Messern näherten sich die beiden Schlächter. Die Ärmel ihrer offenen Hemden waren mit Blutspritzern übersät und das frische Blut glänzte schwarz in den Strahlen der Sonne.

»Das ist eure letzte Chance. Ich lasse einen von euch wie dieses Schaf bei lebendigem Leib häuten und zwinge die anderen, sein Fleisch zu essen.«

Entsetzen breitete sich auf ihren Gesichtern aus, da sie jetzt begriffen, welches Schicksal sie erwartete.

Der General beobachtete gelassen ihren inneren Kampf. Doch die Angst vor dem Khan schien noch immer alle zu lähmen. Keiner rührte sich. Seine Geduld war am Ende.

»Na gut, wie ihr wollt. Fangt an!«, schrie er seine Wut und Verzweiflung in den Garten hinaus. Mit dem Finger zeigte er auf den Wortführer, die Soldaten rissen ihn hoch und banden seine Hände hinter dem Rücken fest. Wortlos zerrten die Schlächter ihr Opfer weg, das wie ein Besessener schrie. Seine Schreie wurden immer schriller, je näher sie der Feuerstelle kamen. Wardak beobachtete die erstarrten Männer, nahm das Zucken in ihren Gesichtern wahr, sah die Angst in ihren Augen, die sie lähmte. Die Schreie trafen sie bis ins Mark. Einige der Jüngeren hatten bereits Tränen in den Augen. Der lang gezogene, heisere Schrei brach unvermittelt ab. Die Männer begannen zu zittern, doch sie schwiegen und kämpften immer noch mit sich. Totenstille lag über dem Garten, die nur durch das gierige Knistern und Zischen der Flammen gestört wurde. Mit frischem Blut besudelt brachte einer seiner Soldaten einen langen Spieß mit angebranntem Fleisch und legte es wortlos in die Mitte.

Entsetzt sahen die Männer auf das blutige Stück Fleisch vor sich, das noch vor wenigen Augenblicken ein Mensch gewesen war. Einige warfen sich auf den Boden, andere heulten wie

Kinder, sie schrien verzweifelt und weinten. Regungslos beobachtete der General ihre Reaktionen, alles in ihm war aus Stein. Er wollte es nur endlich erfahren ... Er wollte jetzt die Wahrheit ...

Begleitet vom Schluchzen und unterbrochen von verzweifelten Schreien, vernahm er schließlich die ersten Worte.

»Herr, verzeiht! Verzeiht uns ...«

Wardaks Hand zuckte und der Nächste aus der Runde wurde von seinen Soldaten gepackt.

»Herr! Nicht! Wir haben sie gefunden! Sie lebte!«, schrie der Mann.

»Lasst ihn reden!«, befahl er heiser und fühlte, wie seine Lippen trocken wurden.

»Sie lebte, sie lebte ...«, stotterte der Mann. Sein Blick fand die Gesichter seiner Kameraden.

»Ich gebe dir eine Minute Zeit und du kannst selbst über dein Schicksal entscheiden.«

Der Mann beruhigte sich und die Worte sprudelten aus ihm heraus.

»Als die Wachen sie auf dem Anwesen fanden, lebte Ihre Tochter

noch ...«

Zuerst glaubte der General, sich verhört zu haben, und unterbrach ihn rüde.

»Wie? Sie lebte? Sie war doch gestürzt und tot!« Alles, was er bisher glaubte, über den Tod seiner Tochter zu wissen, geriet durcheinander.

»Erzähl mir alles!«

»Die Wachen fanden Ihre Tochter hinter dem Haus des Khans. Dort, wo die Mauer an die Schlafgemächer grenzt. Sie war aus dem Fenster gestürzt.« Der Mann unterbrach sich und schnappte wie ein Fisch nach Luft.

»Weiter …«

Ängstlich schielte er zu den anderen, dann entschied er sich, weiterzusprechen: »Wir wollten ihr helfen, doch der … der …« Plötzlich stotterte und weinte er. Der General merkte, wie sich ein dunkler Schatten über ihn legte.

Der Mann würgte die letzten Worte heraus: »Der Khan verbot uns … zu helfen …«

Nein. Er konnte und durfte dem Gehörten nicht glauben. Nein! Warum? Nicht der Sardar, den er kannte, nicht dieser Junge. Den er so wie seinen eigenen Sohn liebte. Nein! Unmöglich! Nicht er.

Der Mann war dem Tode geweiht. Vielleicht benebelte die Todesangst seinen Verstand.

»Du da.« Er zeigte mit dem Finger auf den Nächsten und die Soldaten ergriffen ihn. Dieser wehrte sich nicht, er ergab sich seinem Schicksal.

»Ich kann seine Worte nur bestätigen. Als die Wachen sie fanden, lebte Ihre Tochter. Doch der Khan verbot uns, ihr zu helfen.« Er schluckte. »Wir sollten sie dort liegen lassen. Bis sie gestorben war.«

Sein Verstand weigerte sich immer noch, dem Gehörten Glauben zu schenken. In diesem Moment erlosch sein Herz. Entsetzen und Wut lähmten seinen Körper. Keiner wagte, ein Wort zu sagen.

»Wie lange?« Müde und abgekämpft hörte er seine eigene Stimme wie aus weiter Ferne.

Es dauerte einen Moment, bis der Mann ihm antwortete.

»Zwei Tage, Herr, ließ er sie dort liegen. Doch da war sie bereits tot …«

Seine Beine gehorchten ihm nicht mehr, schwerfällig versuchte er, sich zu erheben. Er musste jetzt alleine sein … Mit letzter Kraft zwang er sich aufzustehen, ihn schwindelte. Auf halbem Weg zum Haus blieb er stehen, drehte sich noch einmal um, um das zu fragen, wovor er am meisten Angst hatte: »Wo war Sardar Khan, als es passierte?«

»Zu Hause. Er sah aus dem Fenster …«

Diese letzten Worte brannten wie heiße Glut in seinem Kopf.

»Lasst sie in die Richtung der Grenze fahren und dann bringt sie um. Alle!«, befahl er seinen Soldaten im Vorbeigehen.

Er musste jetzt allein sein. Keiner sollte seine Tränen und seinen Schmerz sehen. Er brauchte Ruhe und das Gebet. Danach wollte er die Ankunft von Sardar Ayub Khan gebührend vorbereiten. Für seinen Schwiegersohn, den er so liebte. Sardar war bereits auf dem Weg hierher und ihr letztes Treffen sollte ein besonderes werden.

Drei schwere Geländewagen rasten auf der leeren Straße in Richtung Westen und zogen eine lange, staubige Wolke hinter sich her. Im ersten Wagen saß Sardar Ayub Khan nachdenklich, müde und gezeichnet vom gestrigen Kampf. Sein Körper war übersät mit zahlreichen Schnittwunden, sein Kopf dröhnte, doch Wut brannte noch immer in seinen Augen, sein Ehrgeiz war ungebrochen. In den Tälern würden sie bald über diesen letzten Kampf mit seinem übermächtigen Widersacher reden. Freunde und Gegner würden ihm dafür Achtung und Respekt zollen. Was gestern wie ein Misserfolg aussah, fühlte sich heute an wie ein Sieg. Gerade in den Augen der Aufständischen war er jetzt ein Mudschaheddin, ein heiliger Krieger – einer von ihnen. Seine Brust schwoll an vor Stolz, als er sich vorstellte, wie er in den Dörfern ehrenvoll mit weißen Blumen empfangen würde. Umso dringender brauchte er das Geld aus dem Geschäft mit den Iranern. Damit konnte er neue Kämpfer anwerben. Außerdem erwarteten die Familien der Verstorbenen von ihm eine Entschädigung für den Tod ihrer Väter und Söhne. Es war zwar viel, was er investieren musste, aber das Ansehen nach diesem Kampf, und das, was sich im Haus des Generals befand, waren seine Eintrittskarte zum Gipfel der Macht.

Bitter lachte er auf. Dieser dämliche alte Narr, der immer noch seiner Tochter nachtrauerte und ihm all seine Wünsche von den Augen ablas. Gemeinsam wären sie schon längst am Ziel und könnten eine machtvolle Allianz bilden. Doch der Alte weigerte sich standhaft, diesen Weg zu gehen, und stellte zu viele unbequeme Fragen. ‚Was soll‘s! Irgendwann muss ich ihn loswerden. Warum nicht gleich heute und hier?‘ Dieser Gedanke verbesserte seine Stimmung augenblicklich. Sardar Khan schloss die Augen und Träume von seinem Triumph ließen ihn in einen tiefen Schlaf gleiten.

»Herr, eine Kontrolle«, meldete sein Fahrer. Der Blick auf die Uhr zeigte, dass eine Stunde vergangen war.

»Ja, und?«, fragte er unwirsch.

»Es ist sehr ungewöhnlich, hier mitten im Nichts einen Kontrollpunkt zu errichten.«

Sardar war schlagartig hellwach, sein Gespür für Gefahr erwachte.

»Die Männer sollen sich vorbereiten.« Ohne die Haltung im Sitz zu verändern, berührte er das kalte Metall seiner Waffe. Das Funkgerät rauschte und seine Befehle wurden an die nachfolgenden Fahrzeuge übermittelt.

Immer wieder erpressten versprengte kriminelle Gruppen Wegezoll von den Reisenden auf den Straßen. Das ganz große Geld im Land floss in die Taschen von Regierungsbeamten, die Lizenzen an die neuen Sicherheitsunternehmen verkauften, die die langen Versorgungskonvois der ISAF-Truppen in Afghanistan vor Überfällen schützten. Diese Sicherheitsunternehmen arrangierten sich gegen kleine Bestechungen sogar mit Aufständischen und verdienten gemeinsam an dem Geschäft.

Das war auch Sardars nächstes Ziel: eine eigene Sicherheitsfirma, um seine bewaffneten Männer zu legalisieren. Ihm fehlte nur noch das Kapital für den Kauf der Lizenz. Dieser Sarkophag war ein Geschenk Gottes und aus seinem Verkauf dürfte er genug Geld herausbekommen für alle nötigen Investitionen. Und den Rest würde er sich von seinem gutgläubigen Schwiegervater holen ... Der Alte konnte schließlich nicht sein gesamtes Vermögen mit ins Grab nehmen. Die Summe für die benötigte Lizenz war mit dem Regierungsbeamten bereits fest verhandelt. Sie hatten eine Teilhaberschaft vereinbart, der Khan würde sich mit seinen Kämpfern um die Begleitung der Konvois kümmern und der Regierungsbeamte um die Vergabe der Aufträge. Diese brachten nicht nur Geld ein; sie halfen ihm außerdem, die Gewinne aus dem Verkauf von Opium zu waschen. Gerade jetzt, da die ISAF-Truppen mit ihrem Rückzug beschäftigt waren und sie ihr komplettes Material über die Grenzen in ihre Heimatländer zurückschaffen mussten, zahlten sie jeden Preis für ihren sicheren Rückzug. Die langen Konvois bestanden meistens aus vierzig bis fünfzig Fahrzeugen, pro Fahrzeug konnte er eintausend Dollar verlangen ...

In seinem Kopf schmiedete er weitreichende Pläne. Irgendwann wollte er die gesamte Kontrolle über diese Geschäfte an sich reißen und dazu musste er sich eines Tages seiner Partner und Konkurrenten entledigen.

Sein Weg in die Heimat seiner Vorfahren nach Herat war ihm in die Wiege gelegt – davon war er heute mehr denn je überzeugt. Dieses Geschäft heute würde seinem Leben eine neue Richtung geben und ihn seinem Ziel näher bringen.

Bislang hatte es niemand in dieser Gegend gewagt, Sardar Khan oder seine Fahrzeuge anzuhalten und zu kontrollieren. Zehn Schwerbewaffnete reichten aus, um freie Fahrt auf diesen Straßen zu gewährleisten, und der Name General Wardak öffnete alle Türen.

Die Fahrzeugkolonne raste der Kontrollstelle entgegen, die sich in der Dämmerung nur als ein dunkler Punkt auf der Straße abzeichnete. Von Weitem signalisierte man ihnen bereits, zu halten.

»Fahr durch!«, wies Sardar Khan seinen Fahrer an und entsicherte seine Kalaschnikow.

Der Motor des Jeeps meldete sich mit einem tiefen Dröhnen, als der Fahrer das Gaspedal durchtrat.

Neunhundert Meter von der Straße entfernt, versteckt unter einem Tarnnetz, beobachtete Mitch durch sein Lasermessgerät die heranbrausende Kolonne des Khans. Rechts neben ihm lag Becks, hinter der Optik eines Scharfschützengewehres.

»Entfernung tausenddreihundert. Windstärke null Komma drei Meter pro Sekunde.«

Becks überprüfte die Seitenkorrektur und den Parallelachsenausgleich am Gewehr. Sie hatten klare Sicht, die untergehende Sonne in ihrem Rücken tauchte die Landschaft in ein geheimnisvolles, blutrotes Licht.

Bereits vor drei Stunden waren sie hier in Stellung gegangen und warteten seither auf die Ankunft der Kolonne. Sie hatten diesen nächtlichen Treffpunkt aus den abgehörten Telefonaten zwischen General Wardak und Sardar Khan erfahren. Danach holten sie sich die Satellitenbilder der Gegend, um den günstigsten Ort für einen Hinterhalt zu finden.

Nach dem Einschießen der Gewehre mit ihrem Schießausbilder Yuri und nach taktischem Fachsimpeln hatte Becks sich für das Scharfschützengewehr G24 mit dem Kaliber 50 entschieden. Diese Waffe hatte zwei entscheidende Vorteile: Man konnte mit ihr Ziele bis auf zweitausend Meter bekämpfen und mit ihrer daumendicken Patrone jeden Motorblock zerfetzen.

Ihre Stellung befand sich in einer kleinen Senke, die, geschützt durch ein Tarnnetz, einen optimalen Blick auf die Straße ermöglichte.

Zu ihrer Überraschung war vor einer Stunde ein Trupp Bewaffneter erschienen, angeführt von General Wardak. Dieser begann sogleich, eine Straßensperre zu errichten. Mitch beobachtete den untersetzten Mann, der seine Leute an der Straße herumkommandierte. Noch heute früh hatten sie ihm gegenübergesessen. Was hatte er jetzt vor? Sein Verhalten verwunderte sie, da sie fest damit gerechnet hatten, dass der alte Fuchs seinen Schwiegersohn vor ihnen warnen würde.

Nachdem sie sein Zimmer am Morgen verlassen hatten, begann die Shark-Drohne hoch über ihnen mit der Überwachung. Das abgehörte Telefonat zwischen dem General und dem Khan führte sie auf seine Spur. Offenbar hatte Sardar Khan den Kampf auf dem Berg überlebt und befand sich bereits auf dem Weg hierher. Doch die Observation brachte noch etwas Überraschendes hervor: Die beiden Männer schienen gänzlich verschiedene Interessen zu verfolgen. Während der eine so viel wie möglich über die Route des anderen wissen wollte, interessierte sich der andere nur für seine Ladung, die der General anscheinend für ihn versteckt hielt.

Vielleicht steckten sie doch unter einer Decke? Mitch war enttäuscht, denn der alte General machte auf ihn einen ehrlichen und aufrichtigen Eindruck. Doch wer konnte schon in einen Menschen hineinblicken? Immerhin waren die beiden miteinander verwandt. Ihr gemeinsamer Treffpunkt auf dieser einsamen Straße erschien auf den ersten Blick nur logisch. Die Auswertung der Gespräche zwischen dem General und Sardar Khan ergab, dass ihr eigentliches Treffen zehn Kilometer westlich auf dieser Straße geplant war. Weitere Telefonate des Generals mit seinen Vertrauten zeigten, dass der Alte etwas Eigenes im Schilde führte.

Es war eine glatte Ebene, die von einer noch von den Russen erbauten Straße durchschnitten wurde. Genauso sah es vielleicht auf dem Mond aus, abgesehen von einigen Büscheln Steppengras, die sich Sonne und Wind widersetzten. Diese Örtlichkeit war alles andere als optimal für ihr Vorhaben: eine gerade Straße, die hohe Geschwindigkeiten erlaubte und kaum Deckungsmöglichkeiten bot. Ihre Fluchtwege waren hier sehr begrenzt. Sie müssten sich im Notfall im offenen Gelände zurückziehen und nur die Dunkelheit konnte ihre Flucht verbergen.

Es lief nichts nach Plan in diesem Land und sie wären nicht die Ersten, die hier scheitern würden. Die Zeit, die so zäh verging und jeden mit Haut und Haaren vereinnahmte.

Der ewig blaue Himmel, die unendlichen Weiten dieser gewaltigen Berge ...

Eigentlich wollten sie die Ladung, die sich immer noch in den Händen des Generals befand, mit einem Laser markieren, um ihren weiteren Weg verfolgen zu können. Der Khan sollte hier, mitten im Nirgendwo, an der Weiterfahrt gehindert werden, damit würden sie wertvolle Zeit gewinnen, um vielleicht doch noch einen Haftbefehl gegen ihn erwirken zu können.

Tom hatte vor zwei Stunden angerufen, um ihnen mitzuteilen, dass die Kolonne des Generals ohne Ladung auf der Straße hierher unterwegs war. Die Rolle, die Wardak spielte, blieb äußerst dubios und unklar. War er ein Komplize, Mitwisser oder sogar ein Geschäftspartner des Khans? Ihre Zweifel wurden bestätigt, als sie beobachteten, wie seine Männer eine Sperre mitten auf der Straße errichteten.

General Wardak hatte an diesem Abend seine Uniform gegen ein langes, schwarzes Hemd und eine schwarze Pluderhose eingetauscht. Versteckt hinter einem der Fahrzeuge stand er breitbeinig mit einer Kalaschnikow in der Hand und blickte entschlossen zu den sich rasch nähernden Scheinwerfern.

Mitch grübelte. Irgendetwas stimmte nicht. Das sah nicht wie ein fröhliches Treffen unter Verwandten aus. Vielleicht wollte der General die Ladung selbst übernehmen?

»Die machen es uns wirklich nicht leicht. Ich dachte, es sollte eine einfache Teezeremonie werden, bei der die Ware ausgetauscht wird. Es fehlt noch die geheimnisvolle Ladung. Vielleicht ist ihnen ja auch der Tee ausgegangen …« Becks, dem die Geschichte überhaupt nicht gefiel, brummte hinter seinem Gewehr. Falls man sie hier entdeckte, säßen sie gleich im nächsten Schlamassel – und das innerhalb von zwei Tagen. Denn ihre Verfolger konnten mit ihren Fahrzeugen innerhalb weniger Augenblicke ihr Versteck erreichen.

Die Kolonne des Khans näherte sich mit hoher Geschwindigkeit der provisorischen Absperrung. Die Räder der Fahrzeuge tanzten wild auf der unebenen Straße. Sardar Khan grinste, als er sah, wie der Posten neben der Straßensperre hektisch eine Lampe hin- und herschwenkte.

»Jetzt!«, befahl er.

Dieses Manöver ließ er oft von seinen Männern üben und es klappte immer. Der mittlere Wagen mit seiner schweren Stoßstange scherte schwerfällig aus der Kolonne aus und stieß zum ersten Wagen vor.

»Sie erhöhen die Geschwindigkeit! Wollen sie etwa die Sperre rammen?«, entfuhr es Mitch.

Mit einer geschmeidigen Bewegung mit dem Gewehr folgte Becks dem Weg der Fahrzeuge.

Eine lange Leuchtspursalve flog den heranrasenden Fahrzeugen aus Richtung der Straßensperre entgegen. Offenbar waren die Männer des Generals überrascht von dem Manöver und verloren langsam die Nerven, denn jetzt leuchteten ihnen acht Scheinwerfer entgegen, die mit einer mörderischen Geschwindigkeit auf sie zurasten.

»Was hast du vor? So wird das aber nix mehr mit dem Anhalten. Ich glaube, wir müssen etwas nachhelfen.« Mitch überlegte laut. »Die sind verdammt schnell. Wenn ich den Motorblock treffe, entwischt uns der zweite Wagen ... Der Winkel ist zu spitz ... Ich kann nicht weiter vorhalten!«

»Was haben wir noch auf Lager?«, fragte Becks mit ruhiger Stimme.

Mitch überprüfte die Entfernung zur Straßensperre. Noch vierhundert Meter. Der Khan zeigte keine Absicht, an der Absperrung anzuhalten. Mitch zögerte. Mit zwei nebeneinander fahrenden Fahrzeugen eine Straßensperre zu rammen, entbehrte jeder Logik. Dann hätten die Angreifer zwei beschädigte Fahrzeuge.

Langsam zog der eine Wagen am anderen vorbei, um sich wieder an die Spitze der Kolonne zu setzen. Die beiden Fahrzeuge verzögerten, um dieses Manöver auf der unebenen Straße auszuführen.

»Geschwindigkeit – fünfzig!«

»Bereit für den Felgentrick?«, fragte Becks leise.

Zum ersten Mal, seit sie hier lagen, bemerkte Mitch plötzlich, wie stickig und heiß es unter dem Tarnnetz war. Es war nicht die Anspannung, die ihn kitzelte, sondern tausende Schweißperlen, die langsam über seinen Körper krochen.

Seinem Freund erging es nicht besser, auch in seinem Gesicht glänzte der Schweiß. Die aufgestaute Hitze verstärkte die Müdigkeit und Mitch merkte deutlich die Spuren der letzten Tage in seinem Körper. Sie hatten heute ihre komplette Ausrüstung dabei, an die zwanzig Kilogramm Gepäck, zusätzlich ihre Waffen. Allein das Scharfschützengewehr wog 13,5 Kilogramm, mit Munition sogar 15 Kilogramm. Becks kämpfte mit seiner Verletzung und versuchte sein verletztes Bein so wenig wie möglich zu belasten. Seine Verwundung machte ihm ohne Frage mehr zu schaffen, als er zugab. Mitch kamen erste Zweifel auf, ob dieser Einsatz vielleicht doch zu viel für sie beide war. Andererseits hatte Fisch recht. Camp Marmal beherbergte fünftausend Männer und Frauen. Sie mussten heute noch den Khan stoppen, denn seine Rache würde nicht lange auf sich warten lassen. Er konnte sie wahrscheinlich nirgendwo zuordnen, aber in seiner Position müsste er ein Zeichen setzen und da blieben ihm nur die ISAF-Soldaten als willkommenes Ziel.

In seinem Entfernungsmesser sah er die blinkenden Zahlen, die ihm Geschwindigkeit, Gradzahl und Entfernung zum Ziel anzeigten. Die Kolonne des Khans fuhr jetzt direkt an ihnen vorbei.

»Wind gleichbleibend bei null Komma drei Meter pro Sekunde aus drei Uhr. Entfernung – neunhundert.«

Er wartete einen Augenblick, bis Becks seine Angaben überprüft und den Anhaltepunkt gewählt hatte. Fast unmerklich bewegte er das Gewehr zu den vor ihnen fahrenden Fahrzeugen.

»Ready!«

»Schuss!«, sagte Mitch trocken.

Leise und gedämpft durch den Schalldämpfer löste sich der Schuss aus der Waffe.

Zuerst schien auf der Straße überhaupt nichts zu passieren, doch dann begann das Heck des vorderen Fahrzeuges, langsam auszubrechen. Der Fahrer versuchte, gegenzusteuern, um den Wagen abzufangen.

Der nächste Schuss traf erneut die Felge und riss ein riesiges Loch hinein. Unter dem Gewicht des Fahrzeuges und den Schlägen der Straße zerbrach sie in zwei Teile. Scharfes, abgerissenes Metall bohrte sich in den weichen Gummi des Reifens.

Der Wagen knickte ein, das Heck war nicht länger zu halten und stellte sich quer zur Fahrbahn. Dies geschah so schnell, dass der nachfolgende Wagen es nicht mehr schaffte, abzubremsen und den vorausfahrenden Wagen mit voller Wucht in die Seite rammte. Es regnete Funken, als das blanke Metall über die Straße schleifte. Es knirschte, als der Wagen sich bei vollem Tempo überschlug. Der Fahrer des hintersten Wagens der Kolonne des Khans, dem die Sicht versperrt war, bemerkte erst viel zu spät das Geschehen vor sich. Er riss sein Fahrzeug im letzten Moment zur Seite, raste an den beschädigten Fahrzeugen vorbei und kam in einer riesigen Staubwolke am Straßenrand zum Stehen.

Becks zerschoss, bevor überhaupt jemand etwas mitbekam, die Felgen der übrigen Fahrzeuge und wechselte das Magazin.

Der Staub holte die quer stehenden Wagen ein und umhüllte sie mit einem dichten, undurchdringlichen Mantel. Für einen winzigen Augenblick war die Stille in die Wüste zurückgekehrt. Beide Seiten brauchten einen Moment, um sich von der Überraschung zu erholen. Dieser kurze Moment wurde von den ersten Gewehrsalven aus einer Kalaschnikow zerrissen. Vor ihnen begann das Gefecht.

Mitch konnte durch sein Fernglas nur schemenhafte Umrisse im Staub erkennen, die sich zwischen den Fahrzeugen und der

Straßensperre hin- und herbewegten. Nur langsam legte sich die Staubwolke und zeigte ihnen zwei Parteien, die erbittert gegeneinander kämpften.

So weit wollten sie sich in die Angelegenheiten zwischen dem General und Sardar Khan nicht einmischen. Sie beabsichtigten ausschließlich, Sardar Ayub Khan an der Weiterfahrt zu hindern, um der afghanischen Polizei mehr Zeit zu verschaffen, die wertvolle Ladung zu finden. Eine Reifenpanne auf dieser Strecke und in dieser Gegend würde den Khan mindestens einen Tag kosten. Zeit, die sie dringend benötigten, denn die Verhandlungen innerhalb der verschiedenen Behörden im Land waren ins Stocken geraten. Der Innenminister stritt sich mit dem Präsidentenberater, der wiederum versuchte, seinen Einfluss auf den Gouverneur der Provinz geltend zu machen. Zu viele beanspruchten diese geheimnisvolle Fracht für sich – nachdem das Wort wertvoll gefallen war. Nach stundenlangen Telefonaten, Bitten und Betteln hatte Mitch die Schnauze voll.

Sie brauchten dringend Zeit. Und falls der Khan ihnen heute mit der Ladung entwischte, tja, dann begann die ganze Geschichte von Neuem. Deswegen waren sie auch dieses hohe Risiko eingegangen.

Doch irgendetwas musste in den letzten Stunden zwischen dem General und dessen Schwiegersohn passiert sein, das Band zwischen den beiden Verwandten schien zweifellos zerrissen. Aus Freunden waren plötzlich Feinde geworden und dafür hatte Mitch bislang keine Erklärung. Vielleicht hatten sie den General falsch eingeschätzt und dieser wollte die Fracht für sich behalten? Dann war er nicht besser als sein Schwiegersohn.

»Angreifer auf zehn Uhr.«

Mitch gab die Richtung an und entschied sich damit für eine Seite. Ein Kämpfer des Khans, mit einem schweren Maschinengewehr bewaffnet, schoss auf die Männer hinter der Straßensperre und zwang sie zu Boden.

Die Kugel warf seinen Kopf weit nach hinten und das Maschinengewehr verstummte. Sofort schwärmten die Männer des Generals wieder aus und erwiderten das Feuer auf ihre Angreifer.

Keiner der beiden Seiten gelang es, im Verlauf des Kampfes die Oberhand zu gewinnen. Sie blieben in Deckung, rannten hin und her, schossen wie wild aufeinander. Somit war es für Mitch unmöglich, Ziele für Becks zu markieren.

»Ich hoffe, die verschießen bald ihre ganze Munition, sonst liegen wir bis morgen früh noch hier«, knurrte Becks.

Mitch beobachtete, wie Sardar Khan, den er jetzt auf diese Entfernung sogar mit dem bloßen Auge erkannte, seine Männer in zwei Gruppen einteilte. Doch der umgekippte Geländewagen versperrte ihm den direkten Blick auf das Geschehen.

»Er führt etwas im Schilde. Das gefällt mir nicht!«

»Hab kein Ziel ...«, sagte Becks.

Hinter den Fahrzeugen dröhnten unermüdliche Gewehrsalven.

Drei Männer des Khans sonderten sich von den anderen ab und verschwanden geduckt hinter den Fahrzeugen in einem kleinen Graben am Straßenrand.

»Drei Personen auf zwölf Uhr.«

»Keine Sicht.«

Sie warteten. Vermutlich wagte der Khan einen Ausfall, um hinter die Straßensperre in den Rücken der Männer von General Wardak zu kommen. Die wurden jetzt durch den verstärkten Angriff von der anderen Seite abgelenkt.

Aus dem Graben tauchte der Erste auf und schlich sich vorsichtig bis auf einige Meter an die Sperre heran. Der Zweite folgte ihm auf den Fersen. Sie zögerten nicht lange und begannen in den Rücken ihrer überraschten Gegner zu schießen. Unter den Männern des Generals breitete sich Panik aus. Der Alte versuchte noch, seine Männer zusammenzuhalten, doch sie wichen zurück. Einmal aus ihrer Deckung, waren sie auf dem freien Feld endgültig ihren Angreifern ausgeliefert. Verzweifelt versuchte Wardak, dies zu verhindern und seine offene Flanke zu sichern, aber seine Männer entfernten sich immer weiter, bis er seinen Angreifern alleine gegenüberstand.

Mit zwei schnellen Schüssen beendete Becks den ungleichen Kampf. Es dauerte, bis der General sich aus seiner Deckung wagte, als das Feuer der Angreifer erstarb. Dann rannte er nach vorn und schoss auf die Stelle, hinter der er die Gegner vermutete, nicht ahnend, dass sie schon längst tot waren. General Wardak wechselte das Magazin, rief zwei seiner Männer zu sich und begann mit dem Gegenstoß.

»Einer fehlt noch. Wo ist der Dritte?«

Mitch suchte mit seinem Fernglas den Graben ab.

Der General rannte entlang der Fahrzeuge, gefolgt von seinen Männern. Plötzlich brach der erste hinter ihm zu Boden, dann fiel auch der zweite Mann. Er war wieder allein …

Jetzt oder nie. Angelangt an der Ecke des letzten Fahrzeuges zögerte er. Hier würde er nun endlich Sardar gegenüberstehen. Sein Herz raste vor Anstrengung und der Angst, in die Augen seines Albtraums zu blicken. Er sah sich um und wollte gerade seine Männer positionieren, da erst bemerkte er, dass sie am Boden lagen. Eine dunkle Lache breitete sich unter ihren Körpern aus.

»Oh, der General persönlich. Ich habe mir heute eigentlich einen schöneren Empfang vorgestellt.«

Diese Stimme kannte er. Früher war sie ihm lieb gewesen, doch nun war es die Stimme seines ärgsten Feindes. Sardar Kahn erhob sich aus dem Graben und hielt seine Waffe auf ihn gerichtet. Die Waffe zuckte in seiner Hand und das Geschoss schlug neben seinem Kopf ein.

»Keine Bewegung und weg mit der Waffe!«, sagte Sardar rau und beleckte seine trockenen Lippen.

Eigentlich brauchte er den General noch, um ohne Kontrolle mit seiner wertvollen Ladung über die Grenze zu kommen, doch soeben hatte er sich dagegen entschieden. Innerlich war er sogar froh darüber. Endlich konnte er diesen alten, engstirnigen Mann loswerden. Der heutige Kampf war pures Adrenalin für ihn. Das Gefühl von Macht und Überlegenheit durchströmte seinen Körper. Es war, als schenkte man ihm ein neues Leben.

General Wardak ließ kraftlos seine Waffe fallen. Zum ersten Mal im Leben fühlte er sich geschlagen und hilflos. Vor seinem inneren Auge lief sein langes Leben ab, und das Einzige, was sich nicht erfüllte, war der Wunsch nach Rache für den Tod seiner Tochter, der nun wohl für immer ungesühnt bliebe. Nein, noch nicht, so wollte er nicht sterben. Entschlossen blickte er in Sardars hasserfüllte Augen und griff nach der Pistole im Gürtel. Dann stürmte er nach vorne. Es war, als schaue er in einen Spiegel. Groß, jung und schlank stand Sardar vor ihm. Der wilde Glanz seiner dunklen Augen hatte etwas Abwartendes, wie ein Jäger, der seine Beute belauert und auf einen günstigen Augenblick wartet, um sie mit einem einzigen Schuss zu erlegen.

In aller Ruhe hob Sardar Khan seine Waffe und zielte sorgfältig auf den heranstürmenden General. Diesen Triumph wollte er bis zum letzten Schritt auskosten. Der alte Mann war genauso töricht und blind wie seine Tochter, die sich ständig gegen ihn auflehnte und vergaß, dass sie nur eine Frau war und einem einzigen Zweck diente. Er brauchte den General und seinen Namen für seine Geschäfte. Mehr nicht ...

General Wardak tat einen Schritt nach vorn, vor sich das triumphierende, selbstbewusste Lächeln Sardars. Er wartete einfach ab und ließ ihn näher kommen. Der nächste Schritt kam ihm wie eine Ewigkeit vor. Sardars Lächeln verzerrte sich zu einer Grimasse. Wie in Zeitlupe sah er, wie Sardar den Finger um den Abzug der Waffe krümmte. Mit weit aufgerissenen Augen und einem letzten verzweifelten Schrei machte er einen weiteren Schritt.

Der Kopf von Sardar Ayub wurde immer größer, bis er wie eine Melone zerplatzte. Sein Gehirn, vermischt mit Blut und Knochenresten, spritzte ihm ins Gesicht. Der leise Widerhall eines dumpfen Knalls verhallte in dem Dunkel der Wüste. Der Körper von Sardar Ayub Khan, oder was davon noch übrig war, fiel vor ihm zu Boden.

Lange stand der alte General vor dem Toten, als erwarte er von ihm eine Antwort. Dann sah er zum Himmel, sprach ein Gebet und blickte in die endlose Wüste. Die Sonne ging unter. Dann erwachte er aus seiner Starre, hob seine Waffe vom Boden auf und stürmte in den Rücken der Angreifer.

Der leichte Wind, der die losen Sandkörner durch die Wüste trug, nahm den Rauch und den Lärm des Kampfes mit sich. Er verwischte mit seiner sanften Brise die Spuren dieser Nacht. Einzig der Mond eroberte langsam den Nachthimmel und blickte als stummer Zeuge in die Wüste hinab.

XX

Die Blume von Baktrien

Mitch öffnete die E-Mail vom Direktor. Sie enthielt zwei Artikel aus der Tagespresse. Die Blume von Baktrien lautete die erste Überschrift eines bekannten Magazins.

Afghanistan und seine wertvollen Schätze
Von Stefan Beinlich
Nach dem Schatz von Tillya Tepe ist diese Entdeckung die nächste Sensation aus Afghanistan. Ein vermutlich aus einem der unbekannten Fürstengräber stammender Sarkophag brachte einmalige Funde aus Gold und Elfenbein zutage. Doch die eigentliche Überraschung sind die Zeichnungen am Sarkophag. Die Behörden halten den genauen Fundort bislang geheim, doch wurde der Norden des Landes bereits als mögliche Ausgrabungsstelle benannt. Einst erstreckte sich über dem heutigen Afghanistan das sagenhafte Königreich Baktrien. Den Historikern eröffnet sich durch diesen Fund ein ganz neues Bild von diesem Land. Die Stücke berichten ihnen von einer hoch entwickelten Zivilisation, die eine einzigartige Offenheit gegenüber fremden Kulturen zeigt. Die alte Seidenstraße führte damals durch Baktrien und verband Indien und China mit Griechenland und dem heutigen Europa. Die Einflüsse dieser verschiedenen Kulturen finden sich in diesen neuesten Funden. Darüber und über die Deutung der seltsamen Zeichnungen am Sarkophag ist unter Fachleuten eine heftige Diskussion entbrannt. Einer der prominentesten Befürworter der Theorie,

dass die Zeichnungen am Sarkophag zu einer Sternenkonstellation gehören, die den Nordstern darstellen, ist der
deutsche Professor Klaus Werner. Bei einem Archäologie-
symposium in Genf stellte er seine Theorie erstmals einem
breiten Fachpublikum vor. Professor Werner geht dabei von
einer Darstellung der nördlichen Halbkugel um die Zeit 300
v. Chr. aus, während andere ein Motiv sehen, das zwei Lie-
bende darstellt. Neue Untersuchungen sollen schon bald dieses Rätsel lösen. Die Fachwelt ist sich allerdings in dem Punkt
einig, dass der neue Fund in Afghanistan eine echte Sensation
darstellt. Die Geschichte dieses Landes muss neu geschrieben
werden.

Eine Nation bleibt lebendig, wenn ihre Kultur und
Geschichte lebendig bleiben ist über dem Eingang des Nationalmuseums in Kabul zu lesen. Früher war dieses Nationalmuseum das schönste an der alten Seidenstraße. Unsere
Hoffnung ist groß, dass auch die *Blume von Baktrien* dort
ihren Platz finden wird.

Der zweite Artikel stammte von den Kabul News
Grabräuberring zerschlagen
Durch langwierige Ermittlungen des Geheimdienstes des
Landes und mit der Unterstützung der afghanischen National-
armee ist es gelungen, in der Provinz Kunduz einen Schmugg-
lerring zu zerschlagen. Die Verbrecher hatten sich auf den
Raub und Schmuggel historischer Kulturgegenstände speziali-
siert. Sie leisteten bei ihrer Verhaftung erbitterten Widerstand.
Bei dieser Aktion wurde auch der Kopf der kriminellen Bande,
Sardar Ayub Khan, getötet, als dieser versuchte, sich seiner
Festnahme zu widersetzen. Auf seinem Anwesen wurden zahl-
reiche historische Reliquien sichergestellt und an das
Nationalmuseum in Kabul übergeben.

Ein Schwarz-Weiß-Bild zeigte den Gouverneur der Provinz Kunduz, General Wardak und den Direktor des Nationalmuseums vor einem steinernen Sarkophag. Die drei Männer lächelten zufrieden in die Kamera.

»Sauber ermittelt!«, meinte Becks ironisch.

Sie saßen gemeinsam im Garten vor ihrem Haus in Berlin, das Feuer im Grill knisterte und sie genossen die warmen Strahlen der Abendsonne über der Stadt.

Mitch dachte an den Abschied von General Wardak. Der alte Fuchs hatte noch einmal Kontakt zu ihnen aufgenommen. Er umarmte sie beide und hielt lange ihre Hände. Über den Kampf der vergangenen Nacht auf der Straße verlor er kein einziges Wort, aber seine Augen zeigten Dankbarkeit.

»Ich möchte Ihnen für das danken, was Sie für mich und unser Land getan haben. Auch für einen alten Mann ist es nicht immer einfach, den richtigen Weg zu beschreiten. Das Leben führt uns über viele Straßen und oft begibt man sich dabei auf den falschen Weg. Doch man sollte den Mut besitzen, umzukehren und den rechten Weg zu suchen.«

Mitch begriff nach diesen Worten, wie schwer ihm die Entscheidung gefallen sein musste, sich gegen Sardar Khan zu stellen.

»Wissen Sie, meine Tochter liebte Blumen. Leider ist sie viel zu früh verstorben.«

Der General wechselte verlegen das Thema und wirkte plötzlich sehr alt und müde.

»Ich werde hier in meinem Haus den gesegneten Rest meines Lebens verbringen, ich habe genug vom Kampf. Der Präsident wird noch diese Woche meine Entlassungsurkunde unterzeichnen. Danach werde ich mich zur Ruhe setzen und Blumen züchten.«

Mitch merkte, wie sein Blick in die Ferne schweifte, um die Tränen in seinen Augen zu verbergen.

»Professor Werner will unser Nationalmuseum bei der Erforschung unserer Geschichte unterstützen. Das hat mir der Berater des Präsidenten versichert. Und solange ich lebe, werde ich hier ein Auge auf Ihren Freund haben.«

Das alles war jetzt einige Wochen her.

»Hast du Mia eigentlich etwas von diesem Einsatz erzählt?«, fragte Becks.

»Guck uns doch an! Wir beide sehen aus, als ob wir in einen riesigen Betonmischer geraten sind, und dabei habe ich die anderen Narben am Körper noch nicht mitgezählt. Ich glaube, wenn ich das nächste Mal das Wort Outdoortrip erwähne, gibt es Ärger. Was ist übrigens aus deiner Verabredung geworden?«

Becks wirkte nachdenklich.

»Ach, ihr ist nicht einmal aufgefallen, dass ich drei Tage lang weg war. Ich glaube, ich will auch jemanden zu Hause haben, der auf mich wartet und sich dafür interessiert, wie es mir geht.«

Becks reichte Mitch eine kalte Flasche Bier aus der Kühlbox und wechselte das Thema.

»Zu gerne würde ich wissen, was sich in den letzten Tagen zwischen den beiden abgespielt und warum der General plötzlich die Seiten gewechselt hat. Es war für ihn sicherlich schmerzhaft, diesen Familienbund aufzukündigen und gegen seinen eigenen Schwiegersohn zu kämpfen. Irgendetwas hat sein bisheriges Leben komplett aus der Bahn geworfen, und das war gewiss nicht unser Gespräch.«

»Wir haben ihm nur die Spuren gezeigt und einiges davon wusste er bestimmt schon vorher. Geld und Anerkennung brauchte er nicht mehr. Du hast recht, es muss irgendetwas

Persönliches gewesen sein. Der General sprach oft von seiner Tochter. Vielleicht ist sie der Grund dafür«, sagte Mitch nachdenklich. »Immerhin wird die *Blume von Baktrien* ihn immer an sie erinnern.«

»Das waren wir ihm schuldig und Professor Werner war sofort begeistert von diesem Namen.«

»Fragst du dich manchmal, ob sich der Einsatz gelohnt hat?«

»Ja, das hat er! Das Land hat einen Teil seiner Geschichte wiederentdeckt und allen Beteiligten neue Erkenntnisse über das Leben beschert«, erwiderte Becks philosophisch.

Epilog

Schwer gepanzerte schwarze Geländewagen rasten die schmale, asphaltierte Straße entlang. Alle, die dieser Kolonne begegneten, wichen bereitwillig auf den löchrigen Straßenrand aus und machten ihr Platz. Selbst die überladenen und bunt bemalten Trucks hielten ehrfürchtig Abstand.

In der letzten Zeit häuften sich die Anschläge auf sein Leben, und sein Fahrzeugkonvoi wurde wiederholt angegriffen, sodass seine Wachmänner sofort auf alles schossen, was sich ihnen näherte. Denn jeder in Kandahar und Umgebung kannte Shali Melai, den Gouverneur von Kandahar. Sein Cousin war der Präsident dieses Landes. Zwei Amtsperioden hatte dieser bereits hinter sich und durfte bei der nächsten Präsidentschaftswahl nicht mehr antreten. Shali Malai galt als sein einziger legitimer Nachfolger, es mussten nur noch Wahlen für die Weltöffentlichkeit abgehalten werden ...

Vor drei Jahren leitete er während des Präsidentschaftswahlkampfes seinen Wahlkampf und wusste, wie man eine Wahl für sich entschied.

Stimmen, Prognosen, Parteien – alles Unsinn. Geld – damit gewann man die Wahl. Auf dieser Macht beruhten Bündnisse, Stimmen und Posten. Und wie man mit den unliebsamen Kandidaten umgehen musste, hatte er schon damals bewiesen. Er war immer noch überzeugt davon, dass sein Cousin ohne ihn die Wahl nicht gewonnen hätte. Einige westliche Wahlbeobachter sprachen zu jener Zeit von Betrug und Manipulation, aber keiner von ihnen konnte es je beweisen.

Nach diesem historischen Sieg ernannte ihn der neue alte Präsident zum Gouverneur der Provinz Kandahar. Sein Stern leuchtete hell über Afghanistan …

Bis zu dem Tag, als zweihundertfünfundsiebzig Millionen Dollar von seinem Konto an nutzlose Hilfsorganisationen im ganzen Land verteilt wurden. Um eigene Verluste und die seiner Familie auszugleichen, veranlasste er, fremdes Kapital in laufende Finanzgeschäfte zu überweisen. Die Bank geriet in Zahlungsschwierigkeiten und riss andere Landesbanken mit sich in den Abgrund. Der Präsident, sein Bruder, wie sie sich damals noch nannten, musste persönlich einschreiten, um die Bankenkrise zu bereinigen. Sie verstaatlichten kurzerhand seine Bank und enthoben ihn aller seiner Ämter. Bis heute schuldet er seinen Gläubigern einen Teil dieser Gelder und ihre Forderungen wurden immer eindringlicher. Ohne seine schwer bewaffneten Begleiter trat er keinen Schritt mehr vor die Tür. Sie gaben ihm einen Posten im Provinzrat im tiefsten Süden des Landes, abgeschoben, weit weg von der Hauptstadt. Es kamen keine Einladungen zu Festen und Feierlichkeiten, sein Rat war nicht mehr gefragt. Seine Familie schämte sich für ihn, sie wussten jetzt genau, wie viel Geld er in seine eigene Tasche gewirtschaftet hatte. Ihren Zorn darüber überragte nur noch die endlose Schadenfreude über seine eigenen Verluste. Schnell vergaßen sie, dass er sie anführen und das Land regieren sollte. Heute bettelte er um Geld und versteckte sich im Staub und Dreck. Er wusste es, hinter seinem Rücken führten sie bereits neue Verhandlungen und schmiedeten Bündnisse, um einen der ihren an die Macht zu bringen. Alles vergessen, was er für sie zu opfern bereit war … und was er damals für seinen Bruder getan hatte.

Damals, auf dem Gipfel der Macht, bis zu diesem schrecklichen Absturz, wollte er wie ein Süchtiger wieder dorthin. Koste es, was es wolle, und zur Not mithilfe der Amerikaner. Sogar gegen den Willen seiner eigenen Familie, so weit war er bereit zu gehen …

Doch zunächst musste er diese Diebe, die sein Werk zerstörten, vernichten. Diesen dunklen Fleck musste er mit heißem Eisen heraus brennen. Doch jede Spur, die seine Männer in den letzten Jahren verfolgt hatten, verlor sich im Nichts. Sein Vertrauter, der Direktor der Bank, blieb bis zum heutigen Tag verschwunden, und die Männer, die von den Überwachungskameras aufgezeichnet wurden, konnten immer noch nicht identifiziert werden.

Über drei Jahre dauerte schon diese Jagd; seine Männer bestachen, drohten, töteten, doch nichts half. Nichts. Keine einzige Spur. Hasam Nangasi, sein Sicherheitsberater, empfahl ihm, die Suche dort aufzunehmen, wo sein Pech begonnen hatte – in dieser verfluchten Bank.

Doch er war nicht umsonst in diese Position gekommen, die Luft hier oben war dünn und vergiftet. Hier galten andere Regeln. Sein Weg durfte nicht in diesem Dreck enden, er wollte wieder auf den Gipfel und deswegen überließ er das Denken nicht den anderen …

Für die Zahlung einer beachtlichen Summe an seinen Kontaktmann bekam er regelmäßig Berichte über alle außergewöhnlichen Einsätze in Afghanistan von der CIA. Vor einem Monat stieß er auf den Namen eines Ortes im entferntesten Norden des Landes.

Surkh Kotal – dorthin waren seine Männer jetzt unterwegs.

Danksagung

Wie schreibt man ein Buch? Ich weiß es nicht und kann es euch nicht genau sagen. Doch wenn man es in sich einmal entdeckt, dann ist es wie eine Sucht.
Es ist ein Drache, der alles um sich zerstört, einen in seinen Bann reißt und regelrecht vereinnahmt. Mit der Zeit lernt man, den Drachen zu zähmen und vielleicht auch zu kontrollieren ... Dabei unterstützt mich meine Familie, insbesondere meine Frau, die von der Idee bis zur letzten Zeile meine Welt teilt.

Ich danke meiner Lektorin Tanja Fürstenberg für die großartige Unterstützung und Hilfe. Ihre ganze Kraft und Energie widmete sie nicht nur den Synonymen, Verben und der Groß- und Kleinschreibung, sondern sie gestaltete auch das Layout und das Cover dieses Buches.

Mein Dank gilt auch Bärbel und Christopher, die sich durch die ersten Entwürfe durchgearbeitet haben.
In den staubigen Straßen von Kabul begleiteten mich Hucky und Helmut. Sie sind ein Teil dieser Geschichte und bleiben stets in meiner Erinnerung.

Durch die Täler und Höhlen von Bamiyan mit dem Omerta Team, für mein Team SixNine: Ronny, Tom, Waldi und Doc. Für das Team NineZero: Fisch, AnnA, Knubbel, Icke, Rolf, Benny und Andy – dass wir so sind, wie wir sind.

Dunkle Schatten

Afghanistan 2010 am Vorabend der neuen Präsidentschaftswahl. Die beiden Deutschen Mitch und Becks führen im
Auftrag der ISAF in Afghanistan verschiedene Geheimopera-
tionen durch. Mit Entführungen und Erpressungen versetzt
eine kriminelle Bande Kabul in Angst und Schrecken.

Gemeinsam mit einer afghanischen Familie verfolgen sie deren
blutige Spur, denn ihnen bleibt nicht viel Zeit, das Ultimatum
der Entführer läuft ab …

BoD, ISBN: 9783734737367, 276 S., 10,50 Euro